U0065261

夏與冬的奏鳴曲

上卷

麻耶雄嵩
YUTAKA MAYA

瑞昇文化

本繁體中文版翻譯自日本講談社於2021年推出之
《夏と冬の奏鳴曲 新装改訂版》

飛掠於空中不染其青
浮游於海上不染其碧
白鳥不哀?白鳥自哀
（若山牧水）

I

八月五日

0

長長的鯨幕[1]綿延無際。

從遙遠的後方蔓延到現在，再蔓延到遙遠的彼岸。沿著筆直的石板路兩側延伸，宛如世上唯一的路，引領世人走向遠近法的消失點所指向的終點。

布幕的另一邊林立著喬木，鬱鬱蒼蒼地長滿綠意盎然的葉子。樹幹上，收起棕色羽翼的油蟬混濁地和鳴。雨後初晴的石板路還帶著朝露的水氣，殘留在窪裡的清水反射著雲隙的陽光。晶瑩剔透的微光化為七彩稜鏡，與嫩綠的葉片及濕潤的水蒸氣相互呼應，為視網膜帶來刺激。

刻劃著菱形格紋的石板路走到盡頭，出現一幢背靠深山的大宅。從富麗堂皇的正門不難想像屋主肯定是地方士紳，中央突起的破風[2]玄關其兩翼往遠方延伸，有如展翅的白鶴。黑白相間的鯨幕也有樣學樣似地往左右兩邊展開。

玄關的格子門上是以菱形組成的家徽，掛著反過來的門簾。半紙[3]上用毛筆寫下的「忌中」二字漸次映入眼簾。

——深處是拆下用來隔開兩個房間的拉門後所形成的廣間，穿著喪服前來弔唁的人們在誦經聲裡靜默地繞著瑪瑙色的香爐前行。有人面色凝重地悄然焚香祝禱；有人強忍眼淚捻香；也有人拚命吞下泣不成聲的嗚咽……千態萬狀。焚香淩駕了一切，瀰漫的煙霧覆蓋整個靈堂，令人喘不過氣，獨特的香味層層疊疊地在空氣裡沉澱下來。

罩著白布的五層祭壇上擺放著牌位、燈籠、燭台、菊花……正中央立著遺照。放大的黑白照片繫著黑色緞帶，照片中的臉龐還很年輕，看來才二十出頭。晴空萬里的笑容沒有一絲陰霾，肯定作夢也想不到會有這麼一天。微微張開的唇瓣間隱隱露出潔白的皓齒。

一對中年夫婦坐在祭壇前，貌似是逝者的雙親。母親駝著背，難掩悲慟地用絲帕掩面、流瀉出嗚咽聲。肩膀、背、身體都隨著隱約傳來的啜泣聲微微顫動。就連坐在後方的弔唁賓客都能聽見她隱忍不住的哀嘆，讓失去故人的悲痛更增加了幾分。

前來與故人做最後道別的賓客腳步異常沉重緩慢，佛珠磨擦撞擊的聲響令人想起賽河原的石堆[④]。蠟燭昏暗的光線照亮了遺照，照片中人雖然不是需要堆石頭的稚子，但其早逝的生命用「一生」來形容確實也還太短暫了。

父親始終保持堅毅的態度，但雙手依舊隔著長褲用力掐自己的大腿。指尖彎曲的程度彷彿再也無法承受更多壓力。眼下掛著濃得化不開的黑眼圈。

---

①日式喪禮中掛於會場的黑白直條紋相間布幕。看上去很像鯨魚黑色的背跟白色的腹部，因而得名。

②東亞地區常見的屋頂外觀設計。在日式傳統建築中多出現於切妻造或入母屋造兩側的妻側（山牆側），具有裝飾以及保護建築物免受風雨等氣候變化影響的作用。

③和紙的一種尺寸。書道用半紙的大小約為２４３×３３３㎜。

④三途川是日本信仰中作為分界、隔開現世與陰間的河川。賽河原即為三途川旁邊的河原。傳統上會將比父母早逝的小孩子視為不孝，因此得在這裡用小石頭堆積成塔，為自己的不孝贖罪。可是每當石塔快要堆好時，便會有惡鬼出現破壞石塔，如此一再重覆，直到地藏菩薩前來拯救逝者。

母親身旁有個六、七歲的小女孩，正一臉懵懂、不知所措地抓著母親的衣襬，乖巧地坐著。不時以天真無邪的表情左顧右盼，似乎對周圍的人在做什麼感到很好奇。雙眸籠罩在一層黃色的薄霧底下，散發出暗沉的霞光。這個少女什麼時候才會知道「今天」代表的意義呢。

天還很亮，油蟬依舊在遠處聒噪地鳴叫不休。明明時值盛夏，唯有這個房間自絕於季節之外，冷風不斷地吹進屋子裡。而且是毫不留情、冰寒刺骨的落山風。風車在風的吹襲下瘋狂地轉個不停，不禁讓人聯想到故人的靈魂正隨著輪迴的稜線螺旋上升，但想必一點也安慰不了家屬的心情吧。

告別式結束後，身穿白衣的遺體周圍被放入鮮花裝飾。百合、菊花、黃花龍芽草、桔梗等自古以來用於葬禮的花卉美則美矣，但總覺得又平添了一抹寂寥。而且在賓客與故人道別之際又掉了幾片花瓣。送上獻給故人的最後一份供禮後，開始釘起棺木。咚、咚、咚。每敲進一根釘子，逝者父母的表情就因為痛苦又扭曲幾分。母親似是再也壓抑不住嗚咽，臉上表情也因為哀傷而大大地扭曲。穿著喪服的少女以純真的雙眼靜靜地望著這一切。

出殯隊伍打著燈籠，井然有序地在不知於何時已然風乾的石板路上前進。草鞋、木屐、鞋子的腳步聲交織成雜沓的合弦，擾亂了位於世界邊緣的森林靜謐。分隔內外的鯨幕就像是莫比烏斯環⑤，縱橫交錯，永無止盡地交纏。

高舉的黑白遺照不偏不倚地面向正前方，嘴角微微上揚，露出潔白的牙齒。彷彿正不疑有他地笑著讚頌光輝燦爛的未來。因為是白髮人送黑髮人，父母無法送逝者最後一程，母親靠在父親的肩膀上，站在屋簷下目送出殯隊伍離去。剛才那個黃色眼睛的少女則一臉不安地捧著牌位，頭低低地走在棺木前方。

這條路直通到墓地。隊伍中沒有一個人開口，低眉斂眼地默默前進。不知不覺，表情從他們臉上消失，就像戴上了能面。

唯有花籃裡五顏六色的花迎風招展，嬌豔欲滴，形成極為諷刺的畫面。

1

——我就像是瞄準年邁的獅子、從天而降的禿鷹。

烏有沒頭沒腦地胡思亂想。不過，就算是事實，光想也沒有任何意義……沒錯，以現在的狀況來說。

老舊的遊艇以尖銳的船頭撥開反射著夏日豔陽、令人頭暈目眩的大海，後方拖著雪白的浪花

⑤一八五八年由德國數學家暨天文學家莫比烏斯（August Ferdinand Möbius）與同為德國數學家的利斯廷（Johann Benedict Listing）各自獨立發現的拓樸學結構。若是將長紙條的一頭轉半圈，再把兩端黏在一起，會形成只有一個面和一條邊界的曲面。從紙環的任一點出發，最後都會回到原點，而且只繞一圈回到原點時，還會變成上下顛倒、左右相反。於化學、工業甚至是文學、設計與藝術領域都有以其概念所衍生的應用與創作。

尾巴前進。若狹海就像是一直在裝死那樣，將獠牙隱藏在風平浪靜的假象之下。船尾兩根螺旋槳轉動的噪音有如再怎麼趕也趕不走的蒼蠅般擾人。配合噪音的頻率，細碎的震動也沿著冰冷的圓筒狀扶手傳了過來。

烏有雙手使勁，從甲板上微微探出身子，讓全身沐浴在海風下。鹽分不高，但是跟舞鶴的風是截然不同的氣味。或許是因為港口的風除了海潮，還夾雜著油及雜沓的氣味吧。至於海上的風則因為一直處於孤獨的狀態，所以才帶了點野性的氣息也說不定。

回頭看，遠方還能看到一點本州的痕跡，就像變成綠色的卡士達布丁倒扣在湛藍的盤子上。上頭既沒有櫻桃，也沒有鮮奶油點綴，布丁本身亦未用大量砂糖製造出「入口即化」的甘甜貌。貧脊又狹小的島嶼看起來乾巴巴的。彷彿一陣大浪來襲就會淹沒，沉入海底。

已打定主意平時就要過著腳踏實地的生活，一朝離開陸地遠眺，不禁再次深刻地感受到生活的基礎其實既不確定、也不安穩。說不定在所謂的「日本」這個國家所建立的經濟、政治、社會，全都是這個東亞小島國自說自話的幻想，一切皆為虛構。當然，烏有本人也只是其中的滄海一粟……必定有哪裡出了破口，正張開血盆大口等他自投羅網。從這片海洋所看到的風景也是其中之一吧。烏有陷入沉思，感到前所未有的感傷。

沒多久，就連既不確定也不安穩的本土前端都潛入水平線下。海上已經什麼都沒有了，只剩水平線在船的周圍十幾公里開外畫出一個圓形，就像由幾頭印度象背負的世界地圖。接下來一直到抵達島上前的兩個小時左右，都得在象背上搖搖晃晃地前進。從函館可以看到下北半島，從東京也可以看到富士山，但這裡什麼也看不見。可想而知，現在前往的和音島距離本土有多遠。在地圖上確認的時候，和音島就在連接隱岐與輪島的直線上，沒想到竟然是這麼偏遠的離島。

大海超乎想像的遼闊。就算想要享受海上一望無際的風光，但是看了半天都是海天一色、連一抹陸地的綠意都看不到的世界，很快就讓人覺得單調了。雖說他原本就是不喜人潮洶湧的性格，但是連隔間的牆壁都沒有、四大皆空的世界反而更令人難以忍受。

……結果是兩頭不到岸。被選中的禿鷹想表現出孤高的態度，但一個人什麼也做不了。禿鷹沒有本事打倒生者，只能啄食屍肉，而且是已經開始腐爛、散發出屍臭的殘骸。過去二十一年充滿挫折的人生已經讓他充分體會到這一點。問題是被烏有（擅自）取名為「年邁的獅子」的和音島主人，長達二十年都跟兩個佣人住在這座島上，從未踏出過和音島一步。光憑這一點、光憑這個頭銜，打一開始就不是烏有能與之抗衡的對手。

話說回來，烏有甚至不明白自己為什麼會雀屏中選。「精明」的總編輯沒道理會知道烏有自詡為禿鷹（而且還是從自虐的角度）。頂多只會覺得他是個對於交辦的工作都能確實完成的年輕人吧。或許總編已經看穿他內心深處錯綜複雜的野心與自卑感，可是這跟採訪一點關係也沒有。然而總編卻沒從六個編輯記者中挑人，而是拔擢還不是正式員工的烏有來和音島採訪。難道是因為在上一期刊物中刊載的小京都⑥特輯受到好評的獎勵嗎？還是說烏有本人沒有自覺，但其實總編意外地賞識他、對他青眼有加也未可知。畢竟只要別惹惱這些一同前往和音島、年紀大到可以當自己父母的長輩，這份工作就跟去避暑勝地度假沒有兩樣。

二十年前有個名叫「真宮和音」的女演員與六個深深被她的魅力所吸引的年輕人，在這次的目的地和音島度過了僅僅一年的奇妙共同生活。他們在那之後各奔東西，踏上各自的人生道路，相隔二十年後才決定在和音島舉行同儕聚會。而烏有就是被派來採訪的。

決定由烏有負責採訪時，前輩們都露出欽羨不已的表情。雖說只是小規模的月刊雜誌社，但工作十分繁重。從他們的反應不難看出，他們很想假藉工作的名義，暫時與家人分開，稍事休息。因此烏有起先對於明知會招來周圍的反感或嫉妒卻還要去和音島一事感到抗拒。自己早在很久很久以前的那一瞬間便已占盡好處。倘若真有所謂的「神」存在，平等地將幸與不幸分配給世人，那麼自己無疑只剩下不幸。這是烏有對自己的認知。烏有並沒有對自己的生活感到疲憊。因為他這輩子從未認真地活到足以感到心力交瘁的地步。他之所以沒有屈服於周圍無聲的壓力、主動辭退採訪的任務，反而就這麼跳上駛向和音島的遊艇，並非出於動不動就想反抗的彆扭個性，而是因為此時此刻出現在甲板上那個正朝著自己走來、綁著紅色緞帶的少女。

＊

「烏有～哥，你一個人在這裡做什麼？」

桐璃用手壓著帽子，以免帽子被海風吹走——馬德拉斯格紋的淺色裙子恣意迎風招展——以天真無邪的表情問道。

「欸，我在跟你說話呢，你在做什麼？」

桐璃今年剛升高三。但不是那種放眼全國一抓就一大把的循規蹈矩女高中生，本人似乎毫無自覺，但她其實可以算是問題學生吧。中學時就出落得比一般人標緻許多，（好像）還有人想邀約她當雜誌模特兒，可是就算把桐璃上課的時數加起來乘以十，也遠遠不及學校規定的出席日數。而且她不是典型的那種把自己關在家裡，拒絕上學的小孩，反而會悠悠哉哉地在街上或河邊閒晃一整天。也不知道是跟誰學來的說法，她經常把「因為學校是動物園」掛在嘴邊。

「……沒什麼。」

「看到什麼了嗎？烏有～哥」

桐璃以險些就要翻過扶手落海的姿勢探出身體，又圓又大的琥珀色雙眸一瞬也不瞬地凝視著激起朵朵白色浪花的海面。她的虹膜顏色比較淡，因此可以清楚地看見瞳孔擴大了。

「沒有東西掉下去喔。」

⑥觀光文化領域中意指日本各地在城鎮風情和建築風格等層面與京都相像的地方。類似的定義還有小江戶。

烏有默默地仰望天空。天空藍得讓人忍不住啞然失笑。只有右邊的一角有些龍鱗形狀的雲，細細地連接在一起。即使沒有四點零的視力好像也能看到電離層。「夢想」或「希望」這種積極向上的字眼肯定是從這樣的天空飄下來吧……或許就是這點讓人想要發笑也說不定。太陽大約兩小時前才剛通過南邊的天空，距離夕陽餘暉染紅整片天空還有很長一段時間。烏有想見識一下日落時東方的水平線。他可以想像西邊的日落美景，因此很好奇另一邊向來受到忽略的夕照與藍天、夜空將以什麼樣的比例重疊。

「你在想什麼？肯定又是一些無聊的念頭吧。」

沒錯……烏有老實承認。自己也不明白為什麼要思考這些毫無建設性的事。

「……黏黏的，好噁心。」

桐璃放棄追問，把臉揚起。微微地蹙起有如細線的柳眉。她按住裙子，瞪著風吹來的方向。海風的精靈遠遠超過桐璃的想像，一點也不溫柔。

「昨天才剛買的說。」

「誰叫妳不穿水手服。制服很正式，最適合這種場合了。」

「我們學校是西式制服啊。你都看過幾次了，可不可以稍微長點記性啊。而且也沒必要為了採訪特地穿制服過來。」

桐璃說道，重新紮好散開的頭髮。帶了點棕色的髮絲又直又亮，不知道是不是比一般人細的關係，很難綁得好看。

「不過我們班有個女生可能會這麼做喔。綁著辮子，戴個眼鏡，一看就是很認真的女生。」

「妳才去學校幾次，居然對班上同學這麼熟悉啊。」

「這是兩回事。那種人只要看過一次就會記得了。」

桐璃嘟起嘴，吐出嫣紅的舌頭。雙頰擠出了小巧的酒窩。她是作為烏有的助手一起搭上這艘遊艇的。桐璃好像認識總編輯，經常會來編輯部幫忙打雜。烏有能進這家公司（儘管還不是正式員工）也全都是拜桐璃的介紹所賜。

這次也是，烏有原想推掉來和音島採訪的工作，但聽到風聲的桐璃吵著說：「我也要去！」充分發揮任性的本領，硬是要跟著來。不幸的是總編不知是哪根筋不對了，還是神經太大條，又或者只是單純拗不過桐璃，竟然答應讓她以助手的身分同行，所以其他的記者都誤會他們兩個人是要一起去度假，直到出發前都還是用酸溜溜的語氣祝他一路順風。

烏有覺得有苦說不出，但也沒理由強硬拒絕，結果就半推半就地帶上她了。就連自己也想不通，為什麼總是拿桐璃沒輒。他想歸咎於桐璃身上背負著與自己類似的傷痛，但或許就像是所謂的一物剋一物吧。烏有看著桐璃白皙純潔的臉，放棄了掙扎。可能也是因為沮喪時被桐璃抓住了弱點，但問題在於自己怎麼會讓桐璃看到弱點。換成其他人，恐怕早就被他拒於千里之外。

雖然他已經忘記跟桐璃相識的契機，只是不知不覺間，桐璃也開始大搖大擺地在烏有住的公寓自由來去了。與自己的地盤受到侵蝕的比例成正比，桐璃「說的話」對他的影響也比以前更加強烈。他甚至懷疑桐璃該不會是自己的遠房堂表親吧——如果兩人有血緣關係，她的態度會如此囂張也就可以理解了——但現實情況就並非如此。

「妳出來外面不要緊嗎？」

因為暈船的關係，離開港口後還沒多久，桐璃就躺在船艙的椅子上休息。明明頭上頂著八月刺眼的陽光，烈日底之下也沒有絲毫遮蔽物，可是她的臉色卻比在前往舞鶴的昏暗火車上時還更蒼白。這艘遊艇是艘只能容納十人左右的小型船舶，行駛在汪洋大海上的感覺絕對不能說是舒服。

「還得在船上待兩個小時喔。」

「還要這麼久啊……可是船艙裡也太無聊了，都是些老人家。」

她口中的老人家，也就是遊艇上的另外四名乘客其實都不過就是四十多歲左右的年紀而已。只是看在十七歲的桐璃眼中，四十歲和六十歲或許也沒什麼太大的差別，但四十歲與六十歲的誤差可是超過了一個桐璃。而那四個人都是和音島的主賓。得提醒桐璃別在他們面前亂說話才行……

「而且灰塵也太多了，會弄髒衣服。」

桐璃猛然想起似地拍拍格子裙。但因為濕氣而沾附在布料上的塵埃可沒那麼容易拍掉。就像黏在筷子上的納豆，只會四兩撥千金地牢牢巴住同一個地方。

「欸，討厭死了。」桐璃失去耐性地犯嘀咕。

「妳就不要跟著我來這種地方，乖乖去學校不就好了。」

「不好意思，現在放暑假。我想去也去不了喔。」

桐璃逮住機會，一臉得意地反駁。

「總會開學吧。」

「那也是一個禮拜後的事了。十三日啊。」

今天是八月五日。十二日就會離開和音島。這是長達一週的旅行。

「那，妳就只能忍耐啦。」

「欸——」桐璃露出像是吃到壞掉蘋果般的表情發起牢騷。「我沒辦法忍耐啦。」

「跳下去說不定很痛快呢。」

烏有喃喃自語，視線望向大海。自己的身影倒映在撞上船身而碎裂歪斜的水面上，令他想起當時那個被大卡車輾得血肉模糊的畫面。明明是亟欲忘卻的記憶，然而只要有個風吹草動就會湧上心頭，真是諷刺。

「真的好噁心。」

或許是沒有聽見烏有的聲音，桐璃再度與裙子展開搏鬥。

「這是很好的經驗。妳應該徹底領悟到，任性在大自然面前一點也不管用吧。」

「瞧你正經八百地說什麼『大自然』。我可是認真的……看吧，我就知道會這樣。」

只見桐璃用右手摀住嘴巴，一副隨時都會吐出來的樣子，然後一把抓住烏有的手臂，就要把他拉進船艙。桐璃的手明明沒什麼力氣，卻有著難以置信的強制力。烏有無法違抗，無可奈何地任由她把自己給拖進船艙裡。

*

船艙並不寬敞，裡面就像鄉下車站的候車室那般殺風景。冷氣開得太強了，感覺有點冷，這裡有四個男女正襟危坐地坐在米色的座椅上，正在敘舊。

每個人都有精心打扮。像這種時候，不分男女，似乎都認為服裝的價格與品味能直接反應個人的身分地位。即使是兒時玩伴，而且還是二十年不見的朋友，在彼此面前還是會想撐一下場面吧。

二十多歲就分道揚鑣的人到了四十多歲再見面時，彼此都已經擁有穩定的職業與地位。在和音島這個封閉空間裡，唯有外表及自己說的話能成為人生中的成功指標。同學會的時候經常可以看到這樣的光景，但烏有對這慢性且剎那的虛飾感到十分不以為然。當然，他們的歲數是烏有的一倍，可想而知已經透過經驗得知置身於社會之中，免不了會有這些虛榮的攀比。與此同時，經驗上肯定也對盛宴結束後的空虛產生免疫力，不再為此傷春悲秋。

烏有無法忍受這種埋沒於日常中，被生活磨滅稜角的「無動於衷」。並不是因為他自以為比別人還更認真在過日子，他反而經常煩惱自己比不上別人。但他之所以會獨自待在船艙外面遠眺日本海，多少也是因為不想直視自己有朝一日，或許也會變得跟他們一樣無動於衷的不安吧。

烏有坐在最後面、靠近門的位子，默不作聲地看他們聊天。他不想拿出筆記本，不識趣地打擾人家睽違二十年的再會。接下來還有一個禮拜的時間可以採訪，時間多到令人生厭。不如先完整地將每個人的資料輸入大腦。烏有拿出事先收到的個人檔案，逐一比對。

坐在烏有前面的男人名叫結城孟。老家是京都的老字號和服店，身為次男的他也有參與經營。但本人幾乎不怎麼用京都腔說話。現年四十二歲，與村澤孝久同為四人之中年紀最大的人，但結實的身軀與面部輪廓看上去很像運動選手。膚色微黑，略偏高音域的嗓音充滿張力，因此在一眾男性裡顯得特別年輕。戴著太陽眼鏡，穿著休閒款的服裝而非和服，完全想像不到他是和服店的次男。只不過這個人有些話中帶刺，令人感覺不快的言行舉止讓人不自覺想保持距離。他抽著雲雀香菸，正與村澤針對低迷的景氣交換意見。過去的陳年往事似乎已經告一段落。

這個村澤在橫濱開了一家規模不大的貿易公司。因為及時調整好庫存，即使遇到不景氣也沒受到太大的打擊，尚能保持在收支平衡的狀態。嘴裡也一再表示「好不容易開始有點起色了」。

從他的表情看得出來，這並不是撒謊或逞強。他的音色流露出有自信背書的鎮定。

至於結城家的和服店，雖然受到不景氣的影響，似乎也沒有虧損到周轉不靈的地步。只不過他在個人投資的股票方面失利，所以夾雜苦笑地怨嘆「得賣掉一棟別墅來填補缺口」。相較於結城，村澤的輪廓比較深，態度及口吻也比較冷靜沉著，看得出來後者比較理性，執行力也比較強。烏有大約在兩個月前採訪過一位四十多歲的富二代社長，身材頗有分量，操著一口嘹亮的中音域，無奈經營理念淺薄到連烏有這個外行人都聽不下去。不難想像公司的高層們有多辛苦。村澤是白手起家，所以他的回答十分明確，說出口的每句話也都經過深思熟慮。

坐在兩人對面的是一個彷彿跑錯會場、做神父打扮的人。據說他並非從小就是基督徒，而是二十年前離開和音島後才皈依天主教。如今以受洗時所授予的教名「派翠克」為名，在位於長野的耶穌會教會擔任神父。可想而知，其他人都還是喊他以前的姓氏「小柳」。

明明是私人行程，派翠克神父卻還是穿著黑色的長袍。應該不是教會的規定，而是他自己的意思吧，從這裡就可以感受到他深入骨髓的一絲不苟。提到神父，通常會想到「布朗神父⑦」或「道林神父⑧」那種小個子又圓滾滾的印象（當然也有「唐．卡米羅⑨」那種強者），這位有著派翠克這個教名的神父也不例外，個頭嬌小，微微下垂的雙眼再加上豐腴的臉頰形成柔和的長相。既然要聽別人告解、向別人傳教，自然是能帶給人安全感、讓人願意親近的外表會比較好。從這個角度來說，派翠克可以說是相當標準。只可惜偶爾會不經意地流露出超凡入聖、說得難聽一點就是高高在上的言行舉止，帶給烏有一種有些不太安定的印象。

二十年前來這座島的時候還是醫學院的學生，後來轉換跑道，選擇成為一位神父。這點似乎也是令他帶給人不安定印象的要因之一。烏有也是典型的脫離者中的一人，所以對他的心路歷程頗感興趣。

神父雙手交疊，靜靜聽結城和村澤聊天，臉上掛著淺淺的微笑。不知是以前就有的習慣，還是當上神父後才有的職業病，但四個人相處起來的感覺很自然，不難想像以前大概也是類似的情況。

在神父的旁邊、坐得離烏有最遠的人是村澤的妻子尚美，明明是萬綠叢中一點紅，卻給人十分低調的印象。但這也只是烏有的印象，讓桐璃來說的話，可能就成了塗滿粉底的印度犀牛，或是蛇髮女妖之類的。她確實化著一臉中年女性特有的濃妝、穿著即使走在夜路上也能一眼認出的搶眼衣裳，但是比起過去為了製作〈社長夫人們的慰勞旅遊〉這個專題時採訪到的那些與她年齡相仿，卻塗著像是剛吃完人肉似的口紅，戴著感覺能將金額具體化的戒指或耳環、項鍊的貴婦，她真的樸素太多了。

臉型偏長，漆黑的頭髮在後腦勺紮成一束，形狀姣好的嘴唇妝點著深紅色的唇彩再加上很挺

⑦英國作家G・K・切斯特頓（Gilbert Keith Chesterton）筆下最知名的偵探人物。
⑧美國電視劇《道林神父謎團》（Father Dowling Mysteries）的主角。
⑨身兼作家、記者、諷刺畫家等身分的義大利人喬瓦尼諾・古雷斯基（Giovannino Guareschi）筆下的牧師主角。

的鼻子，雖然細小卻充滿魅惑力的雙眼，下巴的線條也很俐落。年輕時想必很受歡迎。到了現在依舊充滿魅力，全身上下籠罩在楚楚可憐的自然氛圍裡，與蛇髮女妖充滿攻擊性的妖豔是八竿子打不著關係。不如說那低垂的眼眸就像在水裡滴入幾滴墨水，暈染成淡淡的灰色，反而給人一股謙虛但陰沉的印象。烏有實在無法理解桐璃怎麼會聯想到蛇髮女妖，但即使加以糾正，她也只是笑著回答：「你不懂啦。」不管怎樣，光是尚美不像前面提到的那些社長夫人，吃過苦頭的烏有就已經謝天謝地了。因此烏有對這位夫人不免萌生了一些好感。

話說回來……女人本來就很容易同性相斥。頂多只願意接近自己崇拜或尊敬的理想女性。無論再怎麼受到兄長的影響，大概也很難跟男人一樣成為女性的俘虜。況且對方還是小自己兩歲，只主演過一部電影的女演員。烏有不是很了解「超凡的魅力」是怎麼回事，縱使和音確實具備身為女演員的魅力，還是很難相信尚美會成為她的信徒。

然而，以真宮和音的「存在」為核心所組成的七人聚會，僅僅過了一年就因為和音的死而解散了。尚美所得到的，是同樣聚集在和音島的村澤這個「現實」的結果。他們彼此大概都必須有放棄高嶺之花、退而求其次的想法。為了在現實生活中迎向新的人生，對兩人來說，或許前定和諧[10]式的和解妥協也是有其必要的。這種感覺與「和音島的信徒聚會」這個字眼所蘊含的某種不切實際、特權般的意味格格不入。烏有無法判斷這是否能解釋成他們已經從夢裡醒來。只不過，這也再次印證了烏有切身體會到——光靠理想是活不下去的——這個論點。

四名前往和音島的男女……他們在和音島上共同度過如夢似幻的時光，彼時除了和音與島主「年邁的獅子」水鏡三摩地以外，還有個名叫武藤紀之的第七號人物。武藤是尚美的兄長，當時和他們一樣都還是學生，與被和音迷得神魂顛倒的水鏡一起拍攝和音的電影，打算將和音島打造成樂園。真要說的話就是真宮和音的頭號信奉者。但是身為和音最狂熱的信徒，武藤在二十年前投海自盡，失去了在這個世界的「生」。據說那是在和音之「死」的兩天後發生的事。

＊

「馬上就要抵達和音島了。」

……兩小時後，駕駛員的聲音從擴音器裡傳了出來。

---

⑩德國哲學家哥特佛萊德・萊布尼茲（Gottfried Leibniz）的理論。認為構成這個世界的各種要素的實體，看似都存在各自的因果關係，不過那都是神事先調節、設計後的結果。

2

和音島是個半徑一公里左右的小島，因為洶湧的海浪長年拍打著海岸，周圍大部分都是壁立千仞的懸崖。整座島就像一座陡峭的山，從海拔三百公尺左右的山頂往八方緩降，剛好形成類似阿波羅巧克力[11]的形狀。加上時值夏天，山坡上長滿綠意盎然的闊葉樹，沐浴在熾熱的陽光下，有如透明度相當高的祖母綠，閃閃發光。

根據當地的資料，和音島是數百年前因火山活動而隆起的島嶼，正式名稱好像叫波都島。因此島的四周都是熔岩冷卻後凝固的岩石，形成崢嶸的暗礁。只有島的邊緣、而且只有南側那裡短短五十公尺的部分有沙灘。然而那片沙灘覆蓋著紋理細緻的細砂，以私人海灘來說已經夠大了。這座島上除了水鏡他們以外就沒有其他的居民。也就是說，和音島是水鏡私人擁有的島。

被潮汐染得黝黑的木製棧橋設置於小巧的沙灘一隅。顯然已經使用了許多年，不只顏色，就連木頭的光澤、橋身的結構都充滿了長年使用的質感，風味十足。

棧橋旁邊是附設小屋的船塢。他們搭的遊艇是在舞鶴租來用於接送客人的船，平常外出採買時都使用停泊在船塢裡的汽艇。沙灘及棧橋、船塢所在的南側是這座島唯一與大海相連的地方（因為其餘皆被斷崖隔絕），相當於和音島的大門。從棧橋沿著稜線爬上陡峭坡道後的高處位置，聳立著一棟以大水薙鳥群聚飛舞的山頂為背景、面向大海的白牆洋房。那棟洋房就是和音館。

「好懷念啊。」

結城踏上被海水打濕的棧橋，感慨萬千地喃喃自語。相隔二十年再見到這片回憶之地。將他們這群人凝聚起來的十八歲少女——真宮和音死去的那一刻，群體生活便失去了意義。從那一刻起，他再也沒想起這座島……這座只有水鏡三摩地像是守墓似地守護的島嶼。結城將雲雀香菸的空盒扔向大海，接著從口袋裡掏出手帕，擦拭眼角。

「什麼都沒變……」

身旁的村澤夫人欲言又止，似乎無法再繼續說下去。即使風吹亂了頭髮，她依舊不以為意地凝視著和音島與和音館。沉默中，唯有日本海的浪濤聲與大水薙鳥的鳴叫聲不絕於耳。每踏出一步，棧橋就驚心動魄地嘎吱作響，但是沒有人在意。

「和音館也跟以前一樣呢。」

「不過好像還是比以前舊了點。」

村澤重新戴好眼鏡，目不轉睛地仰望和音館。

「這也難免啦。畢竟都過了二十年。」

巍峨聳立在上方的白色洋房具有沉穩大方的風格，俯瞰著島有一行人。這棟名為「和音館」

⑪明治乳業所推出的一種外型像是圓錐山的巧克力。

的英式洋房，別看外觀古色古香，屋齡其實才二十一年，因為這是水鏡為了共同生活所建造的宮殿。跟剛蓋好他們就住進這裡的時候相比，畢竟經歷了風吹雨打，多少也出現劣化了，然而不僅完全沒帶來荒廢的印象，反而呈現出過往沒有的陳年韻味，就像是著名的木造建築幾經風霜以後就變得更有味道那樣。

和音館是棟橫長形的四層樓建築物，塔狀玄關稍微往前突出，左右對稱的白牆宛如展開的雙翼，窗戶以等距離設置。黃綠色的屋頂就像是用漿糊黏上去似地搭在上面，玄關的最上方同樣是頂著黃綠色圓錐狀屋頂的尖塔。

在海風的吹拂下，塗料有些褪色，但屋頂和牆壁並沒有任何破損，顯然有經常保養。在訪客面前以落落大方的正裝示人。面向正前方裝設的窗戶全都拉上了淡淡膚色的窗簾。只有位於玄關塔四樓中央的裝飾窗或許是為了採光，所以窗簾是拉開的。

第一眼看到和音館的感覺，就是這棟大宅好像有點不太平衡。雖然無法妥善說明，但如果一直盯著看的話，會覺得地盤好像逐漸融解，讓人惶惶不安。即使再三地揉眼睛、眨眼睛，也無法驅散那種感覺。烏有並沒有建築學的專業，不敢妄下斷語，但總覺得那種顫巍巍的感覺應該不是因為他的身體或欠缺素養的美感方面有什麼問題，而是潛藏著建築師、設計師的意圖。當然，烏有光是用眼睛觀察外觀根本無法指出那種意圖的真面目。

比起建築師或設計師的意圖，一樣一樣把建材從港口花四個小時運到這座被水平線包圍的孤島，再蓋成巨大的洋房……而且只是為了和音……水鏡的執念之深，令烏有佩服得五體投地。從小到大都聽過許多美國暴發戶買下歐洲的古堡或洋館，然後橫渡大西洋、移到新大陸重新組建的故事，但是在海岸線狹窄、連個臨時港口都設置不了的和音島，可以想像在技術上、物理條件上都更加困難。

「已經二十年啦……」

尚美提著行李，朝著通往和音館的路走去。略顯遲疑的腳步是為了對已經凍結在久遠往昔的「青春」殘象表示敬意，還是對已經完全變了模樣的現在表示悔恨呢？（烏有本能性地抗拒「青春」這種語焉不詳的字眼，但又覺得「青春」具備其他詞彙無法表達的魅力）。提著行李走在蜿蜒曲折的上坡路絕對不輕鬆，但他們卻絲毫不以為苦，不急不徐地走在長滿番杏的砂石路上，踩得沙沙作響。

「這二十年一次也沒來過嗎？」

烏有這麼一問，村澤停下腳步，停頓半晌後點了點頭。

「是啊。這都是過去的回憶了。流金歲月的回憶。」

或許也是跟無法癒合的傷口有關的回憶吧。他們離開這座島的契機是真宮和音的「死」，而再次靠近這裡也是基於同樣的原因。村澤剛才那句話只是在解釋想遺忘的事實。他們也同時放棄了信仰嗎？

心裡是很好奇，但是不敢開口去問。

那麼，他們為何要回來呢？是因為傷口已經癒合、痛楚已經減輕了嗎？結痂的傷口已然消失，只剩下回憶可以言說……

或許是那樣。雖然不清楚真宮和音當時擁有多大的支配力和影響力，但他們的心被牢牢抓住已是二十多歲那時的事了。人不可能永遠活在過去，總有一天會非得跨越過去不可。

只活了二十一年的烏有還不明白「時間」的風化作用力量（雖然他一直假裝很懂），但至少在失去兒時純真的現在，他已經發現延伸下去的未來還會失去更多東西。並且對於即將失去的東西多如恆河沙數感到恐懼。不過，如果真的夠強烈的話，無論經過再久也忘不了吧。這是很有可能的。一如烏有剛好也被這「十年」絆住一樣。

烏有從波士頓包裡拿出相機，將鏡頭朝向與和音館對望的四個人。「與青春重逢」……腦海中不經意地浮現出這樣的副標題。不過太老套了，大概無法拿來當標題吧。

「不重嗎？」

神父細心地問烏有。他本身倒是一身輕裝，能稱得上是行李的就只有一只像是把黑色皮革的口金包再做得大一點的小皮包。他當然不是聖方濟各⑫，但顯然也崇尚清貧。天主教分成好幾個教派，可是就算不是信徒，應該也不樂於看到神父過得很富裕吧。

「不會，還好。」

烏有回答後看了桐璃一眼。只見她拖著看上去很沉重的行李箱跟在後面。她本來還打算再帶一件行李，烏有提醒她是來工作的，才讓她少帶一個包包。

「一點也沒變啊。跟我在的時候一模一樣。看來很勤於打理呢。」

結城隔著太陽眼鏡仰望近在眼前的純白洋房，然後微微一笑。

「水鏡先生在那之後一直留在這裡嗎？」

對於尚美的提問，結城突然收起笑容，點點頭。

「一定是吧。以那個人的性格來說。」

隨著眾人逐漸走近和音館的白牆，淺灰色的痕跡也映入了眼簾。但即使有些斑駁，依舊無損建築物的美麗。乾燥的砂石路上有一排貌似貓腳印的足跡。大概是佣人養的貓吧。「只有一件事是可以確定的，那就是——」這句一點關係也沒有的台詞倏地掠過烏有的心中。如果是那隻貓……洋房的玄關從形狀來看，簡直像是壁爐架。這是一切的入口……

往前突出的門廳鑲嵌著細緻的裝飾，像是率先出來迎接賓客。四根雕刻著天使的柱子支撐著呈現等邊三角形的山形牆，天花板的吊燈罩著銀色的燈罩，燈罩上有柊葉的花紋。天花板本身也裝飾著同心圓狀的圖案，從吊燈的位置往外擴散。只不過，就連乍看之下設計得極為古典的門廳，

⑫ Francis of Assisi。天主教的守護聖人。出生富裕家庭，但是自幼樂於救濟窮人，之後以服務窮人為畢生志業，本身也過著赤貧的生活，成為著名的苦行僧。

看在烏有眼中也同樣很不安定，感覺像是微妙地破壞了和諧。

彷彿算準他們踏上門廳的時機，厚重的雙開門向外開啟。個子矮小的佣人從裡面走了出來，自稱是真鍋道代。年約五十五左右，紮在後腦勺的髮絲明顯夾雜著白髮。共同體崩解之後，水鏡隨即雇用了道代與她的丈夫泰行，好像在那之後的二十年來，都是由他們負責打理水鏡身邊的大小事。包括出外採買糧食及日用品等，所有需要與外界接觸或交涉的事務皆由他們一手包辦。乖僻的水鏡本人另當別論，但他們為何會願意長期待在這樣的孤島呢？烏有著實無法不感到訝異。回推到二十年前，他們大概才三十多歲吧。是薪水高到不可思議，還是他們有什麼需要避人耳目的理由呢？烏有單純地認定是後者。道代有如驚弓之鳥的陰鬱眼神更助長了他的確信。那無疑是不討人喜歡的眼神。

「歡迎各位。久候多時了。」

個頭雖小，聲音倒是很宏亮。

「已經遵照老爺的指示，為各位安排了以前的房間。」

「那真是求之不得。」

村澤大聲言謝，露出喜出望外的笑容。用雙手掩住嘴巴的尚美也「啊」了一聲。

「請各位跟以前一樣自便，無需拘束。」

「感激不盡。那就不客氣了……先讓我們喘口氣，待會兒再去向水鏡先生問好，他還是以前那個房間嗎？」

也不等道代回答「是的」，結城已經不費吹灰之力地提起兩只旅行袋，踩著輕快的腳步爬上鋪著紅色地毯的老式螺旋梯。村澤夫婦和神父也靜靜地跟上去，不同於結城，他們的步伐緩慢，一臉懷念地望著玄關廳的裝飾品及裝潢。一切皆與過去無異的話，感覺就很像是打開了二十年前埋下的時光膠囊吧。

「預定六點的時候用晚餐。」

「這幅畫還在呢。」

村澤夫人的聲音從二樓傳來。

「我帶二位到房間去。」

道代瞥了烏有一眼，又確認了一下：

「是分開的兩個房間，方便嗎？」

因為桐璃搶在烏有之前大聲回答：「那當然。」結果把道代給逗樂了。無可奈何的烏有以不甘心的口吻慢了一拍補上一句：「沒錯。」總覺得道代的笑容有些不自然，怎麼也喜歡不來。

「接下來的一週要麻煩您多關照了。」

烏有避免對上她的視線，簡單致意後，便無精打采地四下張望。

＊

或許還是覺得好笑，道代用手掩住嘴角，以略顯駝背的姿勢帶他們上樓。她的背影同時流露出陰陽怪氣與可笑，讓人聯想到黑人娃娃的步態舞⑬。

「……走吧，桐璃。」

烏有嘆了口氣，像是放棄掙扎似地提起包包，跟在道代身後。內心充滿忿忿不平的情緒，心想有必要笑成這樣嗎。

重新打量館內一圈之後，就發現好像稍微能理解自己為什麼會覺得不安定了。玄關廳到樓梯的部分還不明顯，但一爬樓梯就覺得逐漸失去平衡感。並不是樓梯歪斜的關係，樓梯沒有問題，是平的，但縱向的線條並不是直線，而是在不知不覺間微微地往旁邊歪斜。就像曲率半徑比較大的螺旋梯。

因此明明是筆直地往上爬，但無意間已經從中央靠向了扶手那邊。可是設計得相當巧妙，看上去完全就是一直線。等到實際走上去以後才會發生傾向一邊的現象。

換句話說，這棟洋房本身似乎就有點歪斜。但就算知道有「微妙的歪斜」，要指出到底是哪裡、又是怎麼個歪斜法，卻非常困難。倘若歪斜是指偏離正軌，那麼這裡的正軌應該是指用XYZ軸表示的三次元圖表垂直交會的直線吧。可是，和音館的天花板、柱子、地板……不管將哪個部分單獨拆開來看，看起來都是直角。每個地方都是這麼不可思議。

烏有在樓梯途中停下腳步，仔細觀察，然而還是一無所獲。只有歪斜的實感，但視覺上完全找不到一處原因。要說奇妙確實很奇妙，要說奇怪也很奇怪。還有一點很詭異，那就是桐璃雖然也一臉狐疑地爬著樓梯，但是從烏有的角度看過去，她完全是在不自然地蛇行。活像喝得酩酊大醉或發高燒的人走路不穩的樣子。看在桐璃眼中，烏有的背影肯定也是踩著魂不附體的腳步吧。可是他明明是在極為清醒的意識下跨出每一步。

就像他很清楚自己是自己、桐璃是桐璃那般清醒。

道代顯然已經習慣了，不偏不倚地走在樓梯中央。烏有緊跟在後想模仿，但事情顯然沒有他想的那麼簡單。為了安全起見，他不得不抓住扶手。有了第三個支點，總算能比較冷靜地爬樓梯了。

比起外面裝飾過多的門廳，牆壁及天花板的裝飾造型就比較簡單，沒那麼講究。從柱子往上延伸的梁呈現拱門狀、收束在挑高到四樓的塔狀玄關廳的天花板上，梁和牆壁都是白色，看起來很清爽。儘管梁的拱形從中間就扭曲成圓形，卻又極其自然地在頂點交會，不可思議的原理令人移不開視線。當注意力被梁和牆壁給吸走，接下來又會注意到梁的陰影部分的白底形成深淺不一

⑬《Golliwogg's Cake-Walk》。法國作曲家德布西的作品。「Golliwogg」為英國兒童文學作家弗羅倫斯．凱特．阿普頓（Florence Kate Upton）筆下作品《兩個荷蘭人偶與格利伍格的冒險》（The Adventures of Two Dutch Dolls and a Golliwogg）中的黑人娃娃角色。「Cake-Walk」則是20世紀流行於巴黎的一種黑人舞蹈。

的漸層，愈往天花板，紋理愈細緻。感覺像是浮游在空中，彷彿就要這樣飛上天去。再加上柱子上描繪著線條細緻的金色幾何圖案，形成鮮明的對比，更平添了幾許浮游感。

「請往這邊走。」

上到三樓後，道代轉向左邊。往東西兩側延伸的走廊明顯地歪斜，已經無法用「不安定」這種含糊其詞、略帶保留的字眼來說明了。整棟房子就像是遇熱翹起似的，每往上一層樓，歪斜的角度就增加幾分。走廊就像是要畫出遠近法的消失點，呈現彎曲狀。而且與大廳的拱形互為對照，不是曲線，而是四四方方的直線與夾角。

「好奇怪的房子啊。」

桐璃一臉費解地在烏有耳邊低語。桐璃總是會像嘴上掛著口頭禪那樣以「奇怪」來形容東西，但這次說的一點都沒錯。走在兩側都是房間的走廊上，每經過一扇橡木門，都會陷入彷彿以接近九十度來左轉或右轉的感覺。但是回頭一看，來時路又幾乎都是直線。讓人感覺像是被囚禁在三角形裡、從左右兩邊逼近的牆壁也只是微微歪斜。這也是意圖演出的效果嗎。既然如此，設計出這種錯視圖般的世界之人想必深諳心理學及人體工學吧。而且顯然是出於不當興趣的意圖。

「就是這裡。」道代停下腳步。

經過村澤等人的房間，三樓左側最裡面的房間就是分配給烏有和桐璃的房間，隔著走廊相對。但因為是在大宅的三樓，而且是最角落的房間，所以歪斜的感覺也最嚴重，相對的兩扇門簡直就像是因為地震而滑開的斷層。房門口掛著塗上金漆、周圍裝飾著藤蔓的門牌。剛才經過的門牌都寫著諸如「MURASAWA」或「YUKI」之類的文字，但這兩個房間的門牌是一片空白。

「六點在餐廳用餐。餐廳在一樓大廳的右手邊。在那之前請好好休息。」

道代低著頭，支支吾吾地說著。活像是照本宣科地說出事先背好的台詞。這二十年來恐怕都沒有訪客來過，只需伺候水鏡一個人。所以也不能怪她講話有如現學現賣般生硬。

「洗臉台後面的門分別是浴室和洗手間。呃……請問貴姓大名？」

「我叫如月烏有。這位是我的助手，舞奈桐璃。」

桐璃乖巧地點頭致意。

「請多多指教。」

「好可愛的小姑娘呀。」

「真的嗎？好害羞啊。」

桐璃也毫不客氣地往自己臉上貼金。

「大家都這麼說，真是不好意思。」

道代臉上浮現出柔和的笑容，與面對烏有的時候判若兩人。

「如月先生請使用左手邊的房間，舞奈小姐請用對面的房間。」

「謝謝您……想請問一下，晚餐是由真鍋太太做嗎？」

「我也會幫忙，但主要由我丈夫掌廚。他以前是廚師，廚藝還不錯喔。」

道代踩著慢條斯理的腳步告退。倒也不是沒禮貌，就是感覺難以親近。不只眼神及表情、彎腰駝背的軀體等外在條件，而是她全身上下都散發出一股不讓人靠近、甚至想逃離他人的氛圍。直覺告訴烏有，過去一定發生過「什麼事」導致他們二十年來都避人耳目、躲在孤島過著與世隔絕的生活。

「這個房間不是面向海邊對吧。」

等道代的身影在視線範圍內消失，桐璃看了看自己分配到的房間後就這麼問道。

「是靠山的這一側。」

這條走廊位在朝南的大宅右翼，亦即往西側延伸。桐璃的房間在走廊右邊，也就是位在北側的位置。和音館建在島嶼的南側，所以面向北邊的窗戶只能看到生有濃厚綠意的半山腰，而非波光瀲灩的大海。

「……這樣啊。」

桐璃沉默了十秒左右，然後以略帶撒嬌的語氣開口，同時用由下往上瞅的眼波看著烏有。她平常有什麼要求的時候都會使出這一招。

「我說，烏有～哥……你要不要跟我換房間？」

「為什麼？」

烏有當然知道她在打什麼如意算盤，但還是佯裝不知情的樣子明知故問。桐璃沉不住氣地嬌嗔。

「因為人家想看海嘛。當然是靠海的房間比較好……對吧，早上起床的時候就能聽見海浪的聲音、看著窗簾隨著海風搖曳，感覺不是很棒嗎？好嘛、好嘛，跟我換。」

「我只感覺海潮會讓人覺得黏黏的。」

「既然如此，想也知道是面山的房間比較適合你啊。跟我換嘛。」

桐璃用一臉詭計得逞的表情笑盈盈地說道。烏有刻意露出拿她沒辦法的樣子，回答：「嗯，我是睡哪邊都無所謂啦。」

「太好了。謝啦。借你一個人情。」

桐璃歡欣鼓舞地說完，就舉重若輕地拖著沉重的行李，甚至還靈活地向他揮手道別：「那就待會兒見啦。」接著消失在面向海的房間裡。她會記得這份恩情多久呢？肯定馬上就忘了。一直以來都是這樣。而且不是借你，是欠你吧。烏有這才想起忘了叮嚀她「我們是來工作的」，但已經很累了，所以也沒追出去，就這麼走進剛交換的房間裡。

寬敞的房間大約有四十平方公尺。地板是大理石，牆壁和天花板也都是純白色的。門的對向裝設了一扇偌大的窗戶。完全是只有在電視節目裡才有機會看到的度假村飯店。然而整個房間也微妙地歪斜成菱形，因為窗戶朝北，所以光線不足，少了點開放感。雖然不到陰森森的地步，也讓人靜不下心來……不過，或許是因為室內的陳設除了床和桌子之外，就只有一幅掛在牆上的畫，這也給人空蕩蕩的寂寥感受。要是跟度假村飯店一樣也擺上電視，感覺又會截然不同吧。

窗戶拉上了布料很厚的檸檬色窗簾，幾乎將夕陽隔絕在外。內側是純白的蕾絲窗簾，收攏固定在兩邊。房間角落裝有全新的空調，大概是為了今天才剛安裝的，新穎的光澤在已有些歲月痕跡、整體呈現沉穩風格的牆壁與家具的色調中顯得格格不入。

總之桐璃的直覺沒錯，這是個與在海風吹拂的世界裡醒來無緣的房間。話是這麼說，但就算是靠海的房間好了，炎炎夏日開著窗戶睡覺也很不舒服吧。這下桐璃又會怎麼辦呢？烏有在心裡竊笑。以桐璃的性子，或許為了隔天清晨的海風，還是會硬開著窗戶睡覺也說不定。這個可能性非常大。

牆上的畫裱著豪華的框。以灰階的方式呈現，乍看之下是抽象畫的筆觸，但實際上似乎是一幅肖像畫。身上穿著黑色的衣服，臉的部分以幾條粗獷的線條區分眼睛和嘴巴，看起來有點像是扭曲的福笑⑭拼圖。只能從擠在一起的五官和色調勉強判斷那是一張面孔。胸部及手腳皆以漆黑的斜線暴力地切斷，徹底破壞本來應該要有的架構。說不定是畢卡索等大師的知名立體主義畫作……奇怪大宅裡的奇特房間，或許很適合放上這種奇異的畫作。但這麼一來又讓人覺得更喘不過氣來……

烏有將視線從畫上移開，拉開窗簾，將窗戶往外大大地推開，眺望映入眼簾的景色。房子蓋在意外平坦的地方，眼皮底下是開闊的中庭。還以為是緊貼著山壁，但是被桐璃嫌棄的山上樹木其實只在大約一百公尺開外的地方茂盛生長，所以不會感受到很強的壓迫感。就像從山間溫泉旅館的緣廊看出去的遠景，令人心情平靜。雖然這個想法有些老派，但如果是秋天的話，大概就有紅葉可以看了，所以不免也有些遺憾。

說到溫泉旅館，從窗戶往外看，十之八九會看到從旅館和山之間流過的小溪，但和音館的窗戶與山的中間只有開闊的中庭，還有……海。本來海和沙灘應該在另一邊，但不知是不是海浪侵蝕的關係，斷崖險峻的海灣一路深入到中庭的內側。包含棧橋在內的和音館周邊區域沿著海岸線，形成細長的半島，來的時候被和音館擋住了，所以沒有發現。

桐璃因為看不見海而要求跟他換房間，但這個房間其實也能看到少許海景。毋寧說可以同時看到海和山，風景還更好……不過沙灘和水平線就看不見了。

和音館的北面往兩端緩緩彎曲，有如圓形競技場的內側。從玄關正面看屋子的時候是平的，所以如果畫成平面圖，應該會形成一邊是單面平坦的凹透鏡形狀。這個房間位處最西端，因此斜對面就是同樣位於三樓的東端房間。因為歪斜角度大概是直角的一半左右，所以約略是一百三十五度吧。除了有段距離外，再加上窗簾也拉上了，所以看不見房裡的樣子。

⑭日本過年期間的傳統遊戲。玩家要在遮住眼睛的狀態下，把畫有傳統面具阿龜五官各部分的紙片正確擺回畫在大張紙上的空白臉部。因為通常會排出歪斜滑稽的臉部而讓與會者哄堂大笑，也能藉此炒熱氣氛。

中庭沒有草皮，而是滿地的白色細砂，充滿了臨海地區的風情。砂子的顆粒大小一致。好似新雪降下堆積後那樣紋理細緻——不見足跡或風的惡作劇，看不到一絲髒污及凌亂——這點即使從三樓也能看得很清楚。感覺赤腳走在那片砂子上的話，應該會有很舒服的觸感。

然後是中庭邊緣、距離大宅約五十公尺以外的地方，相當於巨大凹透鏡的焦點處有一座大理石打造的圓形小舞台。圓形舞台上以圓柱支撐著巨蛋球場型的穹頂，典雅而落落大方的造形令人想到希臘或羅馬的遺跡。圓形舞台的深處有一座同樣以大理石打造的觀景台，欄杆的另一頭是捲起千層浪的懸崖。

把外觀打量一遍，稍事休息後，烏有將外套掛在衣櫃裡，從放在桌子旁邊的包包裡取出採訪用的工具。錄音機和筆記本、簽字筆、相機等等。因為不是貼身採訪，不用一直繃緊神經，但也不能掉以輕心。包括方才提到的那些社長夫人在內，他雖然已經採訪過許多年紀比自己大上很多的人，但依然不得要領。原本就不是長袖善舞的性格，也不是很清楚該如何與人相處，又不能問太深入的問題。而且對方經常會看自己年輕就隨便回答，所以他實在沒有信心能採訪到什麼鮮活又有新意的內容。肯定會與「追憶似水年華」之類的標題相去十萬八千里，在某些地方變得很無趣吧。但這不是烏有一個人的責任，派自己這個毛頭小子來採訪的總編輯也得負上一半的責任……烏有先給自己預留好退路。

還有，該從哪個角度切入也令烏有傷透腦筋。換作平常的情況，只要描寫同儕聚會的氣氛以及對逝去青春的緬懷就行了。但既然被「真宮和音」這層神祕的面紗給籠罩，總覺得最後會寫出不純熟的東西。

問題是……真的有必要隨行採訪一個禮拜嗎？烏有從接下這份工作時就覺得很疑惑，但也沒辦法獨自提早離開這座絕海的孤島。撇開這點不提，他對採訪的內容毫無興趣。說得更直接一點，「緬懷」只在那麼久以前拍過一部電影的「偶像」，這樣的「聚會」能有多少話題性呢？

聽到真宮和音的名字，即使是熱愛電影的專家，甚至是上了年紀、號稱博學強記的電影愛好者，大概也想不起她是誰。就算再補充說明她在二十一年前主演過《春與秋的奏鳴曲》這部電影，結果大概也一樣。《春與秋的奏鳴曲》雖然姑且有公開上映，但是在水鏡個人的強勢主導下，貌似只有在現今所謂的獨立電影院放映。而且只在京都市郊外的某家電影院上映一週，因此先不管評價如何，應該只有對電影十分著迷的人才會去看。當時電影雜誌的專欄也只用兩行字草草帶過，而且還是「內容空泛，完全是外行人製作的電影」這種負評。加上也沒有舉辦試映會，因此看過《春與秋的奏鳴曲》的影評人也寥寥可數。

另外，電影的著作權和母帶也都掌握在水鏡手中，因此即使目前很流行影像數位化，《春與秋的奏鳴曲》也無法販賣，更無法出租。或許也沒有那個需求就是了。由於只有極少數在上映時的短短一週內看過的觀眾才知道內容，現在甚至成為某些人口中的夢幻作品。從不是「夢幻名作」而是「夢幻作品」這點就可以看出稀有是其唯一的價值。

烏有當然也沒看過這部電影，詢問編輯部內自稱電影通的同事，對方甚至連名字都沒聽過。儘管與這次的採訪有著密不可分的關係，但是除了那兩行專欄的文字以外，烏有對電影的內容一無所知。真宮和音也只主演過這部電影，之後就再也沒有在大銀幕出現過。這樣的電影與真宮和音的名字之所以能激起一點水花，是在兩、三個月後，這群人受到真宮和音的吸引（而且是令人震驚的狂熱）而開始在這座島上共同生活的時候。換作現在的話，這件事或許會獲得規模更大的報導，但當時只有週刊雜誌給予少得可憐的篇幅。可能是因為那個時代想法怪異的學生多如過江之鯽，又或者是因為忙著報導一連串的學生運動，已經沒有餘力來管這件事了。

只有一點要多加說明（烏有也是後來才察覺時間的先後順序），他們並不是看了和音的電影後迷上大銀幕裡的和音。是先迷上了真正的真宮和音本人，才拍攝了《春與秋的奏鳴曲》。也就是說，他們都是這部電影的工作人員，為了留下紀錄，讓更多人知道和音的魅力，才以尚美的哥哥武藤為中心，製作了《春與秋的奏鳴曲》。

那麼，拍電影前的和音在做什麼？真要說的話就只是一個「平凡的少女」。這群人當時還是普通的學生，卻像演藝經紀公司一樣力推真宮和音這個平凡的少女，還爭取到水鏡這位金主，拍了一部電影。

對真宮和音而言，這無疑是宛如美夢般的灰姑娘情節際遇，然而在那之後，他們並沒有藉由電影這個契機繼續為和音做更多的推廣，反而窩在無人島過著說是離群索居也不為過的日子。武藤等人如此矛盾的行為究竟有何目的？這些人單純只是為了要留下一部電影來作為紀錄嗎？

然後更重要的是，就如同灰姑娘這個渾名，真宮和音的本名、出身、經歷、過去……現階段仍一概不明。

結果烏有連一張和音的照片都沒弄到就來了這座島。這裡是和音島，而他們都是真宮和音的信徒。或許這些就是即便烏有因為興趣缺缺導致功課沒做足，卻也不怎麼擔心的原因吧。

——直接問他們不就好了。不同於平常近乎膽小的慎重，烏有拿起錄音機，樂觀地想著。

＊

「烏有～哥。」

桐璃帶著清脆的喊聲，也不敲門就這麼走進來，瞥了室內一眼後說道：

「好暗啊。跟你換房間果然是明智之舉。我可以開窗嗎？」

也不等烏有回答，桐璃又推開烏有剛剛才關上的白櫺窗戶。朝下吹的風灌了進來，窗簾摩擦的聲響靜靜地迴盪在房間裡。

「精神有好一點了嗎。」

「我又不是你這種老人家，本來就好得很。活力四射喔。」

桐璃擺了個展現力氣的姿勢。想也知道兩條白皙又纖細的手臂啥也擠不出來。只是看看她的樣子，似乎已經恢復平日的註冊商標，也就是充滿活力的模樣了。

「妳剛才還一副累得要死的樣子。」

「這裡好誇張啊。連窗戶的金屬件都是金屬工藝的古董喔。你看，這朵百合的圖案好精細。再加上漆成白色的外推窗。而且大海就在眼前，真慶幸我跟來了。」

「我們是來工作的喔。而且大海就在眼前的是妳的房間吧。」

「這裡也稍微能聽見海浪的聲音。不是很棒嗎，真令人感動……那些人以前就住在這裡吧。」

「只有一年就是了。」

「好棒喔……」

桐璃把手肘撐在窗框上，望向圓形舞台那邊。

「會嗎？」

確實能隱約聽見浪濤聲。烏有從包包裡拿出POLO衫。

「這麼豪華的房子，你不想住一次看看嗎？雖然沒有這麼華麗，但我有個朋友也住在很棒的地方，我一直很羨慕呢。感覺光是住在金碧輝煌的豪宅裡，看起來就會不太一樣。」

桐璃認真地反駁。她說得口沫橫飛，但烏有沒怎麼聽進去。

「是妳剛才提到的那個女生嗎。」

「沒錯，就是箕面同學。是不是很棒？就像現在這樣，清爽的微風從窗外吹進來，蕾絲窗簾隨風搖曳。然後她就坐在椅子上，靜靜地看書。」

「肯定還養了一隻阿富汗獵犬之類的吧。」

心想桐璃大概是受到最近看的書或漫畫的奇怪影響，烏有捧場似地附和。桐璃雙手撐著窗框，轉過頭來看向他。

「不行嗎？」

「可是真的能在這種地方獨居二十年嗎。連買件衣服都得大費周章的。」

「有什麼關係嘛。習慣就好了。反正衣服一定是訂製的吧。」

「習慣就好嗎。我是不覺得妳受得了啦。」

烏有也沒有信心自己能受得了。他喜歡孤獨，也主動追求孤獨，但歸根就底，那是建立在周圍存在著其他人與世界這個不成文的前提下。這跟從一開始就生活在空無一物的狀況下還是略有不同。

「我就忍耐給你看。」

「別逞強了。」烏有想也不想地回答。「就憑妳。」

「就憑我是什麼意思，真沒禮貌！」

「總而言之，得先找到願意讓妳住進這種大宅子的傢伙。」

「說的也是。就算是你，我也不行。」

當然不行，但否定的字眼以不同的意思迴盪在內心深處。

「所以平常就必須好好表現啊。但妳連學校都不去。不管看在任何人眼中，都不會覺得妳是個品行端正的女孩吧。」

「沒關係，只要我相信自己沒做錯就行了。相信自己很重要。而且那麼在乎品行，只會變成一板一眼的人，肯定不會快樂喔。」

桐璃又面向窗邊，眺望山景。她的手肘撐在窗框上，再把臉撐在掌心裡。大概是在模仿箕面同學，表現出深閨大小姐的模樣吧。明明只要不吵不鬧，桐璃也可以是個端莊的淑女。見她趴在窗前，努力地裝模作樣，烏有雖然不予置評，但內心不免有些佩服。

「可是那個叫水鏡的人怎麼會在這裡待上二十年呢。而且大家都離開了，不覺得寂寞嗎？」

「可能是有什麼心靈支柱吧。」

烏有說得一副很懂的模樣，其實他也無法理解。或許是真宮和音讓富豪甘心留在這裡。雖然單純又粗暴，但他也只能想到這個原因。

「桐璃不是也經常一個人待在桂川發呆嗎。」

「我哪有發呆。沒禮貌。人家是在想事情。」

「想什麼？」

「想很多。」

桐璃意味深長地微微一笑，笑容背後的淺薄一眼即知。

「烏有~哥不也是會心不在焉地走來走去嗎。根本沒資格說別人……欸，你來看，中庭另一邊那個是什麼？那個好像希臘也有的圓形物體。」

「觀景台吧，用來看海景的。」

烏有回答，一面收拾桌上的雜物。

「可是有類似屋頂的東西耶。」

「不是類似，就是屋頂。我猜是圓形的舞台吧……話說回來，妳準備好了嗎。」

「……還沒。」

桐璃「啪噠」一聲關上窗戶。「你說準備，我該準備些什麼？」

「換衣服啊。妳該不會打算穿成這樣採訪吧。」

「我是這麼打算，這樣不好嗎。」

彷彿很享受烏有的煩躁，桐璃輕輕地提起格子裙的裙襬。

「這裡是度假村啊。」

「給我換上更方便活動的衣服。」

「哼……方便猴洞嗎。」桐璃聳聳肩，怪腔怪調地揶揄烏有的發音。「知道了啦。聽你的就是了。」接著大步流星地穿過房間。「畢竟是工作嘛。」

「妳是我的助手吧。」

「所以要方便猴洞啊……」

「夠了。十分鐘後要去向水鏡先生打個招呼。」

「我也要去嗎？」

烏有以銳利的眼神瞪了她一眼。

「對。有什麼問題嗎。」

「沒有，打完招呼可以去那座觀景台嗎？」

「……先辦完正事再說。」

「遵命！」

桐璃擺出敬禮的手勢，蹦蹦跳跳地走出房間。隨即傳來對面房間關上房門的聲音。她真的搞清楚狀況了嗎……烏有凝望著門口，嘆了今天不知道第幾口氣。

3

水鏡三摩地，五十五歲。

——世間所謂的大富豪。在關西地區，其資產規模與赫赫有名的今鏡集團不相上下，併購了好幾家企業歸於集團旗下。本人從來不在公開場合露面，但是在財經界似乎擁有非常大的影響力。他同時也握有許多知名企業的股票，更是烏有他們出版社的大股東。若是將今鏡比喻成透過基礎產業與日本共同成長的集團，水鏡集團則比較像投資客，說是靠三摩地個人的投資直覺而日漸巨大化也不為過。三摩地在九歲的時候發生車禍，留下下半身痲痺的後遺症，一直靠著輪椅過日子。二十一年前買下了當時還是無人島的和音島，興建和音館，然後就與世隔絕。從那時候開始，他就不曾離開過這座島，孤家寡人直到現在。父母也在他二十五歲的時候因意外而逝世，在那之後人們都認為他舉目無親——

「歡迎來到和音館。」

二樓往東延伸的走廊盡頭就是水鏡三摩地的書房。相較於烏有等人的客房分散在海側與山側，三摩地的書房有兩個房間大，而且兩邊都有窗戶。雖然樓層不同，但是跟烏有的房間幾乎落在對角線的兩端，因此天花板和牆壁的四個角落在視覺上也是歪斜的。只是每上一層樓，歪斜的程度就更嚴重一點，所以沒有三樓那麼扭曲。面向大海打開的窗戶與烏有的房間一樣，都掛著白色蕾絲窗簾。不同於殺風景的客房，牆邊擺滿書櫃，井然有序地陳列著盒裝的全集或選集，充滿壓倒性的重量感，像是棕色書背的巴爾札克全集和青竹色的埃里亞德著作集等等……

耳邊傳來細微的馬達聲響，水鏡的身體從書桌後面靜靜地移動過來，烏有的視線也回到水鏡身上。水鏡按下右邊扶手的紅色開關，輪椅順著桌角旋轉九十度，面向烏有。雙膝上還蓋著毛毯。

烏有一廂情願地在腦海中勾勒出典型的瘦骨嶙峋又性情古怪的老人形象，但或許是因為才五十多歲而已，水鏡並未給人行將就木的印象。雖然也稱不上精神矍鑠，但外表與常人無異。冷靜的態度與派頭當然不能與庶民相提並論，但伸出的右手與烏有差不多大，倘若水鏡能站起來，身高應該也跟烏有相去不遠。黝黑的皮膚、偏高的顴骨、紅潤的嘴唇。深棕色的頭髮、深棕色的眉毛、深棕色的鬍子。鬍子從鬢角到嘴角、下巴連成一氣。深邃的五官神似俄羅斯人，從嚴肅的表情與銳利的眼神甚至可以感受到他的野心。要是跟他們一樣擁有健全的「雙腳」，加上雄厚的財力，想必能在財經界的絢爛舞台上留名。

根據非常了解經濟領域脈絡的朋友提供的資訊，水鏡目前似乎仍具有相當大的影響力，但從他潛在的實力、才能來看，浮上水面的影響力或許只是冰山一角。如同獨自在這座島上住了二十年的經歷所示，這個人肯定有其異於常人之處，但過於銳利的表情並不會顯得神經質。烏有向他行了一禮，直視水鏡的雙眼，從漆黑靜謐的眼眸中察覺到比派翠克神父更意味深長、更深不可測的東西。

「是不是有點意外啊。你肯定以為我應該更像怪物一點吧。」

水鏡佯裝動氣，快活地笑著說。他的聲音是通透而優美的男高音，完全不會給人侷促的印象。

「嗯……不，沒有。」烏有支吾其詞。

「不用勉強。我又不會吃了你。」

水鏡妙語如珠地給他台階下。於是烏有重整心緒，從內側口袋的名片匣拿出名片。

「我是如月烏有。」

這是只有員工才有的名片，但他還不是正式員工。所以嚴格說來是如同詐欺的行為。不過這是總編輯的指示，總編說有名片比較好做事，還說員工與非正式員工給對方的感受可是天差地別。

「我是水鏡三摩地。不好意思，我沒有名片。這種生活根本不需要名片呢。我已經把所有的事務、手續都交給本土的代理人處理。而且上次有訪客來這座島也已經是二十年前的事了。啊，只有修繕的業者偶爾會過來就是了。」

不知是不是有老花眼的關係，水鏡稍微把烏有給他的名片拿得遠一點。

「好年輕啊。你今年多大歲數？」

「二十一歲。」

「嗯嗯。」水鏡隨手將名片收進書桌的抽屜裡。「這位小姐是？」

「我是助手，舞奈桐璃。」

好不容易輪到自己亮相了，桐璃往前一步，站到烏有的旁邊，低頭行禮。桐璃換上牛仔褲和T恤。大概是為了符合烏有的交代吧，但總覺得似乎有點太隨興了。

「我今年十七歲。」

「十七？」水鏡一臉驚訝地笑了出來。「才十七啊。這麼年輕就開始工作啦。」

「不是，我還是高中生。就讀京都的御庭番棚女子高中。偶爾才去打工。」

就算是桐璃似乎也有點緊張。又或許只是裝乖，總之語氣是前所未有的正經。如果換成學校的老師，她肯定不會這麼老老實實地回話吧。

「哦，真了不起啊。我很歡迎年輕人，要玩得開心點。妳去過海邊了嗎？」

「還沒有。不過到這裡的時候有看到一眼，好漂亮的海灘啊。」

「因為很認真維護呢。如妳所見，我已經下不了水了，但那裡應該很適合小姑娘去玩。」

沒想到水鏡如此善於交際。實在很難想像他是那種會把自己禁錮在島上二十年的人。說起話來十分自然，絲毫感覺不到他已經與世隔絕了二十年。

「真的嗎！」

「是啊，請好好享受吧。」

「太棒了，烏有～哥。」

「桐璃！」

「你也當作是來休養，過得輕鬆點吧。雖然是來採訪的，但也沒必要繃得那麼緊。反正……這麼說可能不太得體啦，不過這次的採訪大概有一半是為了給股東面子吧。」

「好的。」

烏有沒想太多就直率地回答了。雖然也隱約察覺到這個可能性，但作夢也沒想到會由水鏡本人來指出這一點。水鏡忍俊不住地看著烏有。

「話說回來，你們家的總編輯一切還好嗎？」

「是，托您的福。水鏡先生認識總編嗎？」

「嗯嗯，不過不能算是很熟。」水鏡微微一笑。「有過數面之緣。但已經是很久以前的事了。」

總編從未透露他們認識的事，所以烏有難掩驚訝。

「現在也還在第一線衝鋒陷陣嗎？」

「是的，比我們還更生龍活虎呢。」

「所以每個月都要換一雙鞋子嘛。這是好事。人要活就要動喔。」

這句話從水鏡口中說出來格外有分量，但又不會讓人覺得傷感。活了快五十年，想必對生命有很多感悟。反倒是烏有感到莫名的侷促不安。

「對了，晚餐跟村澤他們一起吃好嗎？」

「可以讓我們打擾嗎？」

「那當然，我已經交代真鍋了。」

「多謝費心。」

烏有向水鏡道謝，但態度依舊拘謹。照理來說應該是要由採訪者這邊請客才對，卻反過來接受招待。意料之外的禮遇幾乎讓人心生疑惑，但烏有姑且先說服自己，可能是因為很少有陌生訪客上門的緣故吧。反正以水鏡的財力，多加兩套餐具根本不痛不癢。

「請恕我失禮，您的腿還好嗎？」

由於水鏡一直隔著膚色的毯子摩挲右腳，所以烏有就忍不住開口問了。而水鏡則是笑著說道：

「沒什麼大礙。已經快半世紀都是這樣一路過來的，早就習慣了。而且也不是留下外傷，所以也沒什麼舊傷復發的問題。」

可以想見是這雙腿讓他在和音死後，還有其他四個人也離去之後還依舊留在這座島上。

「……我想請教一件事。」

烏有想拿出筆記本，但是被水鏡一聲先發制人的「等等」給拒絕了。

「那種事等吃完晚飯以後再說吧。我還有非處理不可的事情要做。」

「您要工作嗎……」

烏有望向桌面。桌上散亂地放著幾張寫了一堆數字和英文的文件。皆為記號般的符碼，不諳此道的烏有根本無法判讀內容。

「嗯，算是吧。一天不處理就會有很大的變化。」

大概是指股市的事情吧。水鏡正經八百地輕敲桌上的綠色資料夾，然後把剛才那些文件也收進去。大概是股票或債券的清單吧。隔壁的房間應該就像辦公室那樣設置了連接網路的電腦，所以能在那邊隨時收發股票市場的數據吧。由水鏡做出判斷，再吩咐人在本土的代理人下單……烏有早就知道了，這隻孤島上的老獅子並非禁錮在石牢裡的愛德蒙・鄧蒂斯⑮或鐵面人⑯，其實並沒有完全與外界隔離。

烏有聆聽窗外傳來的浪濤聲，想起以前看過的書《沒有門的家》⑰。本作出自美國推理作家之手，描寫家財萬貫的女主角因為父親去世還是自己失戀的關係，把自己關在飯店中的一室長達三十年之久、從未踏出房門一步的故事。但三十年來她每天不間斷地閱讀報紙，以水族館那種單向通行的視點掌握外界的變遷。水鏡則因為投資的關係，與外界保持更加積極的接觸，但還是跟那位女性（好像是叫漢娜來著）有許多共通之處。小說裡，漢娜睽違三十年重新接觸到外面的世

---

⑮大仲馬名著《基督山恩仇記》的主角，因受人陷害而入獄十多年，之後伺機逃出，展開了復仇計畫。

⑯17世紀中葉，法國路易十四當政時期一個關押於巴士底監獄、臉上始終戴著黑色面具的神祕囚犯。各界對於其真實身分有諸多討論與說法。在一些衍生創作中則轉變為戴著鐵製的面具。大仲馬名著「達太安浪漫三部曲」中的第三作《布拉熱洛納子爵》中亦有出現。

⑰《The house without a door》。作者為湯瑪斯・L・史特林（Thomas L. Sterling）。

界時鬧出了很多笑話，而水鏡則是相隔二十年再次迎接來自外面世界的訪客。

「我可以配合水鏡先生有空的時候，不是今天晚上也沒關係。反正還有一個禮拜的時間。」烏有含糊地說完後便離開水鏡的房間。或許是因為本來就是兩個世界的人，對方的氣勢一直都更勝自己不少。既然要採訪，真想再多撒一些餌啊……雖說有一整個禮拜的時間，但是那種施展不開的感覺，讓他一想到接下來的事就感到惴惴不安。老實說，面對這個地位崇高又奇怪的人，不免感覺自己比自己以為的還要陳腐守舊。

桐璃在書房裡也很拘謹，一退到走廊就大大地呼出一口氣，嬉皮笑臉地說：

「呼……憋死我了。好像被校長叫出去訓話。不過你也好不到哪裡去呢。」

桐璃的遣詞用字跟面對水鏡的時候截然不同了。這樣的意識對他窮追猛打，彷彿自己的軟弱被看穿了。烏有加快腳步離開門口。

「啊，被我說中了。」

「對啦。」烏有沒好氣地回應。

「有什麼關係嘛，犯不著這麼生氣吧。你就是太死腦筋了……所以呢，再來要做什麼？」

「什麼也不做。」

「咦？」

桐璃錯愕地驚呼，追了上來。她穿著牛仔褲搭帆布鞋，動起來身輕如燕。

「……總之，先休息一下。」

理應是筆直往前延伸的走廊，兩側都是房間，所以沒有窗戶。三樓也是一樣，但感覺二樓的燈光更暗一點。大概是因為燈泡外還罩著金黃色的玻璃燈罩吧。走廊的歪斜也沒有三樓那麼嚴重。中央階梯的挑高處掛著兩幅畫。跟掛在烏有房裡的一樣，都是立體主義的作品。不知是作者不一樣，還是繪製的時間有差異，三幅畫的畫風不盡相同。

右邊的畫是身體扭曲的人像，頭髮很長，所以大概是女人吧。以深藍色塗抹的背景貌似海洋。天空中同樣以渾濁的白色描繪出鳥的形狀。腳邊是黃土色，所以大概是海邊？有一串星星點點的黑色腳印。左側的畫則是身穿白色衣裳的女人，雖然畫得四四方方，但這幅畫更容易辨認。背後是白色的建築物，還畫出水藍色的天空。右上角同樣有白色的海鳥飛翔。應該是大水薙鳥吧。整幅畫以白色來統一，所以這幅畫的白色比較鮮明。

因為不是寫實的畫風，頂多只能猜測，但是就跟烏有房間裡的畫一樣，都讓人靜不下心來，實在稱不上是有品味的作品。但這種畫或許反而很適合這棟歪七扭八的房子也說不定。

「你怪怪的，看起來不太開心，怎麼啦？」

「我沒有不開心。」

烏有感覺有些自討沒趣，放慢了腳步。光是自己一頭熱也沒用。

「烏有～哥，那待會兒要不要去海邊？」

「我跟妳說，桐璃，我們是來工作的。」

「可是，不是你自己說要休息的嗎。而且水鏡先生也說了，這禮拜讓我盡情地游泳。」

重新排列組合成對自己有利的說詞，桐璃以高八度的音量反擊。

「虧我還特地帶了新的泳裝來。還有游泳圈和海灘球……」

「妳居然帶了這麼多東西啊。」

明明已經減少一袋行李了。另一個包裡面究竟都裝了些什麼呀。

「嘿嘿。」桐璃眼波流轉，吐出舌頭。「還有很多有的沒的喔。不過先不告訴你。敬請期待。」

「真拿妳沒辦法啊。」

「難得來一趟嘛。在日本要找到這麼安靜，海水又清澈的地方可不容易喔。」

說得好像在海外就可以找到似的。不過日本確實很少看到這麼乾淨的海洋及沙灘。

「氣象報告說這陣子都是晴天，太幸運了。」

桐璃的語氣感覺很滿意，臉上也綻出了滿面笑容。

「……可是，水鏡這個人跟我想像的有點不太一樣呢。我還以為他比較像橫溝正史作品的電影版裡會出現的那種可怕老爺爺。他真的在這座島上住了二十年嗎？」

「不知道……」烏有模稜兩可地回答。因為他對自己的第一印象也沒有把握。

「如果是遠離紅塵的人我還能理解，但他明明是那麼帥氣的人，日復一日都在做什麼呢。」

「會不會是在思念真宮和音？」

「怎麼可能，二十年耶。如果真是這樣的話，肯定是哪裡有問題。」

明明接下來的一週都要吃人家、住人家的，桐璃卻這樣露骨地斷定。

「他的腳不方便喔。」

「這我也看得出來好嗎。可是只有腳嗎？好像還有什麼別的問題……不能單憑外表評斷一個人的情緒喔。」

「瞧你說的頭頭是道。」

烏有唯獨不想被桐璃教訓。而且水鏡跟印象中不太一樣的話題明明是桐璃先開啟的。

這時，真鍋道代從三樓走下來。不知道是不是正在做飯，她身上圍著雪白的全新圍裙。一步步靠近他們的同時，醬汁的味道也撲鼻而來。

「啊，正好。我正要去通知二位呢，六點開始用晚餐。」

不知是否已經養成習慣了，道代跟烏有說話的時候會微微避開他的視線。只是烏有也有撇開視線的習慣，所以兩人的視線反而因此對上了。烏有連忙將視線轉開，支吾其詞地說：

「這樣啊，勞煩您了。」

「今天使出了全力，為各位準備了西餐全餐。」

「真的嗎！」桐璃從烏有背後探出臉。「那得換上正式一點的服裝才行。穿這樣對晚餐太失禮了。」

桐璃抓住T恤的兩邊甩了甩，眉開眼笑地說道。道代好像又被她逗樂了，也跟著嘴角一彎。

「敬請期待，桐璃小姐。」

接著，她對烏有投以略顯陰暗的微笑，就踩著緩慢的步伐下到一樓。

「全餐耶，太棒了。烏有～哥最近都沒吃到好東西吧。」

雖然是事實，但烏有不想搭理。

「……妳不覺得那個人有點恐怖嗎？」

「嗯，不會啊……為什麼這麼說？」

「嗯，我也不曉得。」

只有眼神或舉動這種隱晦難言的印象，所以也無從說明。但是從桐璃的反應來看，似乎只有烏有有那種感覺，害他更沒自信說出口了。

「是嗎，我倒是覺得村澤先生的太太有點讓人討厭。」

「……尚美小姐嗎？」

感覺是有些陰沉，但還不到恐怖的印象。只覺得她像是比較低調、大和撫子類型的傳統主婦。

「嗯。我也說不清楚。總覺得她好像蛇髮女妖。」

「蛇髮女妖啊。妳在船上也這麼形容過她。這比喻有夠過分的。」

烏有並不覺得尚美像是蛇髮女妖，也無法想像桐璃為什麼會做出這麼冷酷無情的判斷。看樣子他們看人的角度大相逕庭。

「我有說錯嗎。那種黏呼呼的感覺。你大概感覺不出來吧。」

桐璃蹦蹦跳跳地爬樓梯。但是因為視覺與運動神經不協調，險些一腳踩空。

「小心點。」烏有提醒她。可是桐璃卻嬉皮笑臉的。

「沒事啦。」

「妳現在嬉鬧是沒關係，但晚飯時要安分一點喔。我們是來採訪的。千萬別忘了這點啊。」

「我沒忘啦。剛才我不也表現得很端莊嗎。你該不會以為我會當著對方的面說她是蛇髮女妖吧。」

「我是這麼覺得喔。」

烏有老實地嘟囔。誰叫桐璃有過前科。那是去採訪某位前衛藝術家——將鐵鍬與鐮刀藉由螺絲變化、加工，再搭配蕭斯塔科維奇⑱的樂曲發表了許多作品，在城陽是無人不知、無人不曉的人物，不料才三十出頭就成了頂上無毛的禿頭——時的事情。桐璃在工作室見到對方，劈頭就說：「您剃光頭啊，現在很流行呢。充滿了普普藝術的感覺。」她顯然是打算讚美對方，但藝術

⑱德米特里．蕭斯塔科維奇（Dmitri Shostakovich）。前蘇聯的作曲家，以交響曲創作聞名於世。

家對這句話耿耿於懷，導致最後的採訪變得窒礙難行。

「好過分！沒關係，不相信就算了。」

桐璃不滿地嘟嘴。

「別說我了，烏有～哥有帶正式的衣服來嗎？穿成這樣可不能登大雅之堂喔。」

烏有現在穿著白襯衫搭外套、淺藍色亞麻長褲。桐璃大概是想反他將一軍，不過才沒那麼容易呢。

「當然有啊。」

慎重起見帶來的西裝似乎派上用場了。上次穿西裝已經是一年前參加朋友告別式時候的事情了。朋友死於機車事故。雖然關係不是很親近，但朋友比自己先一步走完人生旅程，還是令他百感交集。神啊、命運啊，真的是太捉弄人了。跟烏有這種社會邊緣人不同，那位朋友如果還活著，現在應該成了外科醫生，在父親開的綜合醫院懸壺濟世。

「這可是我第一次看你穿正式服裝。你不是那種穿什麼都好看的人，沒問題吧？」

「天曉得。」

「不過沒關係啦。你穿什麼不重要，我得趕快去換衣服了。」

說完就匆忙地加快腳步。

「距離六點還有兩個小時以上耶。」

「我知道啊。是只剩兩個小時了。」

身影早就從樓梯轉角平台上消失，只聽見走廊另一頭傳來高分貝的回答。

「海灘呢？等等不去看看嗎？」

「晚點再去。先換衣服。」

緊接著響起了「啪噠」的關門聲。

4

「真是的，換個衣服到底要換多久。」

烏有心浮氣躁地站在餐廳門口，頻頻看錶……六點五分。桐璃還沒有現身。十分鐘前去敲她房門時，她以慌張的聲音回答：「我快好了，你先去。」想必是為了出席晚餐要精心打扮，但也太誇張了。就連村澤夫人都早早就現身就座了……

「那位小姐應該還沒好吧。」

或許是留意到烏有的焦慮，尚美在席間問道。銀燭台的蠟燭早已點燃，道代開始在桌上擺放銀製的餐具及潔白的餐巾。

「是。她遲到了，真是不好意思。真是的……承蒙邀請竟然還晚到。」

「沒關係啦。年輕的女孩認真打扮是好事。啊，不過認真打扮或許跟年紀沒什麼關係。」

結城笑道，看了尚美一眼。村澤夫人配合其外表給人的印象，身著簡單大方又輕薄的深藍色晚禮服。清純又低調的服裝即使去到嚴肅的場合也不會失禮。首飾也只有無名指上的戒指，既沒戴項鍊，也沒有耳環。說到底她原本就沒穿耳洞。結城那句話或許是在調侃尚美，不過比起在水晶吊燈的漫反射下花枝招展到令人眼花瞭亂的衣服，烏有認為這樣還比較適合她。

「或許應該訂正為認真打扮與性別無關。」

夫人小聲反駁。因為結城穿得比夫人花俏多了。村澤和烏有都穿著暗色系的西裝，神父也換上霧面的黑色長袍，唯有結城穿著整套白底黃條紋的亞曼尼西裝。裡面是粉白色的襯衫。或許身為和服店的人（雖然風格迥異），對於時尚也有他的講究吧。

「我並沒有特別講究喔，只是直覺告訴我穿什麼比較好就照著穿了。從這個角度來說，我還有得學呢。」結城轉向烏有。「……不過，年輕時大概會對自己展現出來的樣子比較沒自信，凡事都需要經驗。你就別跟她計較了。」

或許是不滿結城袒護年輕的女孩，尚美只是沒好氣地應了聲「說的也是」，就此默不作聲。

結城也沒發現異狀，繼續自說自話。

「真希望來點優雅的音樂啊。要是窗邊有個四重奏樂隊，請他們演奏海頓或莫札特的音樂，不是很有情調嗎。我還以為水鏡先生至少會準備這樣的表演。」

餐廳是有如宮殿般寬廣深邃的奢華空間。牆壁中央設有壁爐架，前面是一張長方形的大桌子。牆壁及天花板的凹凸紋路是與玄關廳類似的流線型設計，簡潔而美觀，但感覺餐廳更加華美，更偏洛可可風格。天花板的水晶吊燈是其象徵，零件及燈罩的玻璃工藝小巧優雅，刻畫得相當精緻。

餐廳在大宅的一樓，隔壁就是玄關廳，因此幾乎不見歪斜。金邊的天花板也都是正方形。

「結城也聽莫札特啊。」

坐在夫人旁邊的村澤加入了閒聊。

「人果然只要想改變就能改變呢。你以前不是都說古典樂是老人家用來代替誦經的音樂，對此不屑一顧嗎。看來你也上了年紀了。」

「那當然，我也是會改變的。只不過，變的可不只是聽音樂的喜好。」

「哦，還有其他的改變嗎？在我看來，你講究派頭和逢迎的性格還是跟以前一樣。」

「不是外在，而是內在。」結城用右手敲打心臟處。「我會在大家待在這座島上的時候讓你們看到全新的我。到時候可別嚇到喔。」

結城隨即繃緊臉上的線條，像是想到什麼似地低喃：「不過也不能只顧著嬉鬧呢。」烏有也意識到他指的是真宮和音，還有他們為了和音逝世二十週年忌而聚集在這座島上的事。

「嗯嗯，光是傷心也改變不了什麼……話說回來，那幅畫還在啊。」

村澤也降低音量回答。

「哦，那個啊。我看到了。那也沒辦法……」

「那幅畫」是指掛在大宅裡的哪一幅立體主義作品呢？烏有甚至不確定是不是自己看到的三幅畫之一，但不管是不是，他都不感興趣。因為這一連串的對話只是這些人的感傷，他實在不認為自己能在未經講解的情況下理解那些抽象畫的涵義。

更令他在意的是桐璃。即使在他們聊天的過程中，時間也毫不留情地流逝。

「……完全不了解自己的立場呢。」

還是說桐璃也不了解烏有的立場呢。他希望接下來的一週能夠順利進行採訪，沒想到一開始就出狀況了。依桐璃的性子，肯定會極盡打扮之能事，以形同主角的態度出現在餐廳。才不管周圍的人，尤其是村澤夫人會不會對她心生反感。

為什麼非得為這種事傷透腦筋呢？

烏有認為杵在餐廳前、感到坐立難安的自己簡直蠢到不行。幸好東道主水鏡三摩地也還沒現身。大概是他要做的「事情」比想像中還花時間。就在烏有祈禱桐璃至少要比水鏡早到時，東側的電梯門伴隨著「咻隆」一聲馬達聲往兩邊打開，穿著藏青色西裝的水鏡坐著輪椅出現了。腿上還是蓋著長毛毯。

「怎麼啦？為什麼站在這裡？」

「不好意思，桐璃還沒到……我去叫她。」

烏有連忙道歉後就往大廳走去。早知道就不該在門口傻等，快點去叫她不就好了。烏有邊爬樓梯邊悔不當初。

「你怎麼了？這麼慌張。小心跌倒喔。」

從二樓爬上三樓時，頭上傳來隔岸觀火般的悠哉聲音。

「桐璃！」

烏有猛然抬頭，只見桐璃正要下樓。黑色套裝搭配高跟鞋，纖細雪白的脖子掛著銀項鍊，頭髮挽起至肩口。她光潔地露出凝脂般的額頭，塗著偏紫色的唇膏，甚至還刷上淺藍色眼影。拇指大的黑曜石耳環在臉頰兩邊搖曳，胸口別著設計成百合形狀的銀胸針。

他還是第一次看到氣質這麼落落大方的桐璃。因為化妝的緣故，看上去一口氣成熟了十歲，絲毫不見高中生的青澀。還以為她會穿上搶眼的禮服……烏有不免有些意外，不由得停下腳步。甚至還有些懷疑這真的是桐璃本人嗎。

就連下樓的動作都高雅穩重，簡直判若兩人。但仔細觀察之後，遍尋不得眼前不是桐璃本人的證據。

「還說怎麼了。妳知道現在幾點了嗎？」

「啊？」

「已經六點十分了。」

烏有指著自己的手錶給她看。

「真的假的！這不是遲到了嗎！」

「快走吧。大家都到齊了，連水鏡先生都到了。」

「你怎麼不早點叫我。」

桐璃衝下樓，緊身裙似乎令她寸步難行。即使打扮再怎麼成熟，這方面還是一樣孩子氣。烏有稍微安心了點。

「妳沒帶手錶來嗎？」

「錶……啊，我忘了。」

「這不重要。重點是妳這身打扮是怎麼回事？妳的包包裡還裝了這種衣服啊。」

「很好看吧。這套衣服。」

桐璃小聲地呵呵笑。正所謂佛要金裝、人要衣裝，她連笑起來都變得優雅了。

「這是我媽的遺物。我偶爾會穿，這應該是烏有～哥第二次看到了吧。」

「我看妳穿過兩次？」

「什麼，你忘啦。初次見面的時候啊。」

見桐璃露出不開心的表情，烏有這才想起以前確實看過這身打扮……這麼說來，他們第一次在河邊交談時，桐璃也穿成這樣。當時他就覺得桐璃明明還是高中生，卻打扮得很成熟，後來就把這件事給忘了。

「呃……不。」

烏有一時半刻無言以對。瞬間覺得自己輸了，不由得逞強地開口：

「妳的妝也太濃了。」

「什麼呀。感想只有這樣？」

桐璃惡狠狠地瞪著烏有，不依不饒地追問。

「總之快點過去吧。」

烏有顧左右而言他地催促。等他們繞過大廳、抵達餐廳時，已經過了十五分鐘。

「遲到這麼久，真的非常抱歉。」

烏有先道歉，桐璃也接著說道：

「失禮了。明明是我們承蒙招待，真是對不起。」

她乖巧地低下頭。原本已經做好挨罵的心理準備，孰料餐桌上毫無反應，沒有傳來任何一句嘲諷、叱責、開玩笑、或是打圓場的話語。一片死寂後，宛如貴族家中才會有的偌大餐廳內迴盪著倒抽一口氣的聲音。

烏有感到有些意外，戰戰兢兢地抬起頭來窺看。一看到身子僵在座位上的水鏡等人臉上的神情，立刻就反應過來。他們不是不說話，而是不曉得該說什麼。

臉色蒼白、表情僵硬到不自然的地步，就像瞬間冰凍似地動彈不得。結城茫然地張大嘴巴。平常冷靜自持的村澤也像是被下了定身咒，拿著紅酒杯的手在半空中靜止。夫人和神父也好不到哪裡去。就連輪椅上的水鏡也一樣……所有人的視線都釘在烏有和桐璃身上。

不，不關烏有的事。因為他們誰也沒有跟烏有對上眼。所有人銳利而詭譎的眼神逕自穿過烏有、落在他身後的桐璃身上。每一個人皆以至今不曾有過、彷彿見證了什麼奇蹟似的驚訝表情注視著桐璃。連眨一下眼、吸一口氣、嚥下一口口水都辦不到。

桐璃顯然也察覺到異樣的緊張感與射向自己的強烈視線，一臉不知所措地向烏有求救。但是連烏有也完全搞不清楚狀況。他們怎麼會對桐璃如此感興趣呢？事情又怎麼會突然變成這樣？

在陷入膠著的狀態下，大概過了一分多鐘——實際上更短也說不定，但烏有覺得至少有一分多鐘、甚至更久——水鏡才彷彿如夢初醒似地喃喃自語：「……和音。」

「和音？」

耳朵聽見的確實是這樣。餐廳裡鴉雀無聲，每個音節都非常清楚。不可能聽錯。

「和音」，是指那個真宮和音吧？可是，為什麼？

「鏘——」冷硬的金屬聲響傳遍整個餐廳。擺在神父面前的叉子掉落在地上。下一瞬間，大家就像是觸電一樣彈了起來，渾身顫抖。然後這才宛如回過神來似的、一臉尷尬地把視線從桐璃身上移開，接著觀察彼此的反應。誰都沒有開口說話，所有人皆滿臉不知該如何是好的困惑，無言地低垂著頭。但最困惑的當屬烏有和桐璃了。他們根本無法理解眼前的狀況。為什麼大家都一聲不吭了？

「失禮了。」

該說是見多了世面嗎。年紀最大的水鏡從胸前掏出手帕，故作鎮定地清了清喉嚨。

「別放在心上。請坐。」

強裝平靜的聲線繃得死緊。烏有若無其事地慢慢走向空位，而桐璃也有樣學樣，靜靜地在烏有身旁坐下。但願不要有什麼後患……烏有無法不這麼祈禱。總覺得現在再來審時度勢已經太遲了。

「那麼，開始用餐吧。」

水鏡拍了一下手，向道代示意。後者從廚房那裡推著銀色的餐車出來，餐台上放有前菜和葡萄酒。

「為各位送上開胃菜。」

穿著正式侍女服的道代面無表情地為大家說明每一道菜。看來好像是俄羅斯料理。眼前擺了幾個裝滿沙拉和烤牛肉等餐點的小碟子。嘗了一口煙燻鮭魚，感覺很美味。不，該說是應該很美味吧。之所以會這麼說，主要是因為他沒有餘裕好好品嘗餐點的滋味。

結城明目張膽地頻頻打量桐璃。村澤也頻繁地將葡萄酒杯舉到嘴邊，這時他都會偷瞄桐璃。村澤夫人雖然一度移開視線，隨即又像是輸給誘惑似地把目光轉回來。切開肉凍的刀子微微顫抖，在盤子上滑來滑去的。水鏡假裝面無表情，始終不發一語。神父或許是為了刻意不看向桐璃，視線反而經常與烏有交錯。

在食之無味的情況下，緊接在皮羅什基[19]之後又上了羅宋湯。雪白的酸奶油漂浮在深紅色的甜菜湯上。唯有佣人道代身處於咒縛之外，以熟練的動作為眾人送上餐點。

「真鍋來這裡以前曾經在文尼察擔任主廚喔。」

水鏡口中的真鍋應該是指道代的丈夫泰行吧。只見他與有榮焉似地在道代面前大力稱讚她的丈夫。露骨的讚美令道代不勝惶恐。連拙於察言觀色的烏有也看得出來，這過度的言行是為了轉變餐桌上的氣氛。雖然主菜尚未上桌，但是以一介幫佣做的菜來說，確實太講究了。拜美食風潮所賜，烏有也採訪過好幾家高級餐廳，也去過老字號的俄羅斯餐廳文尼察。此時此刻吃到的風味一點也不遜色。

「……真是太棒了。即使是現在也可以馬上開一家自己的店呢。」

村澤以略顯刻意的音色附和。

「文尼察的味道啊。現在也完全沒有變呢……」

「你嘗過以前文尼察的口味啊。」

「不。我大約十年前才開始去那裡吃飯，去京都工作的時候經常順道前往。真鍋先生在文尼察服務已經是二十年前的事了吧，但味道跟現在的文尼察一樣，不只是真鍋先生很厲害，文尼察也一直保持著二十年前的風味呢。」

「我也偶爾會去文尼察吃飯，文尼察真的非常保守。但就是這點好。俄羅斯酸奶牛肉簡直是人間美味。」

「要改變很簡單，守成反而困難喔。」

村澤一臉正色地說。但這句話給人含糊不清的印象，欠缺擲地有聲的效果。本人顯然也意識到這點，說完以後就陷入了沉默。

主菜並非結城讚不絕口的俄羅斯酸奶牛肉，而是淋上濃郁醬汁的沙朗牛排。肉質是軟嫩的和牛，但調味方式截然不同。

水鏡一面享用著這道俄式牛排，溫和地對著將大失所望的表情都寫在臉上的結城說道：

「明天就有俄羅斯酸奶牛肉了。期待的東西留到後面不是比較好嗎。」

「說的也是呢……不過這也很好吃，一點也不輸俄羅斯酸奶牛肉。」

⑲東歐料理中的一種餡餅。主要在烏克蘭、白俄羅斯、俄羅斯等地流行。包進去的餡料有肉、魚、馬鈴薯、米、菇類、水果、果醬等相當多樣化的選擇，最後用烘烤或是油炸的方式製作。

或許是因為緊張，感覺結城的反應有點誇張。

真鍋夫婦是他們離開這座島以後才被水鏡雇用，所以他們應該都沒吃過真鍋做的菜。共同生活時，據說三餐都是自己料理的。因為當時的島上真的就只有他們七個人。至於食材是怎麼取得的，紀錄中並沒有提到這點，所以不得而知。但是從最簡單的角度思考，應該會有人負責去本土採買。只要提出這個問題，想必馬上就能得到解答了，但眼下的狀況實在不宜發問。現在最好暫時按兵不動。

彷彿為了填滿尷尬的空白，真鍋又送上一道新的餐點。餐具叮叮噹噹的碰撞聲聽起來異常嘈雜，有如無言的抗議，就連柔軟的絨布椅也令人如坐針氈。

桐璃好像也同樣感到困惑。如果是平常的她，即使在吃飯的時候也會嘰哩呱啦地講個沒完，然而今天卻只是邊用餐邊窺探周圍的反應，也不再跟平時一樣把飯菜給塞滿嘴了。內心除了莫名其妙的情緒以外，大概也很遺憾特地鄭重打扮都白費工了吧。

「可惜武藤不在了。」

水鏡沒頭沒腦地冒出這句話。

「嗯、嗯嗯。」

村澤回應，靜靜地將刀叉放在盤子上。悼念追隨和音的腳步踏上黃泉之旅的同志，或許也是在嘲笑苟且偷生的自己。他的音色有些落寞。

「如今再回頭看，我們真的做了正確的選擇嗎？」

神父低垂眉眼，喃喃自語。雙手不知在何時於胸前交握。

「二十年後重新回到這座島上，是當初許下的承諾嗎？還是……」

結城言盡於此，沒有再說下去了。光是這樣，其他人就能領略到他的未竟之言。

「可是就算約好了，我也沒想到真的能再見到大家喔。」

「人啊，真的是意外地堅強呢。」

村澤漫不經心地說。那並非裝腔作勢，真的是漫不經心的語調。

「明明離開這座島的時候，我連活下去的力氣都沒有了。」

結城也心有戚戚焉地接著說。切牛排的手也停了下來。

「沒想到不知不覺間，我竟然在和服這一行安身立命。真是太可怕了。」

「我也一樣。」村澤點頭附和。

「村澤是因為新的目標就在眼前吧。」

結城立刻反唇相譏，把視線瞥向夫人身上。

「是嗎。」尚美只平靜地應了這麼一句。她的牛排幾乎沒動過。可能原本食量就小，但葡萄酒倒是喝了不少。或許是不勝酒力，臉頰已經染上淡淡的一抹紅暈。

「別光說別人，結城你呢？」

「喔，我嘛……結果還是沒能逃脫。」

結城以陰鬱的語氣回答，又瞥了夫人一眼。不確定他們彼此知道多少，根據手邊蒐集到的資料，結城離開這座島的三年後曾經結過一次婚，不過這段婚姻只維持了兩年。他在那麼短的時間內得到了什麼、又失去了什麼呢？後來的整整十五年都孑然一身。當然，派翠克也一直保持單身。

「……水鏡先生一直待在這座島上。」

「就因為這雙腿啊。」

水鏡隔著淺紫色的毛毯拍了拍大腿。

「在那之後我就完全喪失離開這座島的力氣了。畢竟我不像你們那麼年輕。可是我在這裡反而過得非常輕鬆喔。」

話雖如此，和音死於二十年前，當時水鏡應該才三十多歲。要說衰老還太早。不，即使是邁入五十多歲的現在，看起來歲月也沒有在水鏡的身上烙下太過深刻的痕跡。

「水鏡先生也變了很多呢。二十年的歲月真的好漫長啊。」

「在我看來，你們也是一樣啊。不過結城一開口還是老樣子。」

結城的說話方式從以前就這麼隨興嗎。不過水鏡倒也沒有要責備他的意思。那種語氣比較像是在調侃淘氣的弟弟。這時結城輕輕地搔了搔頭。

「我這點真是沒救了。」

「結城先生的嘴巴之壞，大概這輩子都治不好了。」

夫人也從旁補上一槍。

「才沒有這回事呢。面對客人的時候，我的應對**應該還算**得體。」

「你也長大了呢……話說回來，村澤現在在做什麼啊？」

水鏡把話題轉到村澤身上。再怎麼佯裝成若無其事的對話，坑坑疤疤的感覺還是揮之不去。餐桌上瀰漫著光靠皮膚都能感受到的沉重。烏有感覺自己像是被拖進幾萬公尺深的海底，呼吸也不禁變得困難。即使想求救，也完全看不到鸚鵡螺號[20]的蹤影。

即便如此，烏有也只能屏住氣息、集中精神聽他們說話。這是為了探索桐璃剛才為什麼會帶給他們那麼大的衝擊……但聽著聽著，他不禁開始懷疑原因真的只有這樣嗎。因為他們的對話基本上有些牛頭不對馬嘴。

倘若是長達二十年的隔閡阻礙了他們的交流，那麼二十年前他們又是怎麼互動的呢？比現在更自然一點嗎？烏有毫無頭緒，也難以想像。最令他無法釋懷的，就是這些人的對話彷彿在試探彼此的底細。尤其是結城，態度甚至有些挑釁了。村澤只是冷眼旁觀，並未制止。因為只有模模糊糊的印象，若是要換成言語也說不清、道不明，而且或許可能只是自己想太多了。

---

[20] 法國小說家、被譽為科幻之父的儒勒・凡爾納（Jules Verne）著有經典作品《海底兩萬里》。鸚鵡螺號是一艘在該故事中登場、技術力遠超於當代水準的神祕潛水艇。

當然，就算水面下暗潮洶湧、就算他們各懷鬼胎也不關烏有的事。烏有只是個採訪者，來和音島進行為期一週的採訪。他既沒有看過《春與秋的奏鳴曲》這部電影，對於他們也沒有超乎工作以上的好奇心。自然也沒見過真宮和音這個在他出生後沒多久就過世的女演員。更何況他也不喜歡刺探、干涉別人的私事。可以的話，他只希望盡可能置身事外。

「如月老弟，像這樣的對話可以寫成報導嗎？」

或許是不好意思一直把烏有晾在一旁，村澤這才像是猛然想起似地問他。

「看在局外人眼中，這只是普通的同儕聚會，不，是二十週年忌吧。」

「不，不會。」話雖如此，烏有也不曉得該怎麼把話接下去。因為他完全同意村澤的看法。這次採訪究竟有什麼意義呢？真要說的話，就像水鏡自己推測的那樣，因為他是創華社的大股東。但烏有只是一枚小螺絲釘，他不能失禮、坦率地說出什麼埋怨的話。

「……我覺得很浪漫。二十年前一起生活的人又像今天這樣重逢了。」

恢復正常的桐璃替他回答。看樣子她並非只是邊觀察大家的臉色邊吃她的飯。

「是嗎。只要有心的話，應該任誰都能做到的吧。」

「所以才能得到共鳴啊。是人都很嚮往看似做得到，實際上做不到的事。」

「共鳴啊……當時大家都說我們太衝動了，現在竟然被視為青春的結晶啊。」

「明明回本土的時候，還被報導得很滑稽可笑。」

結城悶哼一聲，一臉不勝其煩的表情。

「這就是所謂的時移事往、事過境遷吧。」

水鏡語重心長地開解他。

「因為社會大眾只看自己想看的嘛。」

「或許是吧，但我認為有浪漫情懷的人絕對比不浪漫的人要好。」

「說得一副好像很了解似的。」

尚美從旁插了話。她的心情……看來似乎不太好的樣子。或許是三杯黃湯下肚，變得比較不隱藏情緒。

「可是……」

「該說是收穫嗎……失去或許也是一種獲得的體驗。」

神父做出各退一步的結論，但或許是因為十字架不在眾人眼前的關係，這句話並未打動任何人的心。

5

「可是，剛才那到底是怎麼回事啊？」

桐璃躺在烏有的床上，百無聊賴地問他。黑色套裝連一點讚賞聲都沒有激起來，就換成了水藍色的休閒服。花了兩個多小時換裝，脫下來卻連個十分鐘都不用。真令人無言以對。

「突然變得好安靜，簡直跟告別式沒兩樣。枉費我還特地打扮了。」

桐璃躺成大字形，接受灌進室內的晚風吹拂。從沒見她這麼不高興過，還狂發牢騷。這也難怪，畢竟兩個小時的勞力都泡湯了。

「誰叫妳自不量力。小老百姓要有自知之明。」

「咦，不是人要衣裝，佛要金裝嗎？你好過分，說什麼小老百姓自不量力啊。」

其實還有更過分的用詞，但烏有沒說出來。烏有一聲不吭地望著窗外，以免她繼續追究下去。晚飯前，與桐璃下樓時就看到夕陽染紅了天空，如今已換成被滿天星斗點綴的深藍。並不是在開玩笑，夜空平靜至極，彷彿用曬衣服的竿子就能打落一籃星星。

烏有站在窗邊，播放剛才在餐桌上錄下來的對話。他一直把錄音機偷偷放在口袋裡，原本想先問過再錄，但是在那種氣氛下實在問不出口。因為沒有在稱之為序幕也不為過的場面按下開關，所以沒錄到最初令人窒息的場面。但是後來尷尬萬分的對話連同布料摩擦的噪音與餐具叮叮噹噹的碰撞聲，全都滴水不漏地錄下來了。

「我竟然說了這種話。」

剛好播到和夫人爭論的地方，桐璃聽得極為專注。

「可是，我的話才是對的吧。」

「嗯。」烏有表示同意。「不過當時應該禮讓對方。因為立場不一樣。」

「採訪還真是辛苦啊。」

桐璃難得如此乖巧聽話。或許是期待落空，就連平常的「活力」都受到波及。

「只有在採訪罪犯的家人和醜聞曝光的藝人時，記者才能表現出強勢的態度喔。不過那是與我無關的領域就是了。」

「像是梨元先生[21]之類的人嗎。」

「或許吧。以良心及倫理這種場面話為後盾暢所欲言。」

說是這麼說，但烏有也不想變成那種偽善的人。基於別人是別人這樣的想法，他一點也不想扯上那些「家家有本難念的經」。就算罵他欠缺敬業精神也沒關係，有如無根的浮萍、雲淡風輕的採訪方式比較適合現在的烏有。

㉑這裡指的應該是已故的日本記者梨元勝，專門以直言不諱的嚴厲態度報導演藝圈的八卦醜聞。

又聽了十分鐘刀叉叮叮噹噹的碰撞聲，錄音帶就放完了。眾人在那之後繼續吃了大約三十分鐘的晚餐，最後幾乎沒有一個人說話。大概是氣氛不適合輕鬆聊天吧。餐桌上的氣氛尷尬到堪比耶穌指出猶大就是叛徒之後的凝重。在聖經裡，被耶穌指名道姓的猶大是立刻逃之夭夭，還是像個惡人一樣若無其事地繼續吃呢？小時候應該有讀過，可是烏有記不得了。假如自己是猶大……可能會不甘示弱地留下來與知曉一切的耶穌對峙。烏有把錄音帶倒帶回去，再次按下播放鍵。

「問題是，他們為什麼會那麼驚訝呢？」

從水鏡脫口而出的「和音」二字，不難猜到肯定與真宮和音脫不了關係。可能是桐璃偶然穿了跟和音很相似的衣服之類的。畢竟這裡可是和音的島嶼

「欸，烏有～哥，你不覺得很奇怪嗎？」

桐璃離開枕頭、揚起身子坐了起來，將食指舉到額頭前方（這好像是她靈光乍現時的招牌動作），雙眼燦若星辰。一看就知道她應該是想到什麼了。

「肯定有什麼蹊蹺。」

「沒錯，肯定有名堂。重點是桐璃妳知道是什麼嗎？」

「不知道。背景資料還太少了……」

「背景資料啊。」

桐璃人小鬼大地用了一個很難的字眼。烏有這時按下了停止鍵。

「……桐璃，別隨便插手別人家的事喔。」

想也知道這句話大概澆不熄她的熱情。或許只是單純的慣性，但也不能因此就由著她去。

「欸──為什麼不行？」

桐璃似乎沒料到烏有會阻止她，發出不依的嚷嚷聲。妳怎麼會沒想到呢？反倒是烏有這邊還覺得比較訝異。

「沒有為什麼。聽懂了嗎。」

「可是他們一直盯著我看耶。不搞清楚太不舒服了。」

烏有放下筆，闔上筆記本，苦口婆心地對氣呼呼地別開臉的桐璃說：

「聽好了，這裡的人都不是普通人。看也知道吧。等到桐璃妳真出事了就太遲了。也許是《蝴蝶春夢》[22]裡面的那種異常者也說不定。」

「你想太多了啦。那些人雖然有點怪怪的……還有，難不成你是在擔心我？」

桐璃的雙眼綻放出光彩。

「畢竟令尊交代我要好好照顧妳。萬一妳有什麼閃失，我就沒臉見他了。我好歹也算是妳的監護人。」

---

[22]《The Collector》。英國作家約翰．符傲思（John Fowles）的作品。故事描述喜歡蒐集蝴蝶標本的男主角有一天綁架了心儀的女孩，將對方囚禁在荒郊野外與世隔絕的老屋地下室中，試圖讓女孩愛上自己。

不用想也知道，桐璃的父親堅決反對讓她參與這一整個禮拜的採訪。是桐璃拚命懇求，還拉上烏有負起保護自己的責任，父親才勉強答應的。

「可是你不覺得無人島跟這種懸疑的氣氛簡直是天作之合嗎。就像《一個都不留》的劇情那樣。」

「妳是指大家一個接一個死掉嗎？總之我不想扯上任何關係。」

「小氣鬼。」

桐璃拉長語尾，露出潔白的牙齒。唇膏沒卸乾淨的嘴唇往左右拉成一條線。

「你痛恨與人打交道的毛病還沒治好呢。」

「我根本不想治好，也不打算醫治。」

「你還是老樣子。對別人漠不關心。再這樣下去，你遲早會死在路邊，無人聞問喔。」

「……已經是這樣了。」

烏有想起不堪回首的過去，咬牙切齒地說。

「要是別人也能對我漠不關心，那該有多好。」

「別逞強了。」

晚餐在流於形式的打成一片氣氛中告一段落。村澤夫人先以「今天搭船累壞了」為由回房休息（她看起來身體孱弱，或許是真的累了），村澤也跟著離席。神父還是帶著那蒼白的臉色小聲地告辭後便起身離去。烏有也不敢阻止他們，更不敢要求他們為了採訪而繼續聊下去。望向結城，結城與烏有四目相交，誇張地聳聳肩，露出無可奈何的表情。

「既然如此，我也回房了。今天就到此為止。水鏡先生，明天再好好敘舊吧。」

結城將餐巾折成工整的四摺，放在桌上。看起來像是為這場鬧劇拉下布幕。

「真鍋先生，你做的菜非常可口。」

結城以輕佻的口吻補上這句話，就留下烏有等人離開餐廳。輪椅上的水鏡搖鈴，佣人便開始撤下餐具。道代不知是不明原委，還是明知內情仍死守著撲克臉，自顧自地將餐盤收到推車上。

「明天大家應該就會冷靜下來了。」

水鏡口中喃喃自語。相隔二十年，原本應該談笑風生的餐會卻因為一個始料未及的突發狀況，在沉悶的氣氛下結束了。

問題是，明天就會撥雲見日嗎？真能如水鏡所說，明天就能進行歡快的採訪嗎？烏有的答案是否定的。畢竟這場睽違二十年的重聚背後縈繞著二十週年忌的死亡陰影。他不認為明天就能展開其他編輯既羡羡慕又嫉妒的幸運假期。屬於自己的幸運大概早在很久很久以前就被吃乾抹淨了。是不是該去做個祓禊[23]啊？最近烏有動不動就想起充滿霉運、挫折的過去。

[23]神道教中的淨化除穢儀式。

「好啦，我知道了。」

桐璃心不甘、情不願地應允，然後重新梳好頭髮，聲響大作地離開烏有的房間。烏有很懷疑她是不是真的理解，但是再繼續說教大概也只是對牛彈琴。再說烏有也不是說教的料。

「今晚早點睡喔。記得洗臉、刷牙，為明天儲備好體力。」

「你好像加藤茶呀。小心日後被志村健追過去喔㉔。」

志村健啊……不過，烏有確實有如同荒井注這種窮盡一生都無法企及的競爭對手。

「接下來要做什麼？該不會要我去寫功課吧？我可沒帶文具來喔。」

「妳好吵啊。」

「是是是，兄長大人。」

桐璃笑嘻嘻地離開房間，隨意將門關上。

＊

「烏有哥，你還好嗎？」

自離開後還不到二十分鐘。畢竟才八點，大概還不想馬上去睡覺吧，但是不到二十分鐘也太快了，烏有闔上看到一半的書，目瞪口呆地看著她。桐璃換上純白的洋裝，與晚餐時的漆黑裝束互為對照。並沒有多加打扮，倒不如說這套衣服簡單樸素得就像是只圍了一塊布，看在保守的烏有眼中，完全是不折不扣的高中女生。

「妳跟《儷人行》㉕裡面的奧黛麗．赫本一樣忙耶。」

「是喔？我很喜歡這件衣服。」

「妳晚餐的時候就應該穿成這樣。」

而且單純換算一下，只要二十分鐘就能換好，根本不需要耗上兩個小時。

「你真的什麼都不懂耶。不過我也沒指望烏有哥會懂就是了。」

即使換了衣服，她還是這麼聒噪。

「所以呢，怎麼又來了。功課寫完了嗎？」

「沒什麼。我只是想來看看你。」

剛才不是才看過嗎……這孩子說話真的是怪裡怪氣的。但烏有不以為忤倒也是事實。當然，前提是她沒打什麼鬼主意。

「不開窗嗎？」

「不開，因為我開了冷氣。」

㉔兩人皆為日本的喜劇泰斗。一九七三年，志村健於以見習成員的身分取代退團的荒井注、加入了加藤茶等前輩組成的樂團兼搞笑團體「漂流者」。雖然輩分最淺，但日後逐漸大放異彩，成為團體中極為搶眼的存在。

㉕《Two for the Road》。一九六七年的英國喜劇電影，赫本在片中展現了風格百變的服飾穿搭。

「那我可以打開嗎？」

「是沒關係啦。」

直覺告訴烏有，她果然在打什麼鬼主意。桐璃將窗戶大大地向外推開，跟白天一樣撐在窗台上，眺望窗外的景色。不冷不熱的風吹進房間裡。海風毫不留情地吹亂那頭長髮，但她顯然不以為意。掛在牆上的畫被風吹得喀噠作響。

「問你喔，烏有哥。」

「嗯？」

烏有回應她，但桐璃似乎忘了再來要說什麼了，一聲不吭地看著窗外。烏有拿她沒辦法，又打開手邊的書。

「問你喔，烏有哥。」

過了一會兒，桐璃再度開口。

「啊？」

桐璃跟剛才一樣，眼睛望著中庭，但這次有把話說下去了。

「你知道我叫什麼名字嗎？」

「妳怪怪的耶。」

「說說看？」

「……妳叫舞奈桐璃啊。」
大概又是桐璃的心血來潮，烏有姑且先乖乖回話。
「答對了。所以你知道嘛。」
「妳在尋我開心嗎？」
「或許吧。因為烏有哥轉頭就忘了。」
「呵呵」的笑聲乘著晚風傳進烏有耳裡。厚厚的雲層不知從什麼時候開始遮住了月光。外頭沒有任何照明，所以看不清楚桐璃的表情。
「烏有哥，你認識我爸吧。」
「是啊。」
「你覺得他是怎麼樣的人？」
「我只見過他兩、三次。應該是個好父親吧。」
烏有不曾仔細觀察桐璃的父親，只記得他是個中等身材、非常關心子女、在職場上深得部下的信賴，就像是會出現在電視劇裡面那種標準的滿分好爸爸。
「就知道你會這麼說。」
「我說錯了嗎？」
「沒，他確實是好父親。」

「妳對他有什麼不滿嗎？」桐璃異於平常的口吻令烏有感到不安。

「沒有。只不過，我還以為如果是烏有哥的話，或許會從比較特別的角度去看他。」

烏有不禁聯想到是不是跟桐璃拒絕上學有關，但隨即主動打消這個念頭。因為桐璃的語氣並沒有那類情況通常會顯現的悲壯感。而且從她截至目前的行為舉止來看，完全感覺不出家裡有問題。

「我只會從非常單純的角度看事情喔。」

「少騙人了。你的觀點明明都非常扭曲。」

「根據以上的談話脈絡，我認為桐璃妳還比較扭曲喔。」

「那，烏有哥你叫什麼名字？」

桐璃還沒玩夠，鍥而不捨地追問。

「如月烏有啊。」

烏有略感煩躁地回答。或許是島上的氣氛激起了她的鄉愁吧。但就算是心血來潮也該見好就收。烏有用力闔上書本，踩著大步走向窗口。

「妳到底怎麼了。從剛才就一直問些奇怪的問題。」

「欸，烏有哥，為什麼只有那座觀景台透著微微的燈光？」

就像是為了削弱烏有的氣勢，桐璃伸直手臂指向觀景台。

「嗯？」

好像不是室內燈光的反射。在沒有月光也沒有室外燈的夜色裡，只有觀景台的圓形舞台輪廓明顯散發出銀白色的微光。好似自體發光的生物。

「好有神祕感啊。」

「神祕感嗎……真宮和音的存在本身就很神祕呢。不過那應該是塗了螢光漆吧。」

大概是蓄積了白天的陽光，再加上從一樓的房間裡透出的燈光又增加了亮度。不過，只有圓形舞台浮現在黑暗中的模樣確實很神祕。說是神祕，或許用陰森來形容還比較貼切。

「會是和音小姐的生命嗎。」

「瞧妳說得跟靈媒似的。桐璃，妳今晚怪怪的喔。」

連生氣的力氣都沒有了，烏有憂心忡忡地看著桐璃。明明二十分鐘前還口無遮攔地胡說八道，現在卻一開口就是感傷的台詞。

這跟她精心打扮最後卻徒勞一場有關嗎？應該不只是這個原因吧。

「沒什麼，少女情懷本來就是瞬息萬變。」

即便嘴裡這麼說，桐璃的視線始終都朝著圓形舞台的方向。

「妳算少女嗎。少女的品性應該更端正一點。」

「又不是會去上學就能代表品行端正。」

「但至少是一個必要條件啊。」

「別說得這麼絕對。烏有哥你太傳統了。」

見桐璃稍微恢復平常的樣子，烏有也放下了心中大石，坐回椅子上。

「這個世間還是以傳統的人占多數喔。」

烏有討厭傳統的人、徒具形式的成年人。然而看在桐璃眼中，自己恐怕也該納入同一種範疇吧。想到這裡，內心湧現了陣陣煩躁。而且煩的不是別人，是對自己感到不耐煩。

「你就是因為會說這樣的話才會被孤立的。現在已經不流行『雖然孤獨，但我自由』這種思維了。」

不知怎地，桐璃居然教訓起烏有來。烏有覺得很不服氣，正想反駁時，桐璃關上了窗戶，丟下一句「明天見，烏有哥」，接著頭也不回地踏出房間。一切都太隨興了，烏有一時半刻還反應不過來，啞口無言地盯著房門看了好一會兒。

從窗戶偷溜進來、不冷不熱的空氣，依舊沉澱在室內。

II

八月六日

0

第一次與桐璃相遇，是在去年陽光還很暖和的初夏時分。當時烏有還是大學二年級生，做出自己是一無是處之人的結論以後，在其他人都開始準備專業課程的早春時節，他每天都窩在陰暗的租屋處，不斷地懊惱、不斷地自問自答。也就是過著與社會隔絕的精神面逃避生活、抛開曾經看得比什麼都重要的學歷意識。說起來很好聽，但他也知道這只是自欺欺人、只是一個比較好交代的藉口。坐在榻榻米上握緊拳頭，凝視住處牆壁的日子常常一過就是十幾二十天。

到了五月，依舊沒有任何進展，精神也未能得到解放，只是渾渾噩噩地過著找不到手段、目標和結果的日子。他也不去上課，就連騎腳踏車到校門的十五分鐘路程也跟芝諾的烏龜[26]沒兩樣，感覺無限漫長，校門口的門檻就像高高聳立的柏林圍牆。就算不想上學，對世間萬物的自卑感又阻止他在河原町等繁華街區徘徊。有如被通緝的犯人，烏有認為自己是尚未受到處決的罪犯。是殺死一個前途無量年輕人的殺人犯。

六月初，烏有好不容易踏出住處，漫無目的地沿著桂川漫步。綿延至嵐山的單調景觀稍微撫慰了烏有充滿殺伐之氣的心，但依舊沒能找到已經失去的目的。即使漫步在新綠的河畔，也只是任憑灰色的世界填滿視野。而這樣的情況又持續了一個多月。

就在這個時候，他遇見了少女。

深藍色的西式制服搭配暗紅色的領帶、淺灰色的裙子。是附近一所私立高中的制服。時間是平日上午，所以顯然是蹺課了。少女坐在公園長椅上，正在吃著三一冰淇淋。她輪流品嘗焦糖與草莓兩種口味疊在一起的雙球冰淇淋，近乎奮戰的認真表情有些滑稽。若是被詩人看見了，大概會想在手邊的筆記本裡記下眼前這般引人入勝的光景。

「也有跟我一樣的傢伙啊。」

烏有這兩個月也都沒去上課，所以覺得很親切，但起初也就只是這樣而已。就跟所有在河邊擦肩而過的其他人一樣，僅止於萍水相逢的關心。烏有這兩個月來始終未能做出人我之隔。看到自己（和自己殺死的青年）以外的人，就像是看到由始至終都不曾改變過形狀的河流，或者是即使枝葉生了又落、依舊每月每年都保持著相同姿態的行道樹那樣，漠不關心，也不想關心。在他的世界裡，只有他自己一個人，無可奈何。

然而打從那天開始，他每天都會看見少女的身影。烏有總是沿著桂川的同一條路線散步，怎麼也不膩，那名少女也總是會在同一個時間於同一處地點閒晃，時而咬著巧克力、時而大口吃著紅豆餅、時而朝河裡丟小石頭，每天都會出現在烏有視野的一角。但烏有也只是靜靜地從旁邊經

㉖埃利亞的芝諾是古希臘時期的哲學家，曾提出多個與運動相關的哲學悖論。其中「阿基里斯與烏龜」是其相當有名的悖論。在此悖論中，設定讓希臘神話中的半神英雄阿基里斯與烏龜進行賽跑。然而因為其設定的前提，會得出若是烏龜先起跑、即便是擁有超凡能力的阿基里斯也無法追上的情況。

過，不打算做點什麼。

接著幾天過去，進入七月中旬的豔陽逐漸熾熱，城鎮中的蟬也開始大鳴大放的某一天。此時站在河邊的少女身上穿的並不是平常的制服，而是黑色的正式套裝。鞋襪及帽子也都是黑色的，雖然沒戴手套，但就像服喪似的一身黑。蕾絲帽子的寬帽緣擋住了夏日的豔陽，在眼睛周邊篩落蕾絲的陰影。細長雪白的頸項戴著銀項鍊。年紀雖輕，打扮起來卻像個秀麗的黑衣儷人。

少女看起來比先前要成熟許多。佇立於河邊的身影就像是風景畫中遠景的雕塑，在擁有沉靜氣質的同時，也從一成不變的桂川近景浮游出來，彰顯出獨特的存在感。

那天，烏有第一次停下腳步。他對眼前新鮮的光景感到訝異，不由得鑑賞起這幅未裱框的畫。少女以彷彿站在懸崖邊緣那般危險的姿態凝望著水面。除了哀愁、落寞的感覺之外，也有如從海底冒出的岩石，散發出銳利而堅固的鋒芒。桂川的景觀一如既往。遠方是北山泰然自若的稜線，彷彿亙古以來皆是如此，一成不變地將晝與夜、天與地一分為二。唯有站在勾勒平滑曲線的河邊前端的黑衣少女與平日情景迥異，向烏有主張著自己的與眾不同。

烏有情不自禁地往前踏出兩、三步。砂礫在腳下沙沙作響。就在他險些有如被吸過去似地靠近時，多年來培養的自制力立刻打消了這個念頭。烏有吸了一口氣，打算跟平常一樣，漠不關心地從她身旁走過。

這時，一陣風從上游吹來，吹飛了少女頭上的蕾絲帽子，順著河畔飛了一段距離。幸好沒有掉進河裡。帽子以宛如粗製濫造的紙飛機那種令人心慌的平衡感掠過烏有膝頭，落在長椅邊緣。烏有彎腰拾起。帽子的觸感比他想像的更輕、更軟。

「謝謝你。」

少女朝這裡小跑步過來，輕輕點頭致意。烏有這時才第一次聽到少女的聲音，也是第一次從正面端詳少女的體態與容貌。這時他發現少女長得比自己想像中的還更標緻。這兩週明明幾乎每天都從她身邊走過，卻連臉都沒有看清楚。少女的身高比烏有矮，雙眸帶點黃色，有如鎖住光芒的琥珀。感覺好像在哪裡見過，卻又想不起來。

烏有默不作聲，準備要轉身離去，結果少女主動開口。

「你總是在這裡散步呢。」

「……嗯。」烏有回頭應聲。除了事務性的內容以外，已經很久沒有人對他說話了，至於交談也是一樣。

「妳也是……」

「桐璃。舞奈桐璃。」

桐璃嫣然一笑，拍掉帽緣的灰塵再重新戴好。眼睛一帶再次籠罩在蕾絲的陰影下。這是烏有第一次從河岸俯瞰下游的景色。直到今天以前，烏有從未在散步的途中停下腳步回望。每次都只是心不在焉地邊走邊凝視上游。所以雖然看過朝這邊流過來的河水，但河水往前流動的景象卻是第一次看到。因為他下意識不想回頭。所以直到被少女叫住、將視線轉向一百八十度時，烏有這才重新意識到原來自己的身後也有風景。

「我一直很好奇。呃……」

「我是烏有。烏～有。」

「烏有～哥嗎。」桐璃嫣然一笑。「因為你總是在固定的時間來這裡散步，我一直很好奇這個人怎麼會這麼閒呢。」

多管閒事。烏有以對方聽不見的音量喃喃低語。我可不是在玩，而是很認真地在煩惱。在苦思那些儘管再怎麼煩惱也煩惱不出個結果來的煩心事。

「妳不用上學嗎？」

「我不去學校。學校很無聊。」

「怎麼說？」

「我也不知道該怎麼說。」桐璃搖頭。

「還是去上學比較好吧……」烏有說到一半，噤口不言。落魄的自己如今有什麼資格給別人建議呢。

「今天怎麼了？怎麼穿著黑衣服。」

「啊，烏有～哥果然也注意到我啦。」

桐璃喜出望外的反應就像在河面漩渦中打轉的落葉。
「怎麼樣，適合嗎？」
「是啊。」
烏有很給面子地予以肯定。漆黑的套裝反射著陽光，光燦耀眼。明明是吞沒一切的黑暗，竟然能如此光彩奪目。
「因為今天是個特別的日子。」
「特別？」
「嗯。不過是祕密。」
反正烏有也只是隨口問問，所以沒再追究。而桐璃也沒有再透露更多訊息。
「要不要去那個沙洲上看看？那裡剛好能吹到很舒服的風，就跟開了電風扇一樣。」
「不要。」
烏有直來直往地搖手拒絕，往後退了一步。就連自己也知道表情全都僵在臉上了。
「……我還有別的事要忙。」
「騙人。你怎麼看都很閒啊。對了，烏有~哥你是做什麼的？」
「我是大學生。」烏有說出自己就讀的學校，卑屈的口吻要是被同班同學聽見了，肯定會大發雷霆。但桐璃只是直爽地點點頭：「齁齁。」然後愉快地笑著說：「所以你將來要當醫生啊。」

不同於成熟的外表，桐璃以天真無邪的表情問他：「大學生都這麼閒嗎。」與印象中拒絕上學的小孩截然不同，烏有有些錯愕。明明沒見過拒絕上學的小孩，他卻先入為主地認定拒絕上學的小孩不是受到欺負，就是家庭失和，認為他們都很憂鬱。但無論實情為何，桐璃看上去一點也不陰沉。不過，既然她平常都穿著制服，可以想見大概是不敢讓父母知道自己翹課吧。

「大學現在放暑假。」

烏有這才想起自己沒去考定期考。這麼一來，今年等於要白忙一場……事到如今已經無所謂了，但還是難免落入近似感傷的情緒。

「原來是這樣啊。那明天也能見面囉？畢竟一個人實在太無聊了。」

「去學校不就好了。」

雖然大學是暑假期間了，但高中應該還要再過一個禮拜才開始放暑假。

「學校更無聊。吵吵鬧鬧的，好像動物園。」

桐璃像隻小狐狸似地噘起了嘴。

「這點我同意。再見啦。」

烏有冷冰冰地結束了對話，繼續沿著河邊往下走。今天與他人的接觸似乎有點太密切了。

「烏有～哥。那個樣子不適合你喔。」

背後傳來桐璃的喊聲。

1

上到四樓，就看到北面掛著那幅油畫。長兩公尺、寬一點五公尺左右的大型畫布被裝在造型簡樸的鍍金畫框裡，以略顯灰暗的筆觸描繪出等身大的黑色正裝人像。

靜謐的黑衣女性像。真宮和音的肖像畫。

寫實的畫像與受到幾何構造支配的這座大宅簡直南轅北轍，微微面向右邊的臉上帶著冷若冰霜的微笑，以及若有似無的生氣。與歌頌生命的真諦八竿子打不著，但畫中人當時確實還活著。當旅人迷失在深邃的森林裡、遇見了神祕的泉水，而畫裡的真宮和音就宛如從泉水中現身的女神。在妖異森林的一片寂靜之中，露出了讓人聯想到死亡的微笑。

透過這幅畫，烏有總算首次見到了真宮和音的廬山真面目，感覺比起透過照片或影像還更能多了解「真宮和音」一點。活靈活現地呈現出用底片難以捕捉的微妙氣氛。如同聽到感動的音樂，卻無法準確地說明自己得到了什麼一樣，烏有也無法用言語表達自己從這幅畫裡了解到哪些和音的本質。可是他確實知道些什麼。

黑色套裝……與桐璃在昨天晚餐時的打扮幾乎一模一樣。只是畫中的和音頭上還戴了一頂黑色的蕾絲帽子。右下角有畫家以書寫體留下的署名，可惜字體太潦草，無法辨識。

「這幅畫二十年前就有了嗎？」

「是我們二十年前來這座島之前畫的。當時和音才十七歲。」
派翠克神父平靜地回答。十七歲啊……栩栩如生的畫裡不斷傳來成熟的妖豔氣息。
「為什麼要告訴我?」
「因為你遲早會知道吧。」
派翠克神父似乎不敢直視這幅畫。視線一直飄向比畫框還更外側的部分。來自天花板的照明太暗了,令人無法好好欣賞這幅畫,但和音的微笑清晰可見。嘴角微微上揚,以睥睨一切的眼神俯視世人,露出令人產生古風感慨的微笑。但臉上並沒有憂慮或迷惘的表情,反而讓人感受到強韌的意志。是個待在她的身邊,感覺可能就會被其吞噬的女性。
看到這幅畫以前,烏有一直以為真宮和音是個清純的美少女,或是有如偶像般朝氣蓬勃的少女。但是他的猜想一點都不準確。和音確實很美,但是才十七歲,全身上下就充滿了妖冶的氣質……魔性,那是即使這麼稱呼也不為過的女人味。
只不過,那跟一般人口中的「妖女」又有點不太一樣。因為這幅畫給人超越「女性」的感覺。不是「女神」那種將人類女性理想化、超然物外的存在;也不是「天使」那種屹立於兩性之間、無關風月的存在。自始至終描繪的都是人類女性,同時又具有孤獨的透明感。微笑和眉眼都帶著身為女性的活色生香,以及近似機器人般的無機質冰冷。
可是,問題並不在這裡。問題在於她俯視烏有等人的姿態令人震驚地與桐璃如出一轍。說得更嚴謹一些，是跟昨晚盛妝打扮的桐璃一模一樣。簡直就像是桐璃直接從這幅畫裡走出來似的，無論是衣服還是長相都並無二致。這該不會是舞奈桐璃的肖像畫吧？就連烏有都幾乎要陷入這樣的錯覺。

「你早就知道桐璃跟她很像嗎？」

烏有壓抑內心深處泉湧而出的興奮問道，但神父搖了搖頭。

「不光是我，我想大概沒有一個人發現吧。直到那一刻……那個小姑娘——舞奈小姐是嗎。若不是先前的她與出現在餐廳裡的她簡直判若兩人，大家應該還不至於那麼驚訝。」

神父說的沒錯，就連看在烏有眼中，晚餐時的桐璃與他認識的桐璃根本就不是同一個人。那身衣服與妝容就像是施展在灰姑娘身上的魔法，令她改頭換面，光是用變成熟這個詞彙根本還不足以形容。就算烏有事前看過這幅畫好了，大概也不會把這幅畫和桐璃——過去看慣的女高中生桐璃——連結在一起吧。

更何況並非只有臉型，就連那蠱惑般的微笑都一模一樣。烏有回憶起桐璃昨晚流露的笑容，一股不太舒服的感覺頓時湧了上來。

「桐璃知道嗎？」

「我不清楚。原本我也懷疑舞奈小姐是不是看過這幅畫，所以才故意打扮成那樣的。如果真是如此，那就只是純粹的惡作劇了。可是那身衣服是舞奈小姐自己帶來的吧？」

「來到這座島上之前不可能看過這幅畫……所以只是單純的偶然嗎？」

連烏有都沒看過和音的照片，桐璃更沒道理看過。她對工作也沒有這麼熱心，再說了，那件衣服她去年也穿過、是她母親留下的遺物。而且桐璃昨晚也不明白場面為何會如此緊張。依照桐璃的性子，要是知道的話，肯定早就得意洋洋地告訴他了。

烏有一時忘了時間，直盯著那幅畫看。愈看愈覺得和音彷彿變成了桐璃，正以微微開啟的豔紅朱唇對烏有訴說著什麼。

「好可怕的巧合。真的太可怕了。」

派翠克念念有詞地低喃。或許是每天打掃的關係，風格沉穩的金色畫框一塵不染。但光線這麼昏暗，顯然不是以平時讓人鑑賞為目的。不知何故，烏有甚至懷疑是不是為了加強昨晚的戲劇效果才把這幅畫給掛出來的。如果用巧合或偶然一筆帶過，未免也太神奇了。話雖如此，又著實很難想像誰會想出這種主意。硬要說的話，或許是超越人智的存在……

太愚蠢了。烏有看著神父，拋開這個念頭。這位神父應該絕不會認為這是至高無上的上帝所帶來的惡作劇。世上多的是更愚蠢、更不可能發生的巧合。像是兒子陷入要對父親執行死刑的處境、有人死於自己在四十年前發射的子彈等等。至於烏有現在還活著、繼續在這個現實中浮沉也是其中一個例子。會開始想這些有的沒的，無疑是受到和音島上詭異氣氛的影響。

「這幅畫一直掛在這裡嗎？」

「是的。」

「可是，讓我看這個真的好嗎？會不會害你挨罵？」

「不會。應該不要緊……我們之間的角色從以前就分配好了。」

神父縮了縮肩膀，語帶自嘲地說。

「必須要有某個人來告訴你。大家都是這麼想的。」

「其他人對這件事有什麼看法？」

「結城的話或許會對和音的再臨感到很開心吧。」

神父面露微笑，以聽不出是否在開玩笑的口吻這麼說道，然後又補了一句：「我想應該不用擔心。雖然時機確實有點不妥……我們差不多該回去了吧。」

神父轉過身去，開始下樓。四樓的歪斜程度比三樓更嚴重。走廊等處已經徹底喪失了正常的安定感，甚至有幾分四次元的錯覺。但是並沒有失去平衡感時那種不適或噁心想吐的感覺，真不可思議。只剩下彷彿被丟進時間靜止的世界裡，莫名深幽的寂靜。

「這件事請對桐璃保密。」

「咦？」神父露出難以理解的表情，烏有只好再三鄭重請求。

「因為她的好奇心十分旺盛，我不想激起她的好奇心。」

萬一桐璃知道這件事，一定會打破砂鍋問到底。她才不會顧及大家的心情，只會出於好奇心的驅使，自以為是偵探、直搗眾人內心二十年前的黑暗。

「我猜一定會給各位添麻煩的。」

「或許是呢。」

神父了然於心地點點頭。不是剛才那種虛應故事的笑容，而是發自內心覺得很有趣。長袍底下的雙肩笑得微微顫抖。

「或許本人不知道比較好吧。知道了可能會覺得不太舒服。」

下樓梯前，烏有回頭看了好幾次。總覺得有人在看他。但每次回頭，四樓還是沒有其他人。只有那掛在牆上，露出妖異的微笑凝視著烏有的和音。牆壁上的美少女……簡直就像是當時的那個少女。

「真宮和音是一個什麼樣的女性呢？呃，或許應該問她是個什麼樣的少女會比較好。」

烏有從牛仔褲的口袋裡拿出記事本和筆，明確表示這是在採訪。

「和音……啊。」

大概是在回顧心中的走馬燈。神父抬起頭仰望天花板，沉默不語了好半晌。

「如月先生有看過和音的電影嗎？」

「你是說《春與秋的奏鳴曲》嗎？沒有，沒看過。我是因為那幅畫才第一次看到真宮和音小姐的長相。」

「這樣啊。因為膠捲都被水鏡先生回收了嘛。」

「有機會看到嗎？」

「八月十日……忌日那天應該會播放。」

忌日啊。也對，想必再也沒有比這個更適合忌日的企劃了。

「直到那一天都會被封印起來。」

「你說封印……是指什麼意思？」

「我也說不清楚，但應該是希望那是只屬於自己的寶貝。該怎麼說呢，就像是狂熱愛好者不想讓別人欣賞他好不容易弄到手的名畫吧。也就是所謂的收藏家性格。」

烏有點頭表示贊同，但其實未能釋懷。如果是這樣的話，為什麼要讓烏有和桐璃這兩個局外人加入這個堪稱最高機密的聚會呢？而且他只是個名不見經傳的記者。是基於狂熱愛好者的心理嗎。烏有能理解那些狂熱分子既想據為己有，又想向全世界誇耀自己喜歡的東西有多麼美好的心情。這大概是拍成電影、公開上映、最後卻又回收膠捲的根本原因吧。因為唯有先得到別人的讚美，事物才會產生絕對的價值。

既然如此，直到最後都對和音讚譽有加的這五個人是其價值的存在理由嗎？可惜一般人並不知道和音的價值。電影未能大受好評，傳說也只流傳於他們之間。

兩人穿過玄關大廳，走到屋外。抵達這裡的時候因為是背對大海拾級而上，所以沒有發現。或許因為地勢較高，感覺廣漠的湛藍大海幾乎要吞噬一切。烏有這才終於有了來到夏日島嶼的真實感受。往下方看去，與棧橋有段距離的海邊架起一把澄黃色的海灘傘。村澤夫婦坐在那把海灘傘底下，宛如傳說中的情人傘。一段距離之外，結城正趴在海灘墊上做日光浴。

「所以呢，和音這位女性……」

「哦，剛才正聊到這件事呢。」

神父猛然想起似地點頭。

「和音啊……和音她，該怎麼說呢。如果要用一句話來概括的話，就是那幅畫。」

「就是那幅畫？什麼意思。」

描繪在介於紫色與深藍色的背景裡，不對，是鑲嵌在背景裡的黑衣女性像。那個與昨晚的桐璃極為相似的模樣，對著烏有露出令他望而生畏的笑容。

「對當時的我們而言，和音是超越偶像的存在。高貴之餘，也背負著陰影。那種一旦接觸就會被吞噬、令人難以接近的氛圍，至少我是深受吸引的。」

「成為俘虜了嗎。」

「你說的沒錯。」神父直言不諱地承認。豈止直言不諱，看起來他對於這個結論抱持著萬全的自信。

「那麼，和音在這座島上……」

「和音在這裡就是『神』。」

「『神』……是嗎。」

「是的。現在的我不該輕易說出這個字眼，但當時確實是這樣沒錯。」

失去了「神」，接著又找到耶穌基督這位新神的男人，對鳥有回以真摯的眼神。

「她就是『神』喔。」

語氣極為平靜，甚至還帶有幾分挑釁的味道。鳥有不由自主地凝視派翠克神父。但神父隨即回過神來，補充說明。

「……倘若美這種東西可以當成一切的基準。」

但這句話已經沒有剛才那樣的氣勢了。或許是因為身為職業神父，剛才說的那些話已經違背了他的信仰。

*

「接下來，可以請你描述一下在這座島上的生活嗎？」

鳥有換了問題。老實說，他不太想深究神明的話題。光是平常碰到想勸他入教的人，他都會退避三舍。

「該怎麼說呢……事到如今，我也不知道能不能具體形容。」

神父換上正經八百的表情，想了一下。

無論是誰，在中學、高中時代應該都會有很多快樂的回憶吧，但是問到這六年來具體都做了什麼，大概就很難說明了。即使參加了社團，但每天和誰都怎麼相處……除了一些特別鮮明的事件，應該都只會想起日復一日的單調生活。平凡就是最大的幸福。所以也不能怪神父一時半刻想不起來。即便如此，他仍努力想從日常生活中打撈起一些故事片段。

「我想想喔，我印象最深刻的是和音畫的畫。」

過了好一會兒，神父總算開口。

「你是說繪畫……嗎？」

「對，不是剛才看到的那幅畫喔。我想你應該也看到了，就是掛在二樓樓梯旁和房間裡的畫。」

「啊。」烏有反應過來，點點頭。「那些立體主義風格的畫啊。」

聽到這句話，神父「噢」了一聲，眉毛揚了一下。「從能夠立刻想到立體主義這個名詞來看，你對藝術很有研究呢。」

「不，並沒有那麼了解。」

頂多只是為了採訪而需要先做點功課的時候逛過美術館。要是再進一步問他理論，以他的程度就會支支吾吾地答不上來了。

「和音在那一年的時間畫了四幅畫。第五幅還停留在最後修飾的階段，所以未能完成……」

神父低聲呢喃，感覺非常惋惜的樣子。

也就是說，二樓的兩幅再加上烏有房裡的那一幅，烏有已經看過四幅畫裡的其中三幅了。雖然無法判斷畫得好不好，但確實很有個性。只是沒想到那都是和音一個人畫的。因為每幅畫給人的印象都有點不太一樣。如果繪製年代相隔甚遠就算了，結果都是同一年的作品。

不過，比起這點還更令他驚訝的是，和音的畫打破了前面給烏有的既定印象，又加上了新的形象。能畫出立體主義畫作的偶像……從品牌形象來說，或許並不值得推崇。如果跟時下一樣流行專攻利基市場的策略就算了，擺在二十年前應該只會落得曲高和寡的下場。

「那麼，和音小姐在這裡有工作室嗎？」

「沒有，沒有所謂的工作室，頂多只有用來放工具的地方。和音總是在觀景台畫畫喔。就是那座面向海洋的大理石圓形舞台。從素描到上色都在那裡進行。」

「她還會素描啊。明明不是風景畫，選在那邊作畫實在很稀奇。」

「和音很喜歡那座圓形舞台。對她來說，大概是最能放鬆心情的祕密基地吧。不過即使才畫到一半，和音也不介意我們偷偷跑去看。專注力十分驚人。纖細的手指握著畫筆，一筆一畫地描繪，完全不在意有人旁觀。」
神父一臉著迷，但說話的語氣平淡。
烏有試著想像那個畫面，卻怎麼也想像不出來。肖像畫中的和音臉上掛著清冷的淺笑，手裡拿著畫筆，面向畫布的模樣……
「而且和音身上完全沒有油的味道。」
「你的意思是？」
「畫油畫的時候，身上會在不知不覺間沾染上用來稀釋顏料的油所散發的油耗味，但和音完全沒有這樣的情況，真是不可思議啊。現在回想起來，或許是海風吹散了那個氣味。」
神父微側著頭，陷入沉思。或許是覺得揭開過去推崇的神祕面紗很讓他遺憾吧。但是對現在的派翠克神父而言，對信仰無足輕重的神祕感，或許反倒要去揭穿吧。
「我看過幾幅和音小姐的畫，似乎都是人物畫。有模特兒嗎？」
「模特兒嗎？模特兒就是和音自己喔。」
神父一臉理所當然地說明。
「和音只要有自己就夠了，根本不需要別人。和音的才能應該只用在和音自己的身上。」
這句話說得好深奧。隱晦的背後隱約透出刻意的迴避，不確定本人是否有意識到這一點。
「每幅畫都有各自的標題，掛在二樓的那兩幅分別是《鳥與唱歌的少女》和《在海邊奔跑的少女》。」

換言之，右側那幅畫是《在海邊奔跑的少女》，歪七扭八的身體線條大概是為了表現少女奔跑的律動感。左側那幅畫的白色部分則是淺顯易懂地畫出了烏。

「還有兩幅畫，我想你應該還沒看過，一幅是《摘下面具的女人》，另一幅是《和音》。」

從少女到女人嗎……從標題來推測，存在於兩幅畫之間的或許就是和音的成長。但不知是肉體面的成長還是精神面的成長。最後的《和音》或許就是掛在烏有房間的那幅吧，因為那幅畫沒有面具的要素。只有一幅畫的標題如此單純，難道是採取直球對決的自畫像嗎？

在這座島上只畫自己的和音……烏有無法理解和音的心境。難道她心中、眼中都只有自己嗎？這座島確實是以和音為軸心自轉。但是看在世人眼中，只不過是微不足道的滄海一粟。在世界地圖上連一點記號都沒有，就這麼消失了。

烏有不經意地提出從昨天就在腦海中浮現的疑問。

「想請教一下，據說這座島以前就只有神父你們七個人，請問家事是由誰負責的呢？」

「是尚美小姐喔。包括三餐在內都是由她一手包辦的。她真的是個很出色的女性。而且比我們更加熱情喔。啊，當然現在也是很好的人啦。」

神父微微一笑，似乎在緬懷過往。

「和音小姐呢？」

「怎麼可能讓她動手。」派翠克露出震驚的表情，不可置信地回頭看烏有。

「和音不需要工作。不過她心血來潮的時候偶爾會幫忙做飯。」

不敢讓身為「神」的和音做任何事啊。因為和音的存在本身就具有意義。凌駕一切的存在……烏有覺得自己很羨慕和音。

烏有在下到海灘的地方與神父道別。和音為什麼只畫立體主義的畫呢？忘了問一下神父了，不過烏有當下也沒有多想。

2

「昨天半夜有地震，你有感覺到嗎？」

戴著太陽眼鏡的結城以帶著睡意的聲音問他。烏有搖搖頭，表示不清楚發生了這件事。

「搖得還挺厲害的。你瞧，那邊的草叢還有海浪打上來的痕跡。連漲潮都沒這麼高。」

結城指著海灘與草地交界處稍微隆起的部分。長得整齊平高的草倒成一片，看起來像是被踩平似的。

「雖然不到海嘯的地步，但還是來了大浪。也幸好沒有海嘯，否則我們現在都沉到海底餵魚了。」

有別於和服店小老闆的頭銜給人的印象，穿著海灘褲的結城儘管年過四十，肌肉仍鍛鍊得十分結實，二頭肌幾乎是烏有的兩倍大。要是跟他打架，大概瞬間就會被擺平了。烏有直到十九歲前都過著忙於應付考試的生活，弱不禁風的體格根本就比不了。但這種人的心臟到了快五十歲的時候通常都會過於擴張，以至於難以維持正常功能，可能會突然毫無預兆地猝死……烏有又羨又妒地想著。然而實際看到結城那裸露在外的身體，光是從皮膚的光澤來看，也不會覺得他活不過十年。

不只身體，就連心靈都很年輕的樣子，只見他穿著印有極盡繽紛之能事的大理石花紋、說得老套一點就是充滿迷幻風格的海灘褲。金項鍊的墜子在曬成古銅色的胸前閃閃發光。

「我很好睡，感覺又很遲鈍。」

海相十分平穩。要踏平那片草地，大概要有一公尺左右的高度。在山裡長大的烏有沒看過那麼高的海浪、也沒看過海嘯，更沒有為此擔心的經驗。頂多只看過伊勢灣颱風的新聞或巴西的亞馬遜河逆流紀錄片。所以對於海嘯其實很容易發生這件事著實沒有真實感。

「我不是這個意思。」

結城笑著打哈哈。

「別看我一副吊兒郎當的樣子，我其實很神經質喔。」

儘管晴空萬里、豔陽高照，但氣溫並沒有那麼高。在這個季節其實是很罕見的現象。烏有穿著T恤仍覺得有幾分涼意。感覺比較像是在初春的時候去踏浪。

「你不冷嗎？」

「冷？哦，一般人或許會覺得有點冷吧。不過你還這麼年輕耶。而且我喜歡潛水，深秋也會去喔。所以一點也不覺得冷。」

結城快活地回答，任由陽光曬乾濕淋淋的皮膚。接著慢條斯理地仰望天空。

「但是以夏天來說，或許確實有點偏涼呢。」

風靜靜地劃破長空。可能是因為人太少的關係，氣氛閒散的同時也帶有些寂寥的氣氛。沉默的沙灘除了砂與海以外，什麼也沒有。所謂的私人海灘或許都是這種氣氛，但因為在這二十年內都沒有人使用這片沙灘，孤寂的感覺也更加強烈。

「話說回來，你姓如月是吧，是二月那個如月㉗嗎？」

「是的。」

「我只聽說你是代表雜誌來採訪，是哪本雜誌呢？」

烏有想起自己在舞鶴的港口向村澤等人自我介紹、遞上名片時，結城因為遲到的關係所以不在場。最後他應該是只來得及把名片遞給踩線趕到的結城。

「是一本叫《京・趣》的雜誌。」

「我沒有聽過耶，真不好意思。是興趣風格類型的雜誌嗎？」

「可以這麼說。就是會介紹各式各樣的京都文化。」

沒辦法，烏有只好再給他一張名片。結城彷彿這才注意到烏有姓名以外的文字，嘴裡念念有詞地說著「創華社啊」。

「因為發行量不大，我想應該只有大型書店才買得到。」

「可是，為什麼這樣的情報類雜誌要採訪我們的事啊？」

「因為本雜誌是以聚焦地方為賣點。包含娛樂設施及美食在內，製作過好幾次這種地域類型的特輯。」

烏有不認為結城能完全接受這套說詞（畢竟就連向他說明的烏有也有些難以釋懷的地方），但結城只是「喔喔」了一聲，就沒再往下深究了。

「一般人會想看這種大叔們回顧青春時代的企劃嗎？不過既然水鏡先生都答應了，我們是沒什麼關係啦。對了，雜誌出版後會寄給我們嗎？」

「當然會。對了，結城先生在京都經營和服店吧。」

「你也是京都人嗎？」

㉗日本舊曆二月的名稱。從一月至十二月分別是睦月、如月、彌生、卯月、皐月、水無月、文月、葉月、長月、神無月、霜月、師走。

「我現在住在京都，但不是在市內出生。考上大學後才搬到京都市。」

京都人口中的京都通常是指洛中[28]這個區域而已。要是結城誤以為自己跟他是同鄉，事後會很麻煩。所以烏有老實地坦承。

「原來如此。我們的店開在西陣，店名直接用了『結城』。所以經常被其他府縣的人誤以為是賣結城紬[29]的店。社長是我哥，我是副社長。還算是老字號的和服店喔。你有聽過嗎？」

「我對和服並沒有那麼了解。」

「這樣啊，我想也是。年輕人不太需要穿和服嘛。」

「是西陣織嗎？」

話一出口，才後悔自己怎麼問了個這麼愚蠢的問題。但結城可能已經習慣解釋這個問題了，所以似乎不以為意。

「主要都是西陣織。但不只西陣織，也會販賣各種當季的歐洲舶來品喔。你要不要也挑個什麼呀，可以送給可愛的小女朋友。」

「你說桐璃嗎。我們並不是那種關係喔。而且和服對我來說還太昂貴了，我買不起的。」

「買個和服腰帶的扣環嘛。我是負責管會計財務的，很可惜沒有挑選和服的品味。」

他的意思應該是想表示，如果是西裝的品味那就有了。確實，他昨天穿的亞曼尼西裝搭配得還不賴。

「我會考慮的。」

不知從何時開始突然變成都是結城在問問題，立場反了過來。為了進入正題，烏有刻意作勢將筆重新拿起。

「回到原本的話題，我想請問真宮和音是一位怎麼樣的女性呢？」

「……和音啊。」

結城的視線投向遠方。落寞的表情在臉上一閃而過。

「我剛才有看到你在跟小柳說話，你也問了那傢伙這個問題嗎？」

結城以退為進地回問。

「對，我是有問。」

「所以呢，小柳他怎麼說？」

烏有不知道該不該老實回答這個問題。因為不清楚結城是基於單純的好奇心，還是疑心。但他還是決定坦白說出來。

「他說和音小姐很高貴、有些難以靠近、似乎還帶了一絲陰影。」

省略了提到「神」的部分。因為他覺得那是神父個人的主觀意識。而且烏有本身也不太想提

㉘以「洛」來稱呼京都自古以來流傳有許多說法，其中一說為平安京時代取自中國王朝首都之一的洛陽而產生的稱謂。洛中為京都的中心區域（現今的上京區、中京區、下京區），其外緣則是洛外。現今的洛東、洛南、洛西、洛北等區域名是涵蓋在洛外的範圍內。

㉙以茨城縣、栃木縣為主要產地的絹織物，其製作工法被指定為日本國家級重要無形文化財產。

到「神」這個字。

結城豪爽地笑了。

「果然很像那傢伙會說的話。因為他完全疏遠女性，而且感覺到現在也還是一點都沒變。畢竟他還是從事神父那種死板的職業。你不覺得嗎？如月老弟。」

「我並沒有什麼想法。」烏有曖昧地回答。

「這樣啊。和音她……我以前踢過足球，當時是中鋒，因為玩運動的關係，還算是有女人緣。當然現在也還是很有女人緣就是了，但總之，我自己從來沒見過像和音那樣的女人。」

「這話怎麼說？」

「只看了一眼，我就知道像我這種人根本就配不上她。明明她小我四歲，當時還只是個說是小鬼也不為過的黃毛丫頭。一般人提到高嶺之花，不是意指對方很有手段，就是有點惡女般的風情，但和音也不是那種類型。感覺像是超越了一般世俗的審美。換句話說，除了神奇以外，我也說不出個所以然來。」

大概是為了讓胸膛也曬到太陽，結城一骨碌地翻身仰躺。陽光不大，就算長時間曝曬在太陽下也不至於曬傷。結城拍掉胸口的砂子，伸懶腰似地伸展雙臂。

「這不太好意思讓別人知道，所以這段請別寫出來。但我當時非常嚮往那樣的存在。該怎麼說呢，可能是因為我自己不值一提吧。雖然我也上過大學，自以為是菁英分子。」

帶著肢體語言的語氣彷彿沉浸在回憶裡。比即使退了兩三步仍不願袒露真心的派翠克要坦率多了。自我主張強烈的熱切口吻大概是結城熱情性格的一種展現，因此他的話很有說服力。但是不假思索、侃侃而談這點也讓烏有感到些許在意。

「是說，我不知道你對『偶像』這兩個字有什麼樣的印象，但和音大概跟你想像中的偶像是完全不一樣的。」

結城彷彿想到了什麼，猛然抬起頭來。

「……你看過那幅畫了嗎？」

「剛才神父帶我去看了。」

「我想也是。那你應該能理解吧。理解我們為什麼會那麼驚訝。」

「嗯……真的好像，連我也嚇了一大跳。」

說得很直接，但烏有想不到更好的表現方式。正因為有不同之處，才能指出類似的地方。若是完全一樣的話，除了如出一轍之類的詞彙，實在就找不到其他的形容詞了。結城或許也能體會到他沒說出口的想法，深深頷首。

「……那個女孩——是叫舞奈小姐是嗎。我在船上還不覺得她們有那麼像。離開這座島以後，我也見過形形色色的女人。但沒有人比得上和音。」

「桐璃並不是和音小姐。」

「這個我們當然知道。」

結城打馬虎眼似地猛搖手。

「我不知道你看了那幅畫以後有什麼感覺，但現實中的和音就是畫裡面的那種女性喔。」他說了與派翠克大同小異的話。但那幅畫給人的感覺千差萬別。就拿他們對真宮和音的印象來說，這兩個人拿捏自己與和音的關係也有著根本上的差異。但結城不只沒否定對方的見解，反而積極地認同對方的感受。還是說，這是因為和音涵蓋了一切的關係呢。

「完美、充滿魅力……這些溢美之詞都可以套用在她身上。我這不是誇飾喔，她真的就是這麼美好。然而一旦用言語來形容，一切就會陷入類型的框架。言語只能從每個人各自的體驗之中去勾勒出形象。」

「所以才畫下來嗎？」

「那幅畫是我們來這裡以前就畫好的。但或許二十年過去，那幅畫依舊沒有失去它的神力。但和音真的是很完美，不然你以為我們為什麼要跑來這座絕海的孤島，甚至不惜拋棄一切。除此之外還有別的原因嗎？」

結城自顧自地做出最後的結論。而且像是為了強調，重複了一遍又一遍。

＊

「烏有～哥，早安！」

抬頭看向發出聲音的地方，桐璃正從三樓的窗戶探出穿著海軍藍T恤的身影。像是在十二點報時的鴿子鐘、朝著他猛揮手。她的聲音還是那麼快活，但十一點才起床的人實在沒資格說什麼早安。烏有還以為她昨晚回房就立刻躺平睡覺了。

「天空好藍啊！」

「妳要睡到什麼時候啊。」

烏有朝上方大喊後，他立刻向結城道歉。

「真對不起，她總覺得是來這裡玩的。」

「有什麼關係嘛。反正也沒發生任何值得採訪的事。」

因為昨天的事，他的聲音稱不上沒有任何芥蒂。但是看起來也不像神父那麼掛懷桐璃。

「放輕鬆點比較好。畢竟我們還要一個禮拜才回去。」

和音過世的那天是八月十日。然後武藤則是在十二日追隨她而去。他們在島上的生活在那之後只持續了一週，然後就戛然而止。

這次的聚會從五日開始，在武藤過世的十二日劃下句點，中間夾著和音的忌日。十二日的傍晚，船就會來接他們回去。烏有無從判斷這個安排是否藏有不願在島上度過武藤死去那一夜的意圖。

「好可愛呀。她真的不是你的女朋友嗎？」

結城重新面向烏有，豎起右手小指，嘴角浮現猥瑣的笑容。烏有不喜歡這種俗不可耐的比喻，但還是努力保持冷靜，不與他計較。

「都說了，她只是我的助手。」

「所以是還沒把上的意思囉？」

「她還是高中生喔。」

「以我的角度來看，你其實也沒年長到哪裡去啊。不過，你還真是暴殄天物啊。這麼可愛的女生，在我們店裡的客人裡頭也幾乎沒遇過呢。」

「這是兩回事吧。」

烏有想拉回話題，於是趕在結城開口前先提問。

「話說回來，你覺得這裡的生活如何？」

「生活……嗎。說得好聽點是小型的生命共同體。」

結城收回右手，略帶自嘲地微笑。

「當然不是無政府主義或共產主義者追求的那種共同體。我們是因為有水鏡先生這位金主在背後庇護，才能過上那樣的生活。」

「是因為和音小姐的非凡魅力嗎？」

烏有想起神父掛在嘴邊的「神」這個字眼。或許結城也抱持著大同小異的看法。和音的存在宛如強大的軸心。想必和音真的擁有如此不可思議的魅力和吸引力吧。

「嗯，雖然日子其實過得很平淡，但真的很快樂喔。我們度過的青春時代與其他的傢伙完全不一樣，但我一點也不後悔，反而還以此為榮。不過其實也沒有真的拿出來說嘴就是了。直到現在，我都不認同大人們給我們貼的那些標籤，例如『年輕氣盛』之類的。」

隨後他又補了一句：「但其他人是怎麼想的我就不清楚了。」

結城說的話洋溢著青春的燦爛光芒。這段奇妙的共同生活只過了一年就劃下句點。隨著他們的太陽、宇宙的中心──和音一起死去。

「……和音小姐是怎麼過世的？」

直到看到肖像畫之前，烏有對和音的印象一直是昭和初期那種因為染上結核病而住進療養院，楚楚可憐、紅顏薄命的美少女，也以為她是死於類似這方面的病症。可如今他對和音的印象已然天翻地覆。和音遠比他想像的還更美麗，雖然確實是有些會令人聯想到死亡的部分，但也不是病弱或不幸那種脆弱的存在。

「……她消失了喔。」

沉默了好一會兒之後，結城這麼回答。

「消失……了？」

「沒錯。」結城一臉沉痛地點了點頭。是心理作用嗎？感覺拍打在海灘上的浪濤聲似乎變大了。

「一眨眼就從我們眼前消失了……中庭不是有座觀景台嗎。往下就是懸崖。和音從那裡掉進海裡……事情就發生在一瞬間。不知道是被風吹落，還是有什麼別的原因。總之和音就在我們面前，彷彿輕飄飄地浮游在空中、背部朝下掉入海中。從此不知去向。」

「那麼……」

「懸崖下方的地形很複雜。海流十分洶湧，也有很多礁石區，和音她始終沒有浮上來。警察也沒能找到她。警方認為她可能被捲進海底某個錯綜複雜的洞穴了。」

即使極力冷靜說明，也不表示二十年前的傷口已經癒合了。他的語氣沒有剛才那麼流暢。烏有心想或許還是別再追問這方面的事情會比較好。

回過神來，一群大水薙鳥在虛空中飛舞。從海灘這邊無法判斷是正在盤旋上升，還是從山頂下降。只是不停地描繪出小小的弧形，吱吱喳喳地不知在訴說什麼。

「離開這座島的時候，我們把碑燒掉了。」

「你剛剛是說碑嗎？」

「嗯，碑。我們以前在這座島的時候幫和音立的碑。唯有那座碑是靠我們自己的雙手打造的，沒有仰賴水鏡先生的財力。那是一座很像木頭十字架的碑喔。幾乎就像是真正的實物。但我們要回本土時在最後一天把碑燒掉了。」
結城說到這裡，指向大宅西側一處微微隆起的狹小丘陵地。
「就立在那個地方。將近兩公尺。最後燃起熊熊烈焰，無聲無息地崩塌。跟和音一起從這個世界上消失了。」
烏有瞪大了眼睛凝視，確實還能看見那裡似乎還殘留著碑的基底部分。周圍是一片生機盎然的綠意。
「為什麼要燒掉？」
「因為不想留下來啊。」
這個答案聽起來似是而非，但烏有並沒有多嘴。不管他說什麼，恐怕都無法說到點上。問題是，碑這種東西不就是用來追思故人的嗎？
「……為什麼你們這二十年來彼此都沒有聯絡呢？」
即使已經猜到答案，烏有仍無法不明知故問。結城似乎想起現在正在採訪，「嗯」了一聲之後，又稍微想了一下。
「因為不想面對少了一個人的狀況吧。」
這句話有兩層意思。烏有感到有些困惑，不知他口中的「一個人」是指和音還是武藤。但結城似乎不打算給他思考的時間，主動轉移話題。

「對了。中午過後，我要和小柳去爬那座山，你要不要一起來啊？」

「……爬山啊。」

烏有仰望矗立於島中央的山。綠葉鬱鬱蒼蒼覆蓋山壁，在陽光下璀璨生輝。

「對呀，我們以前經常一起去爬山，村澤和尚美也會去，單程大約一個小時的健行。雖然一路上什麼也沒有就是了……不過從山頂看出去的景色可說是絕品喔。」

「不，我就不去了。」

烏有打算利用中午過後的時間採訪村澤夫婦。而且一來就去健行，這麼逍遙的行程也令他有所顧忌。一方面是基於職業道德這種聽起來很響亮的名目，另一方面是除了工作以外，與外人共同行動會令他感到呼吸困難。

「我也想去！」

這時，就像是從塑膠軟管擠出藍白相間的牙膏，桐璃的聲音從結城和烏有中間蹦了出來。她是什麼時候來的？烏有連忙轉過頭去，只見桐璃琥珀色的雙眸閃爍著像是在說「嚇到啦？」的光芒，天真無邪地笑著。

「小姑娘，妳想去啊。」

結城也有些愣住了，然而儘管發生過昨晚的事，他還是比烏有早一步反應過來。

「對呀！聽起來很好玩。欸，烏有～哥，我可以去吧。」

「怎麼樣？如月老弟。」

意料之外的闖入者助長了自己的氣勢，結城臉上堆滿討人厭的笑容。不管他是不是真的不懷好意，至少看在烏有眼裡就是這麼回事。

「桐璃，工作呢？」

烏有打算不著痕跡地暗示她拒絕，但姑息的技倆顯然行不通。反而被將了一軍。

「分頭進行不是能採訪到更多內容嗎。對吧，是為了採訪啊、採訪。」

烏有在結城的注視下假裝陷入沉思，自忖沒有勝算。毋寧說自己打從一開始就落居下風，無法翻盤。

「你就答應她嘛。沿途都鋪設了通道，即使是年輕小姑娘也能輕鬆地爬上去。」

「……好吧。」

烏有萬般不情願地同意了。確實如桐璃所說，分頭行動更有效率。然而……因為昨天晚上的事，烏有多少還是感到不安。

「那就等吃過午飯，一點左右出發吧。細節在午餐的時候再討論。」

「好的，我很期待。」

桐璃喜笑顏開，白皙的臉頰浮現出兩個酒窩。烏有完全無法預測桐璃是考慮到什麼地步才行動的。腦海中閃過真不曉得最近的年輕女孩都在想些什麼之類的台詞，覺得只有自己突然老了十幾歲，氣不打一處來。

而且該說是因為這個緣故嗎，烏有就連在這裡也還是孤身一人。其實不放心的話，只要自己也跟著去就好了。但是他卻自虐地沉醉在名為「孤獨」的春藥裡，所以都沒有評估過這個選項。

「對了，如月老弟。你要去看和音的墓碑嗎？」

結城若無其事地問烏有。

「墓碑……現在嗎？」

「是啊。就在那邊而已。你要採訪的話最好也過去看看吧。」

「好、好啊。麻煩你帶路。」

意外的邀請令烏有不知所措，但也只能乖乖地表示感激。

「和音小姐的墓嗎？」

「是啊，桐璃小姐。」

結城拍掉沾在肩膀和背上的砂後站了起來，把毛巾披在身上。

「和音小姐離開的時候才十八歲吧。」

「嗯嗯，明明接下來才要大放異彩呢。」

「……可是，就是會有人像是在命運的安排之下死去呢。在那之後還成了傳說。」

「比起變成傳說，我更希望她能一直活下去。」

結城笑著說道，沿著海邊往西走。走了一段路，就來到海灘的盡頭，接上草地。這裡長滿了番杏和濱旋花這類耐海風的草。濱旋花綻放著粉紅色的花，嬌小可愛。踏上踩平後開拓出來的小徑，順著斜坡往上爬到盡頭，濱旋花也跟著轉換成茂盛的向日葵。有如夏天的象徵，朝氣蓬勃地向上生長，散發出強韌的生命力。大朵大朵的花黃澄澄的，令人眼花瞭亂。大概有上百朵、上千朵吧。有生以來還是第一次看到這麼大片的向日葵花海。

「很特別吧？不過，和音跟向日葵的形象或許差得太遠了。」

結城撥開恣意探入小徑的枝葉，神色黯然地喃喃自語。

「反而是玫瑰比較適合她吧。而且不是紅玫瑰，而是藍色的玫瑰。」

到墓碑的直線距離並不長，但是要在向日葵花海中的小徑上蛇行，再加上地勢高低起伏，彷彿要走到地老天荒。剛來的時候只走過鋪設平整的路，所以烏有這才發現，和音島的地面基本上都是岩石質地，向日葵花海中也散布著露出黝黑表面的岩石。其中還有大如棕熊的石頭，對著迎風搖曳的金黃色海面，張開了大口。

＊

「就是這裡了。」

結城停下腳步，伸了伸懶腰後用右手指著前方。

高度大概與和音館差不多。好像有條小徑可以直接從大宅過來。只是必須先往下再往上走。相較於包含中庭在內的大宅建地是規劃於寬廣的場所，碑的所在地僅僅只是小山丘上的一塊平地。簡直就像一座圓墳。

或許是荒廢了二十年的關係，雜草肆無忌憚地生長，幾乎難以辨認，但是從那圓墳的中央探出了一截大約十公分高的粗木頭。前端部分碳化、已然斷裂，大概就是結城剛才說的那座碑燒毀後所留下的殘骸吧。

不可思議的是，墓碑周圍連一朵花也沒有。往下方俯瞰，剛才那一大片的向日葵依然優雅地迎風招展。唯有這裡，彷彿避忌著和音的「美」，所有的花都緊閉著不開。這就是所謂的閉月羞花嗎。還是有誰特地弄成這樣呢？……但是再仔細一看，隨意生長的雜草並沒有經過養護，看不出有任何外力介入的痕跡。

「為什麼選在這裡？」

「因為這裡的視野最開闊。」

結城把頭從這邊轉到那邊，以示強調。這裡的視野確實很棒。有種從山丘上將一切盡收眼底的全能感。初來乍到的烏有沒有依據去斷定這裡的視野是否最為開闊，但也沒有理由跟結城唱反調。他們剛才待的海灘被驅趕到視野的左下角，只剩下一小塊。眼前的絕大部分都是從南方延伸到本州的碧綠日本海與蔚藍的晴空。打上岸邊的細小浪花就這麼消失在金黃色的花園裡。就連來時路上隨處可見的粗糙岩石，一旦拉開距離，也儼然吃著牧草的乳牛，讓人倍感親切。

「和音喜歡這裡的景色。就是從這個地方看到的海景。」

「真的好漂亮啊。感覺好像不是身處在日本。」

桐璃感動不已地附和。

「對呀，這裡不是日本喔。」

結城輕聲說道。

「這是什麼意思？」

「當然不是日本啊。才不是那麼無聊的國家。這裡從以前就是和音的國度。」

這個於二十年前再度入境日本的男人，現在正感慨萬分地訴說著。

「和音小姐的國家啊……如果是那樣的話，這座墳墓不會太荒涼嗎？」

桐璃毫不留情地提出頗為辛辣的問題。不僅沒有在屋裡安放牌位，這裡也太缺乏照料了。就連無主墳都比這裡好上許多。

「因為大家都不願意承認和音已經死了。」

聽說很多失蹤人口的家人都不願意辦喪事。因為這麼一來就等於承認對方已經不在人世。問題是，如果對方真的死了，不加以供養也是對死者的一種褻瀆。或許是這種矛盾的心理以眼前這種曖昧的形式顯露了出來。

「因為若是打造了墓地，一切就到此為止了。墓是『死亡』的象徵啊。而屋子是和音的歸處，對於依然活在這裡的和音來說，墓地是不需要的東西。所以水鏡先生也沒心思打理這裡吧。」

「我能理解。我的貓生病死掉時，我也是同樣的心情。雖然給貓造了墓地，卻很少去看牠……這樣啊，和音小姐不在這裡啊。」

「沒錯，這裡只是個土堆。」

和音被大海帶走了。島上、大宅、這個類似圓墳的地方都沒有她的遺骨。無法判斷這是幸還是不幸。因為找不到遺體，所以結城他們，尤其是水鏡，時至今日都還是走不出來。

視線從碑上移開，不經意地望向旁邊，發現有兩塊小石頭疊在一起。

「這是什麼？」

「哦。」結城的聲音突然哽住了。「這是武藤。是他的墓……」

「武藤先生是追隨和音小姐而去的人吧？他是尚美小姐的哥哥。」

這句話說得有夠失禮，但結城不以為忤地接下去。

「桐璃小姐知道的不少呀。」

「他為什麼要自殺呢？」

「為什麼啊……嗯。」

結城的表情蒙上一層陰影。

「因為那個傢伙把一切都賭在和音身上了。」

「賭上一切？」

「沒錯，那傢伙把自己所有的一切都賭在和音的身上。無條件地相信和音，視她為絕對的信仰。」

跟神父很像呢……這是烏有的感覺。

「所以和音死後，他也失去了心靈支柱。武藤是最主要的推動者。我也是在武藤的勸誘下來到這座島上。或許他想把這裡打造成烏托邦吧。我們也多少參與了一些作業，但那捲膠捲可以說是武藤和水鏡先生一起完成的。沒有武藤的話，大概就拍不出那部電影了吧。光靠金主與女演員這樣的關係是拍不出來的。至少我們也不會因此來到這座島了。」

結城一口氣說到這裡，輕輕地嘆了一口氣。

「這麼說可能有點不太適當，他注視的或許不是和音本人，而是在和音身上看到了某種理念。和音就是他的鎮定劑。」

「武藤先生是個什麼樣的人呢？」

「是個奇怪的傢伙喔。比我們更怪。」

他雖然用「比我們更怪」來形容武藤。但烏有並不覺得結城有多怪異。還是說二十年的歲月過去了，過往的稜角都已經被磨平了呢。

「《春與秋的奏鳴曲》也是由他獨力完成劇本。遇見和音後受到她的觸發，結果好像只花了一個月就寫出來了。他還曾經誇下海口，為了和音，就算寫到右手得肌腱炎，也能寫出一千張、兩千張的稿紙。實際上，他在這座島上也著手挑戰新的作品。」

「新的作品？什麼樣的作品？」

「他是完美主義者，所以完成前不可能告訴我們。大概是不希望別人插嘴吧。但忘了是在哪個時候，他唯獨透露了『啟示錄』這個詞……」

「《啟示錄》嗎。」

烏有忍不住插嘴。或許是因為他始終保持沉默，結城驚訝地轉過頭來。

「聖經裡面是不是也有名為啟示錄的篇章？」

「妳真的知道好多東西呀。」結城又面向桐璃，微微一笑。「但我也不是很清楚。因為其實還有別的標題，只是武藤懶得解釋，就隨意拿啟示錄來代稱了。所以或許真的是聖經的啟示錄那種末日思想也說不定。而且他寫的不是電影劇本了，而是小說。」

「小說嗎。」

「後來武藤死了，所以我們都沒看過內容。不，我們大概也不想看吧。因為當時誰也不想觸碰到與和音有關的話題……」

「所以那本《啟示錄》並沒有成書，一直處於未完成的狀態嗎……」
「不，極為諷刺的是——」結城的嘴唇微微扭曲。
「他剛完稿，和音就死了……對了，武藤稱自己的作品為《啟示錄》是在和音消失的第二天。對武藤而言，和音的死等於是世界末日。」
《啟示錄》與和音一起消失了。要是和音沒死的話，那部作品或許就不會變成《啟示錄》了嗎？
「所以誰也不知道作品的內容嗎。」
「只知道好像是《春與秋的奏鳴曲》的續集……等等，如果是水鏡先生的話……不，他應該也沒看過那種會讓人預感到死亡的作品。因為那個人的時間在二十年前就靜止了。」
烏有感到狐疑。因為水鏡至今仍透過浩瀚的網際網路與外界保持聯繫。所以可能只是結城不知道而已吧。
「可是……」桐璃開口。但或許別讓結城知道比較好。烏有想阻止她戳破，可惜慢了一步。
「水鏡先生現在也精力十足地在工作喔。」
「什麼意思？」
結城不可置信地反問桐璃。眼神突然變得尖銳。
「因為昨天我們去找他的時候，他正用電話操盤股票什麼的……」

桐璃口無遮攔地全講出來了。自己看到的部分、烏有告訴她的部分、連沒有親眼所見的部分也加油添醋地用想像力補足。而且還全部翻譯成自己的語言……結城默不作聲地聽著桐璃說完。

「我都不曉得。還以為他留下來是為了守護和音呢。」

結城的語氣變得粗暴，雙手緊緊地用力握拳。烏有很緊張，但只能靜觀其變。

「是這樣吧，烏有~哥。」

桐璃講完了，最後竟然還要烏有背鍋。這孩子總是這樣。烏有瞪了桐璃一眼，結果被她還以一個「反正他遲早會知道」的表情。

烏有無可奈何地點頭承認。

「真的是這樣啊……」

結城失望透頂似地垮下肩膀，又再次小聲地悶哼了一句「這樣啊」。

結城肯定以為水鏡已成了一具行屍走肉吧。為了不讓任何人打擾沉睡的和音，所以一直留在這座絕海的孤島上守護她。有如被囚禁在過去的守墓人。二十年前，結城離開了這裡。對於始終把和音視為「回憶」的結城而言，水鏡的存在既是負債，也是寄託。如今這股感傷被戳穿了，那只不過是為了自我防衛的自我慰藉，在現實面前極為脆弱地土崩瓦解。

「……差不多該回去了。」

結城茫然自失地呆站了好一會兒，接著氣若游絲地提議。

「對啊。」

現在就是暫且打住的契機吧。烏有轉身時好像踩到了什麼東西，腳底傳來混濁的金屬聲。蹲下去撿起來一看，是個綁著紅繩的金色小鈴鐺。已經非常陳舊了，不但紅繩綻線、鍍金也褪色了，發出鏽蝕喑啞的鈴聲。

「那個東西！」

結城吶喊的同時也把鈴鐺從烏有的手中搶了過來，然後振臂一揮扔向大海。鈴鐺並未丟進海裡，而是發出帶鏽蝕感的聲響，消失在向日葵花田裡。

事發突然，烏有和桐璃都看傻了。結城擠出笑容對他們說：「沒事沒事。」接著就像是要說給自己聽似地、又說了一次「沒事」。最後尷尬地丟下一句「回去吧」，率先走向通往大宅的小徑。從他的背影可以感受到至今不曾在人前顯露、拒絕任何人靠近的神經質。就連桐璃也不敢追問原因，靜默不語。

「發生什麼事啦？」

桐璃在烏有耳邊低聲問道。想也知道烏有答不上來。只是他多多少少能猜到，二十年前可能還發生過什麼光靠神父和結城剛才的說明也無從得知的隱情。

直覺告訴他，渾濁的鈴聲可能是那個「什麼」即將在事過二十年的現在再次捲土重來的預兆。

3

吃完午餐，烏有待在中庭的觀景台看海。大理石打造的觀景台圍著一圈高度及腰的欄杆。但不是格柵狀，而是壁面式的圍欄，由上往下開有一排淚滴形的大洞。腳下鋪的正方形磁磚上有獨特的灰色大理石花紋。不同於墓碑那邊，這裡似乎打掃得很勤，至今仍光可鑑人。

從扶手往下看，下面是壁立千仞的斷崖，日本海的驚濤駭浪拍打著往下十幾公尺處的岩場，發出直上雲霄的聲響。和音似乎就是從這裡以頭下腳上的姿態落海的。

問題是，為什麼？是意外嗎？

烏有再把身子探出去一點。拍打在岩礁上的雪白碎浪以3D全景的樣貌飛濺而起。感覺腳尖快踩不到地面了，讓人心驚膽寒。要是掉下去的話，或許會被漩渦給吞噬，再也浮不起來。明明距離海面還不到二十公尺，但就像是從京都塔的觀景台往下俯瞰本願寺的感覺，似乎就要令人頭昏眼花。畢竟欄杆的高度只到腰部，萬一不小心失去平衡的話，確實有可能失足墜落。

不知不覺間，藍色的天空出現雲層，到了下午更顯寒涼的風正遠渡重洋朝著這裡吹來。和音落海時的天氣是暴風雨嗎？還是風平浪靜、萬里無雲的好天氣呢？烏有看著遮住水平線、感覺山雨欲來的烏雲動態思考。兩者好像皆有可能，又或者兩者皆不是。

自己對和音的死並沒有任何真實感……或許是受到了神父和結城的影響吧，這讓烏有不禁苦笑起來。

扶手背後，面朝中庭、靠近大宅的那一側是蓋有屋頂的圓形舞台。同樣是用大理石打造的。圓形舞台直徑應該有四公尺吧，以舞台來說算是很迷你，比起讓劇團演出的舞台，這種規模還比較適合欣賞獨角戲。圓形舞台比中庭還高八十公分左右，旁邊設有階梯。以小型舞台而言，感覺地板稍微高了點。周圍有四根柱子，支撐著穹狀的圓頂，高度還不到三公尺。打在地基上、從中央往上愈來愈細的收分曲線圓柱也是大理石製。乍看之下呈現希臘風格，但柱子表面雕刻著許多以螺旋狀上升的溝槽，而不是直線。而且每根柱子上的螺旋周期間隔都不一樣，看上去就像是四根圓柱各自以自己的力量伸向圓頂，不只，還穿過了圓頂、繼續往虛空伸過去。圓頂是偏扁的球冠，延伸自圓柱的螺旋在中央收攏。

從觀景台看出去，可以清楚看出大宅後面這一側呈現往內凹陷的樣子。感覺大宅中央、從一樓大廳通往中庭的門這一帶最遠，彎曲的兩端往前伸出、看上去比較近。即便如此，圓形舞台距離大宅約有五十公尺，因此實際的距離大概還在誤差範圍內。所以應該是心理因素。

位於觀景台與和音館之間的中庭鋪滿了白砂。走進中庭，捧起砂子細看，都是形狀相去無幾的高級砂。張開手，細砂便從指尖滑落。烏有不禁想起龍安寺的枯山水，但這裡可比龍安寺的石庭寬廣多了。只不過，這裡沒有龍安寺的庭石造景，也沒有匠心獨具地在白砂上設計出波紋，只是工整畫一地鋪滿一整面。

但是從白砂幾乎不帶一絲雜質的程度來看，不難發現至今仍有定期維護。也許這只是有錢人的休閒娛樂罷了，但是能徹底做到這個地步，不禁讓人萬分佩服。

不管是和音館、觀景台，還是這片砂地，皆統一成白色，要說不可思議，也真的很不可思議。因為在四樓的那幅肖像畫中，和音的印象色是黑色。黑與白，究竟哪種顏色才是真正的和音呢？

這時，烏有留意到窗戶那邊有人。那是位於四樓正中央的房間。有人隱身在牆邊，只露出上半身看著這裡。那個人直勾勾地直視烏有。視線極冷……儘管只能看到模模糊糊的人影，但烏有十分確定有人正在看他。

那個人影是從什麼時候開始窺探自己的？

長長的頭髮、雪白的肌膚、單薄的溜肩、黑色的衣服。應該是女性。但也只能辨識到這個程度，看不清楚長相。就在烏有想要看清楚，把身子轉向前方、定睛端詳的時候，人影彷彿被吸進了房間深處，消失得無影無蹤。白色的遮光窗簾被拉上了，與牆壁融為一體。

四樓正中央……烏有為了再次確認位置，加快腳步穿過中庭，回到了和音館。那個人是誰？是村澤夫人，還是真鍋道代呢。桐璃和結城他們一起去爬山了。那個應該是女人吧。烏有無論如何都想弄清楚。

從後門走進大宅，沿著大廳的樓梯往上爬時，就在二樓與道代擦身而過。她貌似正在打掃，手裡拿著雞毛撣子。地毯上還有拖著電線的吸塵器。

「真鍋太太，你剛從四樓下來嗎？」

「沒有啊。」道代一臉莫名其妙地搖頭。感覺不是很殷勤，但似乎也沒說謊。

「我還沒有打掃到四樓，有什麼事嗎？」

「沒有。可能是我認錯人了，不好意思。」

道代穿著一件褪色的水藍色圍裙。可能是打掃用的衣服。而烏有看到的，不對，是那個看著烏有的女人穿的是暗色系，應該是黑色的衣服。

那是村澤夫人嗎？或許可能只是不經意地往這邊看過來。但烏有並不這麼認為。從烏有注意到視線再到人影消失雖然只有短短數秒，但是他感覺那個人已經盯著自己看了許久。因為他早在幾分鐘前就已經感受到那種被人盯著看的時候特殊的心裡發毛感。單從感覺來判斷的話，那個人影感覺與村澤夫人差不多。但又覺得相差十萬八千里。而且跟夫人不一樣的地方是，那個影子給人的感覺更加不安穩。

總之先上樓，前往他認為那個人影所在的房間再說。和音的肖像畫在四樓直勾勾地凝視著烏有。早上看到的時候，身邊還有神父陪同，但此刻和音蠱惑的笑容只對著他一個人。大小幾乎與真人無異，但因為腳的位置是懸空的，讓人覺得有一股宛如女王睥睨世間的感覺。烏有盡可能不要與畫中人對上視線，低著頭從畫的前面走過。如今應該不會像水鏡他們那樣變成和音的俘虜了，但還是沒來由地感到恐懼。

經過畫的前面時，烏有覺得全身的寒毛都豎起來了。這種毛骨悚然的感覺與剛才在圓形舞台的時候並無二致。難道是這幅畫？他猛然回頭，心慌意亂地又看了畫像一眼。畫中的和音不過就是濃墨重彩地塗抹在畫布上的油彩。二十年前的顏料開始硬化脫落……

烏有對自己的膽怯感到可笑，又繼續尋找目的地所在的房間。他記得是大宅的正上方，所以應該是四樓的正中央，也就是和音肖像畫的後面。問題是，畫的周圍並沒有門。

房間消失了？

烏有站在畫前，靜靜沉思半晌，發現金色畫框的上下兩方各有一條沿著牆壁巧妙隱藏的軌道。烏有心生一計，雖然有點異想天開，但他決定一試。站在肖像畫旁邊，把手伸向兩公尺高的畫框，用力推向左側，結果畫比想像中更輕鬆地往旁邊滑動。推開一公尺左右之後，後面出現一扇白色的門。那是形狀與其他房間相同的門。

「就是這裡嗎。」

烏有下意識地四下張望，小心翼翼地環顧兩、三遍。歪斜得十分嚴重的走廊上沒有其他人影。安靜得彷彿連根針掉地上都能聽得見。除了位置稍微往左偏的和音肖像畫以外，沒有人看到烏有正在做什麼。昏暗的燈光也對他有利。

怎麼會在這種地方呢……

門安裝在牆壁往內再凹陷幾公分的地方。上面釘著金色的門牌。而其他的房間也都有相同的門牌。

門牌上清清楚楚地寫著「KAZUNE[30]」……這裡果然是和音的房間。也就是說，從窗戶窺探他的是……烏有緊張得要命，不只手，感覺五感都隨之動盪起來。先做個深呼吸，敲門試試看。然而毫無反應。他又敲了一次，這次還是沒有反應，於是他便把手伸向發出黯淡光澤的圓形門把。但是只發出了喀嚓喀嚓的金屬聲響，無論左轉右轉都轉不動。

「鎖上了……」

儘管是預料中的事，但是都找到這裡了……那個女人還躲在裡面嗎？

就在他站在默不作聲的門前，正在思考下一步該怎麼做時……

「如月老弟。」

背後傳來了水鏡的聲音。烏有的注意力都放在這扇門上，所以沒聽見輪椅移動的聲音。水鏡眉頭深鎖，毫不掩飾自己的不愉快，以強硬的語氣問他：

「怎麼啦，站在這裡做什麼？」

「呃，沒什麼……」

㉚和音的羅馬拼音。

說是這麼說，但這算是人贓俱獲，由不得他砌詞狡辯。畢竟和音的畫完全不在原本的位置，而且自己就站在暗門前面。要水鏡不追究才真的是強人所難。因為先有昨天晚上那件事，他希望對方能理解自己不光只是出於好奇心使然，於是便決定從實招來。

「……你的意思是說，有人從這個房間偷看你？」

水鏡狐疑地看向門。他的雙手放在輪椅的扶手上，只將頭抬起來。

「對，而且是女人。」

烏有期待他能有些反應，但水鏡的表情不見一絲變化。加上鬍子遮住了半張臉，因此更難確認他的表情了。吃的鹽比烏有吃的米還多的人不可能如此輕易地讓人窺探自己的內心世界。

「然後，你就找到這扇門了。」

「是的。就是這個房間。」

烏有又小聲地補了一句「……我是這麼想的」。不過他深信八九不離十。

「為什麼要把這個房間藏起來呢？」

烏有戰戰兢兢地問道，沒想到水鏡意外乾脆地回答了。

「這裡啊……這裡原本是和音的房間。二十年前，和音就住在這個房間裡。但現在已經沒有人用了。所以一直鎖著。」

烏有打量著漆成白色的門。這裡面是他們的聖地嗎。那個足以左右他們的人生、超凡入聖的魅力之源就潛藏在這扇平凡無奇的門後面。以「真宮和音」之名。

他們來到這裡的確是為了和音的二十週年忌。難道這裡頭也有和音的算計嗎？可是對烏有和桐璃而言，和音不過是不折不扣的陌生人。

「也就是說，現在也還保持著當時的模樣嗎？」

「當然。自從那天鎖上以後就再也沒打開過了。」

封印……腦海中倏地浮現這個字眼。二十年來都不曾打開過的房間。結城說他們把碑給燒了，那同時也封印了這個房間嗎？但為什麼要在封印的門前掛上和音的畫呢？

莫非是烏有眼花看錯了？即使事實擺在眼前，他仍確信就是這個房間，烏有確實看到人影了。

「有人告訴你和音是怎麼過世的嗎？」

水鏡輕輕地嘆了一口氣。

「嗯，有的。」

「這樣啊……那真是一場悲劇。那起意外也破壞了我們的生活。現在回想起來也許是可想而知的結果，誰叫我們當時的心態比玻璃工藝品還更脆弱。」

水鏡的音調逐漸低沉下來，一瞬也不瞬地注視著金色的門牌。彷彿是在隔著門板回憶昔日和音的樣貌。因為過去在意外中燒傷而留下皺縮疤痕的右手正微微地顫抖著。

「那麼，那個從窗戶看我的女性又是……」

「我也不曉得。但肯定不是這個房間。因為這個房間裡根本沒人。」

「可是……」

「已經可以了吧。肯定是你看錯了。」

出乎意料的強硬語氣，嚇得烏有有些退縮。水鏡的表情沒有絲毫變化，唯獨語氣裡夾雜著拒人於千里之外的冷漠。或許自己真的得意忘形到管得太多了。烏有連忙道歉，將畫推回原本的位置。那扇門再度被和音的畫擋得嚴嚴實實。水鏡微微勾起嘴角，坐著輪椅消失在設置電梯的東側走廊。耳邊只殘留著沉靜的馬達聲響。

烏有只能茫然自失地目送對方離去。因為他發現比起惹水鏡不高興，自己曾幾何時竟然擁有了不遜於桐璃的好奇心，而且還在好奇心的驅使下採取行動、探索真相。這個事實令一向奉「置身事外」為圭臬的烏有大為震驚，感到非常羞恥。

4

「是唱歌嗎？」

「與其說唱歌，應該說是『Lied』。也就是藝術歌曲，像是魏本或荀貝格之類的。」

一行人在客廳休息，村澤一臉懷念地回答。

「魏本啊。好特別啊。」

魏本、荀貝格是所謂的新維也納樂派的作曲家，但說到他們的藝術歌曲，一時半刻也想不出什麼。不只藝術歌曲，荀貝格或魏本的音樂本就冷門。聽在烏有耳中，只有亂按按壓喇叭的印象。

「偶爾也會演唱莫札特，但魏本及荀貝格追求水平旋律與垂直和聲的對照、各種局面的對位法整合，這點與我們的理念不謀而合。」

「理念？」

「沒、沒什麼。不是什麼重要的事。」

村澤支吾其詞地微笑帶過，喝下一口剛泡好的咖啡。

「和音就站在那個舞台上。」他隔著窗戶指向中庭的圓形舞台。不知是不是因為天色開始轉陰了，顯現出些許清冷的印象。

「和音的嗓子屬於抒情女高音，但是唱著唱著會加速似地往上飆。感覺就像一開始的C不知不覺就高了八度。就連唸唱也能隨心所欲地想怎麼唱就怎麼唱，彷彿喉嚨裡埋了調音器。」

村澤用指節粗大的手拂過喉嚨，以表現自己聽過的美聲。雖然只發出沙啞的聲音，仍能感受到他當時的感動有多強烈。烏有對古典音樂沒什麼研究，有很多有聽沒有懂的部分，也不明白唸唱是什麼意思。儘管村澤解釋是唱歌的途中放棄音準，讓聲音自由自在地高低來去，烏有還是聽得一知半解。但是從肖像畫給人的印象來看，不難想像是魅惑人心、妖豔動人的美妙嗓音。只是抒情女高音應該都是給人楚楚可憐的印象，而那幅畫中的和音與楚楚可憐的形象相去甚遠。

「我小時候也是兒童男高音，在市內的合唱團獨唱。別看我這樣，我的聲音還滿通透的喔。」

「村澤先生嗎？」

有點令人意外。他現在的音質也是很好聽，但實在很難想像眼前這個年過四十的人曾有過唱兒童男高音的時代。

「對呀。不過，中學二年級那年變聲以後就不行了。就算想勉強自己發出高音，也一下子就會鎖喉……嗯，我的事不重要啦。」

村澤露出難以言喻的表情。一方面有點害羞、另一方面似乎又有點意猶未盡的感覺。

「和音都在星期三和星期日的下午唱歌。將近一小時左右。那曾經是無比幸福的時光，對吧。」

「對啊。」

夫人也跟著附和。她泡完咖啡以後就一直安安靜靜地坐在村澤旁邊。灰藍色的洋裝形成深色的陰影。

烏有用夫人泡的咖啡潤潤喉，又看了圓形舞台一眼。那同時也是和音落海的地方。村澤或許以為烏有還不知道，自顧自地說下去。而烏有也沒有刻意點破。
「和音在那個舞台上唱著動人的歌，而且還會跳舞。」
「跳舞？」
「沒錯。身姿曼妙地配合旋律、濃縮成抽象化的舞蹈看起來就像是歌曲本身。和音跳的都是我們至今沒看過的舞蹈。我們會把椅子擺在中庭，聽得如癡如醉。她的身材很苗條，那麼清脆嘹亮的聲音究竟是從哪裡發出來的呢？魏本的十三號作品是主張真實的作品。那種侘寂的感覺直接滲入了我們的內心。」
有別於冷酷的外表，村澤滔滔不絕地暢談當時的回憶。和音曾以無邊無際的日本海為背景，時而憂傷、時而充滿幻想氛圍地輕歌曼舞。聽眾沐浴在從藍到望不見一片雲的晴空灑落的陽光之下，側耳傾聽。午後的音樂會是他們小憩的片刻時光，顯然也是無可取代的瞬間。但為何不是舒伯特或莫札特，而是荀貝格和魏本呢？
「這二十年來，我從未忘記那樣的歌聲、那樣的舞姿。」
村澤無限愛憐地輕輕閉上雙眼。和音的聲音大概正迴盪在他的記憶之中吧。彷彿聽到了新的歌聲、又受了到新的感動，村澤的雙手微微顫抖。陶醉的程度令人覺得再這樣下去他是否會突然潸然淚下。
不過，一旁的村澤夫人反應卻不太一樣。紅色指甲油閃閃發光的指尖侷促不安地交疊，遠眺著圓形舞台與圓形舞台後方的大海，表情幾乎沒有變化，完全看不出情緒的起伏。反而讓人覺得她正在苦苦地壓抑著什麼。這或許是再自然不過的反應。尚美早在二十年前便與過去那個對和音懷抱憧憬的自己道別，選擇與村澤一起活下去的道路。但自己選擇的伴侶至今仍是和音的囚徒，光是回想就能如此陶醉。或許是這種望塵莫及的嫉妒心促使她擺出漠不關心的態度。如果說這是男人與女人的差別，或許過於武斷，但村澤一天走不出來，尚美的付出就一天得不到回報。好像是察覺到烏有的視線了，尚美假裝若無其事地低下頭去。

「電影裡面也有唱歌的畫面嗎？」

「電影……哦，你是指《春與秋的奏鳴曲》啊。」

沒有。村澤搖頭否認。

「電影講的不是這種內容。性質不太一樣……」

「請問《春與秋的奏鳴曲》是什麼樣的故事呢？很抱歉，我還不知道內容。」

「你沒看過《春與秋的奏鳴曲》嗎？」

村澤看著烏有的眼神帶有些許震驚。

「沒有呢。」烏有老實回答。對方或許會認為他沒做功課，怠慢了工作吧。這令烏有感到無地自容。

「該怎麼說呢……」

村澤不知所措地看了夫人一眼。「吶。」
「我想想喔。這部電影很難用言語說明。沒有實際看過大概無法理解吧。」
夫人以不帶一絲抑揚頓挫的語調喃喃低語。感覺更加冷漠了。
「聽說會在忌日播放電影。在那之前，可以先告訴我劇情概要嗎？」
「概要啊……其實不知道電影的內容也沒關係喔。因為我、我們醉心的並不是電影，而是和音本人。」
村澤嘴裡說著「沒關係」，身上卻散發出一股不想主動說明的氛圍。這點即使是不擅長察言觀色的烏有也都清清楚楚地看出來。看樣子，村澤對電影的熱情遠不如他對和音歌唱的熱情。重視聽覺的刺激更甚於美麗的外表，不僅如此，甚至有幾分對外表的輕視。他看起來比結城更理性，但應該不是死腦筋的人。反而是神父身為一板一眼的傳道者，還更願意毫不吝惜地直接表達對和音的讚美。
「所以村澤先生是來到島上以後才被和音小姐的歌聲所吸引嗎？」
「嗯，她的歌聲對我而言算是新的發現。該說是突破天花板嗎，沒想到她還有這種令人無法自拔的魅力。」
也就是說，他剛來到這座島的時候尚未被和音的歌聲給俘虜。
「那你為什麼要來這座島呢？」

「為什麼啊？……這就說來話長了。」

感覺村澤的語氣、那原本充滿熱情的語氣突然冷卻下來。機械式的音調彷彿又回到貿易商的日常業務。雙眼散發出的懷古光彩也同時從眼裡消失，變回了老謀深算的商人。

「或許是遇到和音、知道那部電影的時候就意識到了。」

語焉不詳的回答。顯然另有隱情，但眼下大概也不能再挖出什麼了。烏有決定先乖乖撤退。問題是，為什麼不在電影裡插入和音唱的歌呢？是因為不符合電影的風格嗎？如果不適合，為什麼不拍成適合的電影呢？若是想要向世人宣傳和音的魅力，絲毫不比專業歌唱家遜色的歌聲不正是最好的武器嗎？

還是說……電影才是重點，歌唱並非和音的本質？但任憑烏有想破頭，只要一天沒看過那部電影，就一天得不到結論。問題是，看了電影就能得到解答嗎？

回過神來，小雨已經開始敲打起窗戶，水滴逐漸攻佔了窗玻璃。灰色的雲不知不覺已變成烏雲。去爬山的桐璃一行人不要緊吧。烏有不禁有些不安。

「下雨了……」

村澤以沉重的語氣低喃。聲調中帶著濃得化不開的厭世情結，因此烏有改將目標轉向村澤夫人。

「尚美小姐又是被真宮和音的哪個部分給吸引呢？」

「我嗎？」

夫人愣了一下，抬起頭來看著烏有。她的眼神比起村澤還更加冷若冰霜。宛如颳著暴風雪的珠穆朗瑪峰基地營。但尚美立刻藏起眼中的冷漠，悠悠地以和她優雅的美貌相得益彰的細聲細氣說道：

「這個嘛……和音她，和音是個很完美的女性。」

烏有意識到一件事，他們都是直接喊真宮和音的名字，沒有加上敬稱。和音在他們之間是宛如女神的存在，就算喊「和音大人」太誇張了，至少也該禮貌稱呼一聲「和音小姐」，可是他們卻沒有這樣叫。而且彷彿忘記和音姓「真宮」似地，只喊下面的名字。這麼說來，那個房間的門牌也是「KAZUNE」，但其他人的房間都是像「MURASAWA㉛」這樣使用姓氏。大概從以前就是這樣吧，直接喊和音的名字對他們而言是極其自然的稱呼方式。和村澤及結城說話時並不覺得有哪裡不對，但是就連同為女性的尚美也都直呼和音的名字，這才讓烏有留意到這件事其實並不尋常。

但……烏有並不打算討論這點。

「或許是陳腔濫調，她以純粹而理想的形式擁有我所沒有的一切。面對完美的和音，我甚至

㉛村澤的羅馬拼音。

會煩惱是不是我自己有問題。」

村澤慌張地看向自己的妻子。從他忐忑不安的表情可以看出，這句話的影響並不輕。烏有在這裡慎重地追問：

「所謂的問題是指？」

夫人稍微猶豫片刻後，對丈夫投以挑釁的視線。至少看在烏有的眼中就是如此。

「用一句話來形容，就是無法相信。」

「無法相信？」

「沒錯。人有時候不是會什麼都不相信，只想逃離一切嗎？」

「……是有這種時候。」

尚美的表情蒙上一層陰影，這讓她說的話更有說服力。

「和音是我當時唯一可以信任、可以依賴的人，具有屹立不搖的存在感……我就是被她的這一點給吸引了。」

「也就是說，是和音小姐個人魅力的部分嗎？」

尚美靜靜地點頭。彷彿這也是她的不幸。

所有人都被和音的非凡魅力所吸引。問題在於那是什麼樣的個人魅力呢……烏有試圖整理、分析，但是對和音的認識卻極度混亂。和音究竟是個什麼樣的少女呢？

從他們的描述聽來，和音是偉大的女演員、偉大的女性。Queen of Charisma。但當時的電影雜誌專欄只說她是「有點潛力的新人」。烏有不認為影評人的見識一定優於常人，但雙方對於和音的評價還是差得太多了。有些影評人會譁眾取寵、故意吹捧一些無聊的電影，所以不可能所有的影評人都沒發現她光芒四射的個人魅力。

即便如此，仍有人給予和音至高無上的評價，甚至不惜拋棄現有的生活，將青春都奉獻給她。儘管人數很少，但這五個人還是為了她而集結在這裡。

「你的意思是說，遇見和音小姐讓你獲得了類似安全感之類的東西嗎？」

「可以這麼說。我從她身上得到足以克服自己問題的勇氣。」

烏有對於「可以這麼說」的表現法有些在意。

「那麼，你所謂的無法相信又是怎麼一回事呢？」

語聲未落，烏有就意識到這個問題越線了。「等等。」果不其然，一旁的村澤出聲抗議。

「你不覺得這個問題太私人了嗎。」

「真是抱歉。我無意刺探隱私。」

烏有立刻道歉。同時也察覺到了一個過去。一個不想讓人觸碰的陰暗過去——太適合這位哀愁的夫人了。

另一方面，烏有心裡也覺得誰沒有一兩個陰暗的過去啊。烏有自己就有一堆打死都不想告訴別人的泥濘過往。

「我可以繼續提問嗎？」

烏有先取得村澤的首肯，接著就回到現實的話題。

「各位對這裡的日常生活有什麼感想？」

「日常生活？我想想看喔……或許很快樂，也或許沒那麼快樂。」

模稜兩可的曖昧回答。

「打個比方……就像你問自願出家的僧侶修行生活快不快樂，對方應該無法不假思索地回答吧。應該就類似那種感覺吧。」

他竟然用修行來比喻，而且還是僧侶。兩者皆是與天堂相去甚遠的字眼。

「也就是說，各位在這裡過著禁慾的生活嗎。」

「不……倒也不是那個意思。」

烏有才不相信他們過著有如苦行僧般刻苦的生活。如果是這樣的話，神父與結城說出來的想法也會有所不同了。

「相逢即是有緣。我們受到和音的吸引來到這座島上。但也不是每天都和樂融融地遊山玩水。大家都背負著自己的人生。說是為了抹滅過去的人生，在一個更高的次元一起居住、一起生活可能比較貼切。」

「只是萍水相逢嗎？」

「本質上來說，原本就只是萍水相逢吧。」

烏有不知道該怎麼回答才好。即使和音沒死，他們也打算總有一天要各奔東西嗎。還是因為和音死了，才不得不各奔東西呢。可以想像和音扮演的角色對每個人的意義都不一樣。而且他們也互不干涉彼此對和音的認知差異。但這或許就是偶像在一般社會大眾心中的意義，沒必要大驚小怪。

「其他還有什麼可以分享的嗎？」

「畢竟時間要多少有多少，每個人都有各自不同的生活方式。我倒是沒有做什麼特別的事，但小柳——也就是現在的派翠克神父會畫畫喔。」

「畫畫……嗎？」

烏有一頭霧水地反問。神父有提到和音會畫畫，但沒說自己也有畫。或許只是不想提到自己的事情而已吧。

「風景畫、靜物畫、抽象畫……畫了很多種喔。啊，對了。他還畫過一幅和音的肖像畫，大概是從掛在四樓的畫得到靈感，但也因此和武藤大吵一架。」

「是怎麼回事？」

「武藤認為……那不是和音。」

「老公，這種事不用提吧。」

這次換夫人插進來指責。這個舉動足以讓烏有再次浮想聯翩。但村澤只是以眼神示意「這沒什麼不能說的」，又接著往下說。

「因此我們討論了一個禮拜。」

「討論什麼？」

「討論那幅畫是不是和音。」

烏有一時沒弄懂其中的意思。於是村澤補充說明。

「我們不能留下『和音』的假貨。」

「假貨？什麼意思？」

「因為真實很容易遭到曲解喔。或許幾年後就會有人誤以為真正的和音是小柳畫的和音，而非原本那幅畫上的和音。我們不容許我們追求的和音被留下錯誤的形象，所以必須銷毀錯誤的作品。這聽起來可能很幼稚吧，可是我們當時確實都太年輕了。」

「追求」二字是什麼意思？有更深刻的意義，還是單純的語法呢。烏有不得而知，但也不是不能理解他們的心情。就像豎立於上野公園的西鄉隆盛[32]銅像據說並不是他真實的模樣，但很多人都相信那座西鄉像就是「西鄉殿」。實際上根本無法透過那座銅像得知真實的西鄉隆盛是什麼樣子。這點對於認識西鄉隆盛的人來說無疑是個悲劇。

「小柳先生畫的不像和音嗎？」

「小柳有素描的功底，所以不能說完全不像。只是……過於片面。」

亦即那只是神父觀點之下的和音而已。可是和音很複雜，透過與他們的對談就不難聽出和音某種程度上擁有多面的性格。但只要是出自於人類之手，就只能捕捉到那個人的視點看到的部分。這也是無可奈何的事。既然如此，那幅畫——那幅擋住和音房門的肖像畫何以能描繪出全部的和音呢？

「對了，那幅掛在四樓的畫是誰畫的呢？」

「就是武藤啊。」

語氣十分沉重。武藤……這個名字又出現了。他拍電影、寫小說、還會畫畫。為了和音……殉死的武藤、等待和音復活的水鏡，和音島顯然是受到這兩個人的支配。水鏡是檯面上的支配者，而檯面下的支配者則是武藤。如果是武藤，或許真能捕捉到全方面的和音。至於那是不是真實、本來的和音，就另當別論了……說不定就是他作為一個高明的製作人，塑造出「和音」的形象。

但……烏有隨即推翻這個假設。如果是活在螢幕中的普通偶像就算了，他們實際在這座島上與活生生的和音共同生活了一年。既然他們都沒感到任何的不對勁，可能就不是塑造，而是武藤

㉜出身於薩摩藩的下級藩士，日後成為維新派的代表人物之一，與木戶孝允、大久保利通並稱「維新三傑」。後文提到的西鄉殿，原文為「西郷どん」，是西鄉殿（西鄉大人）一詞在西鄉隆盛的出身地鹿兒島的當地方言說法，除了敬稱之外也帶有親近的意涵在內。

真的最理解「和音」。

「所以那幅畫是真實的和音小姐嗎？」

「在我看來確實是『和音』本人。尚美和結城他們應該也有同感。」

「沒錯。」夫人附議。

「電影呢？」

「電影中的和音也是本來的和音。」

既然同為武藤創作的電影，就理念上來說即使一模一樣也誠屬自然。

「……那麼，神父的畫後來怎麼樣了？」

「銷毀了。」

他說得過於理所當然，甚至讓人覺得有些驚恐。烏有覺得自己好像才剛聽過類似的話。稍微想了一下便想起來了，就是去看碑的時候。和音的碑也被毫不戀棧地燒掉了。

「神父很難過吧。」

「或許吧。但他最後還是接受了。你沒有這種經驗嗎？想把感動的東西變成自己的東西。想將其作為自己的所有物，以另一種方式來呈現。」

「……有。」

烏有老實地承認。撰寫報導從某個角度來說，也是客觀地面對自己的情緒。尤其這一類的採訪並不是那種要正確且迅速地表達事實的新聞。烏有接到自己喜歡的工作時也會喜出望外，順著自己的喜好去做。村澤說的沒錯，身為記者，他或許還不夠成熟。

「村澤先生有製作些什麼嗎？」

「我只會讚美而已。說來慚愧，我在藝術方面沒什麼天分。」

村澤摘下眼鏡，開始擦拭鏡片上的髒汙。

「所以我現在只能從事把別人的商品左手進、右手出的職業。上天大概沒有賦予我創造的才能。」

雖然是自嘲的說詞，卻不見悔恨的模樣。毋寧說他很滿意自己能站在讚美者的立場。

「尚美小姐呢？」

「我？我分配到做家事，所以只做了家事。」

又是曖昧的回答。感覺夫人始終隔著一層牆壁在說話。

烏有想到一個自己一直想請教的問題。

「話說回來，食物是怎麼運到這裡來的？」

「主要是由我和武藤每個禮拜坐船去本土採買一次。」

村澤以誇大的動作喝光杯子裡的咖啡。

「村澤先生還會開船啊。」

「稍微而已。現在應該已經過了追溯期了，所以說出來也沒關係。其實我沒有開船的執照。不過武藤有喔。」

又是武藤……

「要再來一杯嗎？」

尚美悄然起身，俐落地將三只空杯放在托盤上，逕自走進廚房。烏有認為她只是想藉故離開。目送尚美的背影離開後，村澤重新面向烏有。

「這麼說來，那天也下著雨呢。」

望向逐漸變大的雨勢，村澤這才想起似地自言自語。

「那天，你是指和音小姐去世的那一天嗎？」

村澤沒有回答。只是以陰鬱的目光望著玻璃窗外。表現出不想再觸及那個問題的態度。這下也無可奈何，烏有只好等著夫人端咖啡回來。他自己也需要在令人呼吸困難的空間裡緩一口氣。

不知怎地，這次的採訪總讓人感覺喘不過氣來。

5

淋成落湯雞的桐璃等人從山上回來時，烏有還在客廳喝夫人泡的第二杯咖啡。穿著薄外套的桐璃筆直地走進客廳，邊走還邊滴水。她好像這時才發現烏有也在客廳裡，微微地鼓起濕答答的臉頰。

「雨下得好大。而且說下就下。海邊的天氣真是瞬息萬變。真的好累，我沒有力氣了。」

看樣子是趕路回來的，只見桐璃一副氣喘吁吁的模樣。烏有微笑安慰：「真是難為妳了。」接著望向她的腳邊，雨水正滴滴答答地落在地毯上。右腳一帶已經開始形成琵琶湖了。

「快去換衣服。」

烏有站起身來，語氣嚴峻地催促桐璃回房更衣。

「在那之前先洗個澡。否則濕答答的會感冒喔。我晚點拿咖啡去給妳。」

「我討厭咖啡。又苦，對身體也不好。」

分不清場合的任性令烏有感到煩躁。

「好吧。我會拿熱可可過去。」

「是嗎?那我去換衣服。」

桐璃正要走出客廳，這次換成結城衝了進來。身上還穿著淋濕的卡其色連帽衫。。然後就這麼杵在門口，活像撞鬼似地鐵青著臉、從聲帶裡擠出聲音大喊：「畫！」然後一手撐在牆上，雙眼圓睜，頭髮也亂糟糟的。一旁的桐璃被他嚇壞了，往旁邊退了一兩步。

「畫？畫怎麼了？」

村澤馬上反應過來。或許是從結城的表情察覺到大事不妙，語氣也很嚴肅。

「那幅畫……」結城想說下去，但發不出聲音來。彷彿喉嚨被利刃劃開，只能發出氣聲。村澤夫人擔心地拿著乾毛巾走到他旁邊，卻遭到結城一句「不用了」給拒絕。

「總之先跟我來。畫出大事了！」

「畫出大事了？」村澤從椅子上跳起來，衝向結城，質問他：「四樓的嗎？」

「嗯嗯，對。小柳先上去了。」

不等結城把話說完，村澤已衝向大廳。

「老公，等等我。」

夫人也追了上去。

「什麼？什麼？出了什麼事？」

烏有把夫人丟下的毛巾披在桐璃濕漉漉的頭上，罕見地提議：「我們也去看看。」

究竟發生了什麼事？從結城方寸大亂的模樣看來，肯定非同小可。他口中的「畫」想必是四樓的那幅和音肖像畫。莫非是畫被偷了？

不管怎樣，可以確定的是又要發生麻煩事了。這次的採訪真是一波未平、一波又起……烏有小心不讓任何人發現自己在咂嘴，與桐璃一同上樓。

和音的畫並沒有失竊。爬上四樓，那幅畫好端端地掛在暗門前。依舊是稍早之前看過的那幅神祕的畫。然而當和音冷豔的臉龐在昏暗的燈光下、從已經趕到的村澤等人之間朦朧地浮現出來時，烏有不禁倒抽了一口涼氣。

「真的假的，這實在……」

桐璃的聲音從背後傳來。如同點燃了引信，尚美發出撕心裂肺的尖叫，甚至還引起貧血，整個人癱倒在丈夫的肩膀上。

「怎麼會……」

村澤只擠出這麼一句話，左手撐住夫人，就此陷入沉默。與結城方才的反應如出一轍，之後連個字都說不出來了。

神父一副剛從山上淋雨回來的樣子，濕答答地傻站在畫旁邊。雙手握緊胸口的十字架，嘴裡念念有詞：「糟透了，這真是太糟了……」

如同《卸下聖體》這幅畫作中為耶穌之死哀慟至極的信徒們。就像許多畫家筆下的宗教畫意象那樣，站在和音的畫前面，他們每個人各自的情感都被凝固了。

神似桐璃的和音肖像。微微面向右邊，散發著冷峻氛圍的畫作並沒有被偷走，但問題比失竊還更嚴重。因為要是被偷的話，還有機會拿回來。但這幅畫的畫布被人用刀子在和音臉上劃破了一個大大的╳。令烏有也不禁神魂顛倒的魅惑表情以左眼為中心被分割成四片，失去了原來的樣貌。和音的畫投射了結城、神父、村澤等所有人的情感，如今成了區區一塊破裂的布。長達二十年棲息於此的神聖靈魂消失無蹤，眼前只剩下由顏料堆疊成半立體的彩色平面圖案。淪為荒謬滑稽的普普藝術。

「毀神滅佛」……腦海中頓時閃過這個詞彙。和音被毀滅了。毀得十分徹底，救也救不回來。

「是誰幹的……」

村澤和神父不約而同地低喃。一臉難以置信的恍惚。一臉不想相信的恍惚。

「這是誰的畫啊？」桐璃附在烏有耳邊問道。

「真宮和音。」

切口先往左劃下一刀，再往右劃下一刀，兩刀都看不出任何猶豫。若是要切成漂亮的對角線，尤其是第二刀應該會更不好下手，但切得如此乾脆俐落，反而讓人感受到濃烈的情緒。

「這幅畫……」

桐璃目不轉睛地盯著畫看。簡直就像是昨晚的自己。不，她似乎沒發現畫中人長得與自己一模一樣。因為畫布的張力，割成四片的畫從交叉點往外大幅掀開，昔日的美貌已蕩然無存。容貌落魄成這樣，她沒發現也很正常。即使是烏有，如果不是事先看過這幅畫，現在的反應大概也跟桐璃分毫不差吧。

「是誰把和音……」

大概是被結城叫來的。電梯門一開，水鏡便坐著輪椅從東側走廊趕來。他大為震驚，驚訝得說不出話來，頭也垂得低低的，動也不動。只是一再跳針似地重複「是誰」。而烏有這才反應過來，對這位富豪而言，不是「神死去了」，而是「神被殺害了」。被邪惡的凶手殺了。

可是……比所有人都先從打擊中回過神來的烏有開始冷靜地仔細觀察。

究竟是誰殺死和音？誰是那個邪惡的凶手？

首先想到的鐵定是住在和音館的其中一人。主人、訪客、佣人……最可疑的顯然是訪客。因為事情早不發生晚不發生，偏偏在他們造訪的時候出事。如果是主人或佣人的話，在這二十年間有太多機會可以破壞那幅畫了。訪客當中至少有一個人憎恨和音。抱持著與思慕相反的感情。

這些人裡面有猶大嗎？那個出賣耶穌的猶大。

問題是，這麼做是想表達什麼？事到如今才……都已經二十年過去了。

不知不覺間，就聽見愈來愈激烈的雨聲也開始侵蝕到走廊這個空間。雨點用力地敲打著大廳天花板的採光窗。

「是誰幹的！」

結城在水鏡背後大喊，對在場的所有人投以仇恨的視線。不只結城，其他人也以充滿困惑及懷疑的眼神打量彼此。就像是在最後的晚餐聽耶穌說話的那群信徒們。

烏有牽起桐璃的手，不聲不響地離開現場。第三者沒必要留下來淌渾水，他也不想看熱鬧。好奇心什麼的只不過是喜好八卦的不良心態作祟。

起內訌的徵兆逐漸顯露端倪。沉睡了二十年的幽微情緒開始蠢蠢欲動。透過割裂肖像畫這種激烈的手段。自己和桐璃說不定會被捲入他們的紛爭。尤其是桐璃……

這是烏有第一次萌生想逃離這座島的念頭。不，他非常後悔自己為什麼要傻傻地跑來和音島。

＊

回到房間，烏有將身子深深地埋進沙發裡，思考今後的安排。出了這麼嚴重的狀況，他們大概也沒心情接受採訪了。

他們後來會怎麼收場呢？已經三十分鐘過去了，該不會還呆站在那幅畫的前面吧。不知不覺間，連他們也都會變成畫的一部分……這無疑是非常大的衝擊，畢竟是所謂的毀神滅佛行徑。當然自己不可能毫不擔心，但又不能寫成報導，所以烏有也不想積極地插手干涉。他只在乎十二日那天能不能順利離開這座島。以目前的情況來說，誰也說不準。

總之今天的採訪勢必要中止了。因為中午過後發現那個打不開的房間時發生了尷尬的情況，本來就打算延後對水鏡的採訪。烏有拿出錄音機和筆記本，比照昨晚的方式播放。緊接在烏有的問題後是海浪的聲音、結城的聲音。這是在海灘那邊的採訪。烏有翻開筆記本，回想每句話的語氣，再補充到筆記裡。神父的話、結城的話、村澤的話。還有關於和音的事。都有一些不謀而合的共同點、同時也存在差異。

「復──活。」

「桐璃嗎。」

烏有連眼皮也不抬，冷淡地說道。看來她已經洗完熱水澡，也換好衣服了。宛如蠟像般精緻的臉頰染上紅暈。

「烏有～哥，你還在工作啊。辛苦了。工作過度對身體不好喔。」

「登山好玩嗎？」

「你是在諷刺我嗎？」

烏有停下錄音帶，開始整理筆記。桐璃往床上一坐，直接向後倒。

「好累呀。腿都快斷了。」

雖然平常會在街上或河邊漫無目的地散步，但基本上應該算是很少運動。體脂率不到十八，還嘗試各式各樣的減肥方法，登山健行對她而言想必是相當要命的苦修吧。

「好不容易爬到山頂了，結果馬上就給我下雨，害我們又得手忙腳亂地下山。真氣人。」

她的聲音少了點活力。烏有起身，面向桐璃。

「妳現在這樣不是很有精神嗎。」

「哪裡有……我哪裡有精神了！」

「這裡啊。」

桐璃吐了吐舌頭，晃動踝關節明顯的雙腿。

「雖然只有幾張，但我還拍了照片喔。」

「沒弄壞相機吧。」

「雖然沒有掉到地上，但是被雨淋濕了。還放在房間裡。」

「沒有手震嗎。或者像是撞到東西、不慎曝光、忘了裝底片，所以要重拍之類的。」

「真沒禮貌。請相信桐璃小姐的技術。別看我這樣，我也是身經百戰的助手好嗎。」

「是這樣嗎？」

烏有一臉懷疑地看著桐璃。

「上次去二条城的時候，是誰拍了一堆黑漆漆的照片。」

「那是相機一開始就壞了。都怪你沒有先檢查。」

眼看桐璃就要認真地辯起來，烏有連忙聳肩，釋出停戰的誠意。
「所以呢，那座山如何？」
「山？還挺高的啊。但也只能看到大海而已。」
因為球面的水平線礙事，這座島大概要爬到三百公尺以上才能看到本土。連「日本地小人稠」這句陳腔濫調在這裡也不管用。日本很大，只是世界更寬廣。
「北方也什麼都看不到。還以為可以看到韓國，太讓我失望了。」
「這不是理所當然的嗎。」
烏有隨口回應，也不確定桐璃是在講真的還是假的。因為經常發生以為她在開玩笑，但她其實很認真的狀況。每次碰上這種場合，她都會使性子地瞪著烏有，然後一段時間內都處於不悅的狀態。桐璃猛然將頭抬起——她的脖子又細又長，所以看起來就像三截棍似的，彎曲的模樣有些奇怪——瞇細雙眼，嫣然一笑。果然很難判斷啊。
桐璃舉起手邊的枕頭，一再地往正上方高高拋起。
「可是，很好笑喔。就像在大臉盆裡裝滿快要溢出來的水，然後再放上一個碗在裡面漂浮的感覺。而且是非常非常小的碗。海上真的什麼也沒有。」
小碗啊……這麼說來確實是很妙的比喻，烏有佩服不已。在這種狀況下，我們都是軟弱無力的一寸法師㉝。

「島的另一邊是什麼樣子？」

「只有森林。樹木一直生長到海邊。再過去就是垂直的懸崖峭壁。不知道那是什麼樹，可是一片綠油油的喔。」

「可以從山眺望，不就表示沒有樹嗎。」

「哪裡沒有樹？」

「山頂上啊。」

「好像是這樣。山頂是一片光禿禿的平地。岩石東一塊、西一塊地從土裡冒出來。所以看起來的感覺不如說是有點凹陷。」

從底下往上看的時候完全沒注意到層巒疊翠的山就只有頂端寸草不生。如果是觀光景點，或許會有人為的砍伐。但那是指林木線更高的山的場合。

「而且馬上就回來了。真希望能待久一點。」

「真遺憾啊。可見妳平常壞事做多了。老天有眼啊，早就叫妳每天都要去上學了。」

桐璃朝烏有扔了枕頭。

「我已經沒力氣聽你講這麼無聊的玩笑了。說點有幽默感的話嘛。不然沒有人會想找你寫報導喔。」

「連幽默感都搬出來了。要妳多管閒事。」

「別鬧彆扭嘛，沒有幽默感也不是你的錯。」

烏有揮揮手示意到此為止，接著嘆出一口氣。桐璃一臉還沒說夠似地霸占他的床。

「結城先生就很──有幽默感。去健行時可以感受到他是很有魅力的中年男性，感覺很好、很帥氣。穿著打扮也很有品味。好──棒喔，那種人。」

「桐璃喜歡年紀比自己大的人啊。」

「對──呀。」桐璃老實承認。「所以我也喜歡你。」

「別把我跟中年人相提並論。」

對方可是年紀大自己一倍的四十歲。他才不想被混為一談。

「誰叫烏有～哥異於常人地老成。」

「等妳過了二十歲之後也會變成這樣的。」

話雖如此，烏有也有自覺。畢竟他承載了那個青年與自己的歲月，異常老成也是沒辦法的事。兩人的歲數加加減減確實已經年過四十了。這一切從十一歲的時候就已經開始了。

「會嗎？在電玩中心打工的元基哥跟你差不多大，可是看起來比你年輕多了。不管是打扮、語氣、還是思考模式。」

㉝日本民間故事中的人物。故事描述一對無子嗣的老夫婦向住吉三神祈求後，生下一個身高僅有一寸的孩子，而且一直都不會長大，便命名為一寸法師。為了成為了不起的武士，一寸法師以小碗為船、以筷子為槳，順著河流打算前往京城。故事的最後他擊敗了惡鬼，並藉由惡鬼的寶槌讓身高變成正常大小，也抱得美人歸。

「不好意思啊。他是他，我是我。」

「又來了。動不動就鬧彆扭。」桐璃絮絮叨叨地抱怨。

「可是，結城先生說不定其實是個認真的人呢。」

「哦，怎麼說？」

「該怎麼說呢……」

桐璃像是要探出身子似地略往前傾，壓低了聲音。

「我是聽神父和結城先生聊到，結城先生以前好像跟那個大嬸有過什麼。」

「尚美小姐嗎？」

「嗯。蛇髮女妖。結城先生雖然輸給村澤先生，但現在心裡好像還是很掛念蛇髮女妖。」

「現在？妳是說二十年後的現在嗎？」

桐璃正經八百地頷首。儘管那是她實話實說，既沒有撒謊、也不是開玩笑的慣常反應，但烏有還是無法馬上反應過來。

「難以置信吧。不過是真的喔。雖然我不清楚詳情就是了。」

「妳怎麼問出來的？」

這種事不可能特地告訴萍水相逢的陌生人。

「我說啦，是他們交談的時候被我聽見的。提到還不行什麼的。他們都以為女高中生是笨蛋，所以沒什麼戒心。」

桐璃得意洋洋地誇口。大概是從他們的態度感到屈辱，現在一臉報了一箭之仇的痛快表情。烏有在心裡暗自發誓，從今以後自己也要提防點。

「可是啊，我覺得結城先生比較帥氣耶。」

「每個人的喜好都不一樣嘛。或許二十年前的他跟現在差很多。」

表示贊同是一回事，但烏有根本沒資格說別人。剛上大學時，他也跟其他的學生一樣吃喝玩樂，但是自從大二那年春天的挫敗後，直到現在都還沒辦法站起來。這一年來，他的心情都很低落。不知不覺就連大學都退學了。

「那種大嬸到底哪裡好了。」

「從現在的感覺來看，以前可能很漂亮吧。雖然氣質有些陰沉，但也算是小家碧玉、楚楚可憐的大小姐。男人對這種女人通常都沒有抵抗力。」

「是嗎？不行啦，太沒有看人的眼光了。」

不知道桐璃憑什麼說得如此理直氣壯，但烏有決定不去反駁。反正他也沒有足以反駁的審美眼光。

「大家都被她的外表騙了。」

「外表很重要喔。說穿了……第一印象幾乎可以決定一切。」

「少騙人了。」

桐璃仰望天花板，一臉不想再跟他談下去的樣子。

「可是到現在還放不下，會不會太久了？」

「我也不知道。畢竟每個人的想法都不一樣。」

結城婚姻方面的失敗，或許跟真宮和音沒有關係，而是因為尚美。如果是這樣的話，意思就差很多了。但烏有也懶得特地告訴桐璃。

「兩個人都已經年過四十了，戀愛還真是深奧啊。」

桐璃說得語重心長，像是不曉得領悟到什麼似的、感慨萬千地點頭。烏有一笑置之。

「真的是這樣。」

不知道她有沒有現在進行式的煩惱，只見她的表情前所未有的真摯。

烏有本身對他們的三角關係並不怎麼意外。倒是對三角關係竟然持續到現在感到有些驚訝。在這麼封閉的空間共同生活一年，發生男女之間的糾葛再自然不過。這麼說固然哀傷，但即使和音沒有死，共同生活的崩壞也是避無可避的結局。沒錯，從他們的心之所向各自朝著不同的方向發展的那一刻開始……

「那麼根據桐璃教授的見解，神父又給妳什麼印象呢？」

「我不知道」

桐璃雙手一攤，推了個乾淨。

「因為真的看不出來嘛。雖然感覺跟田上有點像。」

田上是桐璃（應該要去）上的那所高中的老師，好像是個年紀很大，很曾經很照顧人的老師。以前很受學生喜愛。之所以用「曾經」、「以前」這種過去式來形容，是因為他半年前與女學生鬧出醜聞，因而辭職。

「跟那個老師有點像啊……那豈不是不好的意思嗎？」

被拿來跟對學生出手的老師相提並論，就算是神父，聽了也會氣得暴跳如雷吧。

「那換成布朗神父好了。出現在推理小說裡的那個。」

就某些地方讓人覺得有些狡獪這一點來說，或許真有幾分神似。但桐璃之所以會把他們聯想在一起，大概只是因為職業一致罷了。

「……還是不太一樣。」結果桐璃馬上就自行訂正了。「不過，真令人意外啊。神父或和尚也只是普通人嘛。」

「如果是這樣的話，跟我的印象大同小異呢。」

「欸──跟你一樣啊。真沒勁。」

彷彿打從心裡大失所望似的，桐璃垂頭喪氣地說。不知從何時開始，桐璃對烏有看人的眼光給予低到谷底的評價。

「妳這是什麼意思。」
「沒什麼。什麼意思也沒有喔。哈哈哈。」
桐璃伸出右手，使勁揮舞掌心想矇混過去，轉移話題。
「所以呢……剛才那是什麼？」
「剛才？」
「那個。」
桐璃指著天花板。想來是指四樓的那幅畫。她一臉不解地側頭說道：
「大家都說那是和音小姐的畫。」
幸好她似乎還沒發現那幅畫與自己的相似度。
「是啊，聽說二十年前就掛在那裡了。」
「可是被刀子……」
「不知道是誰幹的。」
烏有刻意強調自己的漠不關心。
「到底是誰啊？再怎麼想都太不正常了……有點恐怖耶。」
「是誰呢。」
烏有假裝絲毫不放在心上，復述了一次。其實他有注意到一件事，而且能做到這件事的人其實很有限。中午過後，他與水鏡在四樓不期而遇的時候，畫還是完好無缺的。然後自己隨即在一樓的客廳採訪村澤夫婦。結城與神父早在一小時前就帶桐璃一起去登山健行。當桐璃一行人淋成落湯雞回來時，他還在訪問村澤夫婦，而神父和結城一回來就發現畫被割破了。

當時他從直觀的角度來看，還以為是四位訪客中的某個人幹的，但他們都有所謂的不在場證明。烏有不禁感慨「有點懸疑的味道呢」……那會是水鏡嗎？不對。烏有隨即打消這個念頭。用刀子劃破的╳記號，中心點落在等身大的和音眼睛上，那個位置比烏有的視線高度還高，雙腳不良於行的水鏡不可能辦到。

這麼一來，是佣人夫婦的其中之一嗎？單純思考的話就只剩下這個可能性。但他們應該跟和音無關。表面上……沒錯，至少表面上無關。烏有突然想起尚美曾經離開客廳去泡咖啡。但她只離開五分鐘左右。雖說時間足夠上去四樓割破畫再回來，但也覺得以女性的腳程來說可能不太夠。而且話又說回來，有必要趕在五分鐘內迅速完成這件事嗎？

「怎麼啦，一直不說話。」

「不，沒什麼。」

只有烏有留意到他們的不在場證明，其他人應該都不知道。或許只是偶然，但最後只剩下烏有有機會知道這件事。除非討論起彼此下午的行蹤，否則他們大概都不會發現吧。現階段烏有並不打算告訴任何人。當然也包括桐璃在內。

「我問你喔，那幅畫是不是跟我很像啊？」

「……還好啦，一點點。」

沒想到她這麼敏銳。烏有在心裡咂嘴，提高警覺。

「黑色的衣服跟妳晚餐穿的那件很類似，所以猛然一看或許會大吃一驚。就只是這樣而已喔。」

「嗯……」

看樣子她好像從昨晚就很在意這件事。即使說出一半的事實，也無法澆熄桐璃不負責任的好奇心。他沒有說謊。那些人確實在她身上看到了和音的影子。烏有又緊接著說下去。

「所以最好別在他們面前提起這次的事。畢竟和音已經不在了。」

「那件衣服也不能再穿了嗎？」

「我想最好不要。」

烏有不容辯駁地告訴她。要是桐璃又穿上那件衣服，他們應該是不會再方寸大亂了，可是烏有總覺得會因此招致更糟糕的結果、引起不必要的風波。尤其是在發生今天這件事之後。

「嘖……不過這也沒辦法。我可不想被劃花臉。枉費人家還特別帶來呢，不能再穿真是太殘酷了……」

桐璃像是在自言自語那樣怨嘆，不滿地在床上翻了兩、三次身。烏有能夠理解她的心情。

「殘酷啊。妳的頭髮變得亂糟糟了。」

「有什麼關係嘛，亂就亂吧。反正打扮得再漂亮也沒用。」

桐璃一骨碌地坐起來，丟下一句「我去拿相機來」，接著難得靜悄悄地把門關上，乾脆地離開了。

6

晚餐比昨晚更難以下嚥。就連餐廳裡的壯麗裝飾也變得虛有其表，顯得黯淡無光。活像是告別式上的花圈。烏有受不了這種如坐針氈的氣氛，帶著桐璃早早吃完就速速閃人。其他的人或許也覺得這樣比較好，連個出來裝裝樣子挽留他們的人也沒有。昨天至少還有雖然感覺不太愉快，但起碼還維持表面和平的對話，今天則是連對話都沒有。饒是人生經驗如此豐富的大人們，似乎也沒有餘力再維持表面的和平了。

東道主水鏡始終保持沉默，也不管客人，就只是專心地吃著眼前的酸奶牛肉。昨晚的突發狀況還能用老天爺的惡作劇來一笑置之，但今天的事明顯存在著惡意。光是這樣就很嚴重了，而且竟然還用上了刀子，讓惡意帶有更加強烈的真實感。烏有當然無從知曉這股衝著他們而來的憎恨的意義、內容到底是什麼，但那些人又察覺到了多少呢？從眾人驚恐的反應、壓抑情緒的模樣也能看出，他們並不是毫無頭緒。他們顯然接收到犯人的詛咒了。

在這樣的情況下，唯有結城注視水鏡的眼神異常銳利，充滿猜疑。得知水鏡頻繁地與外界保持聯絡後，結城大為震驚。這兩個人在那之後有交談過嗎？烏有不免有些惴惴不安，擔心自己是不是說了不該說的話。

洗過澡後，烏有還是有點在意，決定獨自前往四樓一探究竟。和音的畫還掛在那裡，劃破的部分仍在畫框中敞著血盆大口。沒有人敢去觸碰這個可憐的和音嗎？只見被破壞的偶像就像個哀愁的展示品那樣被擱置在那裡。

「是如月先生嗎。」

背後有人喊了自己，烏有連忙望向樓梯那邊。如果是水鏡看到自己出現在這裡，可能又會產生不必要的懷疑。畢竟他有下午的前科。怎麼辦……烏有緊張地等著，幸好上樓的人是派翠克神父。身上依舊穿著黑色長袍的神父，對烏有面露微笑。是神父而不是水鏡，這點也令烏有稍微鬆了一口氣。

「你在看那幅畫嗎。」

神父的語氣並沒有責怪他。但也不是純粹地發問。神父慢條斯理地繞到烏有右手邊，與他並肩佇立。他們靜靜地凝視著畫，彷彿那是教堂裡豎立著耶穌十字架的祭壇。

「怎麼會變成這樣……太讓人難過了。」

神父個頭比較矮，所以烏有其實是要稍微低頭看他的。然而面對神父的時候，他並沒有那種物理上的優越感，反而會產生是自己仰望神父的錯覺。不知為何，神父在室內也戴著帽子。所以由上往下看他時，帽緣的陰影會讓人看不清他的表情。不過他說的話擲地有聲。看來幾個小時過去後，他已經恢復冷靜了。

「……為什麼和音小姐非得要受到這種對待呢？」

這不是烏有該問的問題。心裡很清楚這一點，但嘴巴不聽使喚。烏有尷尬地別過臉。

「我也不知道箇中真意。」

神父平靜地回答。手握緊了胸前的十字架。

「不過，或許不久之後就會知道了。如果對方想告訴我們的話。」

烏有想繼續追問，但神父不給他機會。

「害如月先生和桐璃小姐受驚了。兩位明明只是來工作的。」

「別這麼說，是我們打擾各位了。」

派翠克神父臉上露出淡淡的微笑，重新面向那幅畫。沉默持續了好一會兒。烏有也開始覺得喘不過氣來。半晌後，神父像是嘆息似地說：

「和音……和音究竟看到了什麼。用那隻剩下的右眼……」

烏有頓時抬頭看向那幅畫。裂痕在和音的左眼處交叉，割成了四片，實在慘不忍睹，但右眼的黑色眸子還完好如初。即使是自己的臉被割開的瞬間，她依舊是以那宛如聖母般充滿慈愛的眼神看著犯人的手、犯人的臉、犯人的身體也說不定。

「你是說犯人嗎？」

「應該說是罪人吧。那個非得將和音砍得四分五裂的罪人。」

這無疑是重罪。但直覺告訴烏有，神父控訴的罪行顯然是位於更高的一個次元。

「為什麼，和音小姐非得要受到這種對待呢？」

烏有再問了一遍。但就連自己也隱隱約約察覺出來，現在說出口的與剛才那個問題的意思不太一樣。停頓了好幾拍，派翠克神父才嚴肅地開口。他的視線彷彿穿過和音的畫像，直達隱藏在後方的聖域。

「……這是受難。不得不受的苦難。」

「真宮和音不只是偶像嗎？」

「她是偶像啊。」

神父想也不想地認同，態度極為稀鬆平常。然而接下來的話卻充滿了重若千斤的確信。

「我不清楚現代的偶像是什麼定義。但吸引他人、被別人朝思暮想，就意味著必須一肩挑起對方的念想。必須承受這份念想的重量，給予回應。這或許就是一項試練，為了考驗和音有沒有能力給予回應。」

和音早在二十年前就死了。根據這句話的脈絡，接受試練的或許不是已逝的和音，而是他們吧。抱有念想的人也必須擁有資格才能念想。有資格念想的人才有能力消費和音。烏有看著神父。

「沒錯。神不會給予人承受不了的試練……我們必須戰勝這個考驗。」

「你是指這也是一種試練嗎。都已經過了二十年，我實在難以信服。」

但烏有其實也慢慢地被說服了。對照自己的情況，他也在十年前背上了罪大惡極的十字架。無論能否得到原諒，試練總是前仆後繼地一個接著一個來。而他依然還活著。可見並不是不能克服。從今以後也……

「我們為什麼要回這座島呢。」

「是因為真宮和音的魅力嗎？」

「是的。」神父用力點頭。「歲月讓我們產生了各式各樣的改變。如今不得不去面對那些變化。」

「你的意思是說，割破畫的衝動也是和音的魅力所致嗎。只是用了錯誤的力量？」

「和音不會吸引邪惡的東西。因為神絕不會誘惑人去做壞事。絕對不會。」

烏有覺得他愈說愈靠向宗教話題了。或許是職業病使然吧，如果真是那樣那也沒辦法。但如果是有意引導呢？烏有不禁懷疑他是為了將烏有的焦點從現實的動機上引開……

「那麼……」烏有趕緊搜索枯腸，想把話接下去，但一時之間不曉得要問什麼。不只基督教，對宗教漠不關心的烏有根本沒本事找到反駁的餘地。派翠克神父在胸前畫了個小小的十字，把烏有拋在身後便離開了。

「又或者是……」臨走之際，神父似乎在嘴裡喃喃自語。「或許是和音展開了一切。以正確的力量。終於啊……」

神父留下匪夷所思的話，下樓離去。這是烏有聽到現在，最令他摸不著頭腦的一句話。展開？烏有默默地目送神父頭也不回的背影消失在視線範圍之內。

＊

「我受夠了！」

就在烏有準備回自己房間、從三樓走廊經過時，就被高八度的尖銳喊叫給刺入耳膜，不由得停下了腳步。聲音是從村澤的房間傳來。門上掛著「MURASAWA」的門牌。門開了一條縫，尚美的聲音經由縫隙傳了出來。不是平時寡言少語的她那落落大方的聲音。聽起來非常激動，喊叫之中還帶著哀懇。

「這場猴戲到底要演到什麼時候？這種感情深厚的假面夫妻，我再也演不下去了。」

高亢的嗓音帶了點歇斯底里的聲調。接著是桌子被拍打好幾下的聲音，似乎是尚美拍的。那位村澤夫人嗎……烏有四下張望，確定走廊沒有其他人後，就把耳朵貼近門板偷聽。

「早知道來島上之前就應該快點跟你離婚的。」

「等一下。妳不是說等我們從島上回去後再決定嗎。」

「我原本是這麼打算的。」

「既然如此，還有一個禮拜的時間。」

村澤拚命挽回。然後是繞著床鋪來回踱步的腳步聲。這大概是村澤吧。緊接著又響起夫人拍桌子的聲音。兩種聲音隔著門板清清楚楚地傳入烏有耳內。就像是一場陰鬱的演唱會。不知是否受到先入為主的印象影響，烏有著實無法想像尚美歇斯底里的樣子。但事實就擺在眼前，房內正上演著他曾在電視連續劇裡看過的複雜情感關係場面。

「還有一個禮拜又怎樣？面子有這麼重要嗎。真是無聊透頂。」

「不，我不是這個意思。而且妳現在突然說要離婚，接下來怎麼辦。」

「因為我明天就要回去了。我不想繼續演這種爛戲。」

「怎麼回去？要等到十二日才會有船來接我們。」

「總會有辦法的。至少可以叫他們派船……話說回來，來這裡根本就是天大的錯誤。什麼和音的島嶼啊，你只會想起和音。跟以前一樣……那個時候……」

「我知道、我知道。」

村澤似乎窮於回答，隔了好一會兒才開口。那是默認錯在自己的語氣。房內突然傳來摔東西的聲音。

「你才不知道，你什麼都不懂。和音當時不也是如此……沒錯！這一切都是和音害的。所以那時候才把和音……」

「尚美！」村澤突然厲聲喊了她的名字，然後立刻改用求和的語氣婉言相勸。

「妳要了解，和音的事就是我們大家的事。妳不也……莫非是結城？」

村澤的聲線一變，變得十分謹慎。

「才不是。那個人也滿腦子都是和音。和音、和音、和音……跟你一樣。」

「這樣啊……」

「我還以為你已經忘了和音……我這二十年來究竟是為了什麼？」

「不是妳想的那樣。和音已經不在了。」

「騙子！」夫人嗤之以鼻，原本歇斯底里、梨花帶雨的嗓音突然化為瘋狂的笑聲。

「她沒死，和音還在。不然剛才那是什麼……是什麼啊。」

「那是……妳……」

「那個除了和音以外還能是誰。」

這句話讓烏有受到比村澤更大的衝擊。她指的無疑是被割得慘不忍睹的那幅畫。可是，那是和音做的？

意外的是村澤並未否定。他一直保持沉默。換句話說，他也認同夫人的指控。這是怎麼一回事？烏有自問，但無法自答。目前只知道自己對和音的認識壓根兒就不正確。

「她醒來了。」

這次是不知在害怕什麼的顫抖聲線。就像是為了提高鬼故事的效果、斷斷續續地捏著嗓門說話……那是不想讓某人聽見（大概不是烏有）的說話方式。

「……沒錯，為了展開。」

展開？夫人也說出跟神父同樣的字眼。「展開」。

「怎麼可能！」

「可是你不也看見了嗎。那個女孩……那是和音喔。和音來了。穿越二十年的時空來迷惑我，也迷惑你……」

「別說傻話了。」

村澤的語氣明顯失去了最初的氣勢。彷彿受到了影響，因此失去信念、只留下不安的餘韻。

「那個女孩就是和音。是真的……」

這時，或許是風從窗戶灌進來了，在空氣流通的同時，門又稍微打開了一點。合頁發出了

「嘰……」的輕微聲響。現在這個大概是村澤吧，他發現門開著，腳步聲逐漸靠近這裡。

烏有躡手躡腳地後退，小心不要讓對方發現，企圖神不知、鬼不覺地離開現場。

「怎麼了？」

突然有人拍了他的肩膀，烏有連忙回頭看。是桐璃。不知道她是什麼時候換的衣服，現在穿著一件跟晚餐時不一樣的白色洋裝。

「你在這裡做什麼？」

烏有以最快的速度抓住桐璃的手，不由分說地把她拖到走廊盡頭的陰影處。

「好痛！你做什麼啦。」

村澤的房門「砰！」地一聲關上。幸好他們似乎沒有聽見桐璃的聲音。「呼。」烏有吐出一口大氣，然後拭去額頭的冷汗。

「你該不會是在偷聽吧？」

或許是掌握情況了，桐璃一肚子壞水似地質問他。

「真是壞習慣！如果換成我做同樣的事，你一定會罵我。」

「我是經過的時候剛好聽到。」

烏有也知道這句話毫無說服力。而桐璃果然打蛇隨棍上、展開了追擊。

「胡說八道。你明明像隻壁虎似地緊緊巴在門板上。」

「我只是剛好頭暈。」

「是是是。」桐璃一臉心知肚明的表情。「這次就饒了你。所以呢，他們說了什麼？」

「我怎麼會知道。我剛想聽，就被你喊了。」

總之先蒙混過去再說，但是他不覺得能騙過桐璃。果不其然，桐璃用那種一個字也不相信、寫滿猜疑的眼神看著烏有。

「騙人。」

「真的啦。」

「是和音的事？還是畫的事？欸欸，告訴我嘛，別賣關子。」

烏有不堪其擾地揮揮手。他只想快點擺脫桐璃，整理神父說的話和自己剛才聽到的話。並思考今後該如何應對。

桐璃這種沒大沒小的態度有時候會讓他火冒三丈。烏有逐漸變得不耐煩起來。當然，這是他自己的情緒，但無論如何就是按捺不下來。烏有是屬於向外追求一切成因的個性。

「我不是說我不知道嗎。」

烏有不接受任何質疑地嗆聲。桐璃也敏銳地察覺到他快生氣了，乖乖撤退。

「知道了啦。犯不著這麼生氣吧。你真的很容易動怒耶。真是的」

「我沒有生氣。」

比起事實就是如此，桐璃認定他是易怒的人還更令他惱怒。為了想證明自己沒有生氣，烏有硬生生地擠出微笑。

「你生氣了。」

「我沒有生氣。」

就連自己也知道笑容無比虛假，一點也不真誠。那是他最討厭的笑法。在黃澄澄的昏暗燈光下，看起來大概就更加虛偽了。果然換來桐璃懷疑的眼神，說是輕蔑也不為過。倘若烏有站在桐璃的立場，或許也會產生同樣的反應。

「抱歉……明天再告訴妳。」

烏有坦率地認錯。然後對自己在桐璃面前竟然如此坦誠也感到十分訝異。

「真的嗎？」

「真的。抱歉。」

「沒關係。不過明天一定要告訴我喔。」

「好，我答應妳。」

不知道這句話能相信到什麼程度，總之桐璃不情不願地接受了。

「那我先睡了。爬山好累。」

桐璃誇張地垂下肩膀，順著歪斜的走廊，走向自己的房間。兩人的房間就在對面，但是因為奇妙的構造，桐璃房門的位置比較遠。

「桐璃。」

「嗯？」

「記得把門鎖好喔。」

烏有記掛著一件事，那就是他們說和音甦醒了。萬一那把利刃砍向桐璃……

「我知道啦。我也不想半夜被某人偷襲。」

「誰會去偷襲妳呀。」

烏有擺出懶得再跟她廢話的態度，用力打開自己的房門。稍微鬆了一口氣。

「對了，烏有哥。」

「啊？」

「這給你。」

桐璃拿出一個鈴鐺，垂在烏有的眼前。那是個簇新的小鈴鐺。鍍金加工的頂端繫著大約十公分長的紅繩。桐璃搖了搖手，鈴鐺叮鈴作響、發出了充滿透明感的音色。

「這要做什麼？」

「呵呵，是禮物。」

「禮物？」

「對呀。」桐璃頷首。

「謝謝你帶我來這裡。因為我暑假哪兒也沒去。」

「這樣啊……」

「不是什麼了不起的東西，請笑納。」

桐璃溫柔地微笑，將鈴鐺交給烏有。

「謝謝。」

烏有道謝，但是他並未打從內心感到喜悅。因為他非常後悔把桐璃帶來這裡，害桐璃陷入暗潮洶湧的危機。可是他也不能說出口。自己沒有任何證據，也不認為桐璃能理解這股無以名狀的不安。更重要的是，桐璃並不知道自己長得與和音幾乎一模一樣。

還有，這個鈴鐺……烏有想起在和音的墓那邊發現陳舊鈴鐺的光景。應該是毫無關係的吧，那個鈴鐺早已消失在向日葵花海裡。這也是惡質的偶然一致性嗎。但，如果結城看到剛才的畫面……烏有的身體顫抖了一下。

「我會好好珍惜的。不過妳這麼有心還真難得啊。」

烏有顧左右而言他、想蒙混過去，而桐璃只是安分地點點頭，說了聲「嗯」。還以為她會抓住這句話的語病窮追猛打，不料期待落空。大概是爬山真的太累了。烏有這麼安慰自己，轉身走進房裡。

「烏有哥，別忘了喔。」

關門的同時，桐璃喃喃低語，臉上浮現靜謐的笑容。沉穩的語調與琥珀色的眼眸彷彿在傾訴什麼。

「什麼？」

烏有回頭想問清楚時，桐璃已經背過身去了。

＊

遠處傳來了引擎聲。

十點、十一點……到了半夜，雨勢仍不停歇，斗大的雨滴敲打著窗戶玻璃，極為擾人。氣溫也持續下降，只有濕度不斷攀升……為了通風而打開窗戶時，冰冷的空氣湧入室內，感覺都快要凍僵了。與其說是夏天，寒冷的感覺還更像深秋。

烏有連忙關上窗戶，將空調的冷氣風量轉到弱冷，然後仰躺在床上。他回想起村澤夫婦的對話。兩人承認自己是在扮演「感情深厚的假面夫妻」。看樣子他們跟婚前一樣分房睡並不是為了緬懷過去。村澤夫人確實有些不自在，雖然不到鶼鰈情深的地步，但也沒想到會搞到要離婚……莫非夫人的態度並非只是全然的情緒不穩定嗎？

烏有想起桐璃為她取了蛇髮女妖的綽號。只是從兩人的樣子來看，尚美才是被害者。被至今仍然無法忘記和音的村澤給傷害了。

但真正的問題不在這裡。兩人的對話固然令人難以釋懷，但是從內容推敲，他們似乎把桐璃與和音混為一談了。夫人似乎不怎麼歡迎他們兩個，態度始終顯得疏離，難道就是這個原因嗎？莫非她認為烏有是站在桐璃＝和音這邊的間諜嗎？無論如何，他們顯然有什麼不願被刺探的難言之隱。而且跟真宮和音有關。唉，又是和音……。

村澤還好，但夫人似乎不管三七二十一都要把桐璃當成和音。簡直就像是要桐璃為她的悲劇負起責任似的。不清楚二十年前發生過什麼事，再繼續調查和音大概也查不出個所以然來。而且這麼一來就真的變成間諜了。相反地，萬一他們認為自己牽涉其中，只會落得難以脫身的下場。大家都因為那幅畫被人破壞一事變得疑神疑鬼。幸好剛才遇到的是神父，如果是其他人的話，還真不曉得會有什麼反應……如同賠了夫人又折兵的比喻，要是沒想清楚就跑去淌渾水，說不定就得付出慘痛的代價。

烏有只能祈禱割破和音的那把刀子，不要因為容貌長得像就揮向桐璃。目前的狀況已經處於就算真的發生這種事也並不奇怪的階段了。但願只是杞人憂天。目前只能期待他們還擁有健全的理性，另外就是要期待桐璃的自制心了。

烏有把燈關了，決定先睡一覺再做打算。

III

八月七日

0

即使仰望夜空也看不到月亮。明明沒有雲，卻不知道為什麼看不見。肯定是運氣不好的關係吧。畢竟月亮也有月亮的情緒，除非剛好天公作美，否則就看不到想看的形狀。就像是任性的小貓，才不會去在乎主人的想法。

代替陰晴不定的月亮，天空降下了雪。是純白的牡丹雪。雪的結晶有如牡丹花瓣般、鬆鬆地一朵疊著一朵，形成所謂的鵝毛大雪。因為水氣很多，到處都是積雪，一下子就積了幾十公分。牡丹雪輕盈地從虛空中飄落。在幽藍色的黑暗中，靜靜地在中庭積成一片皚皚雪景。聲音與光線盡數消失的箱庭[34]……身體莫名感到絲絲寒意。可是，為什麼會下雪呢？現在明明是夏天。明明是很熱、很熱的盛夏。

突然，白雪染上深紅。紅色的雪漫天飛舞。如同墨汁從天而降，將視線內的一切全部染成殷紅。白色翻轉成紅色……就連烏有的身體也逐漸染上了緋紅。烏有手忙腳亂地想拍掉紅色的雪，但怎麼拍也拍不掉烙印在身上的紅。彷彿細胞染色的實驗，皮膚逐漸受到滲透，浸潤成紅色。猶如色素沉澱，怎麼擦也擦不掉。指尖一處碰到紅色的雪，就感受到紅色的雪帶著黏性。從臉到肩膀再到背部，全部都被染成了一片深紅。

1

從夢中醒來時，不斷痛毆他兩頰的純白抱枕塞滿了烏有的視野。

大概是太累了。明明設好鬧鐘，早上還是落得被桐璃打醒的下場。看樣子是半夢半醒間按掉了鬧鐘。桐璃隔著羽毛枕狠搥他的腦門好幾下，還左右甩他巴掌，終於把他弄醒。可能是感冒了吧，起床時頭昏眼花。感覺腳還踩不到地，是因為睡眠不足嗎？還是冷氣開得太強？烏有撐著沉重的腦袋，順著床緣坐起來。

「早安。你沒鎖門喔。」

桐璃坐在椅子上，幸災樂禍地斜睨著睡眼惺忪的烏有。從本土帶來的服裝雜誌對折放在桌上。看來她觀察烏有筋疲力盡的表情已經觀察了好一會兒。但是亂折雜誌依舊不是值得稱許的習慣。

「今天是烏有～哥起晚了。」

透明的晨光透過蕾絲窗簾斜斜地照進陰暗的室內，灑落在桐璃身上。T恤的胸前有個大大的綠色「EVE」商標，反射陽光，熠熠生輝。

㉞在不太深的小箱子裡配置小巧的樹木、人偶、建築、小橋、船舶等小模型，模擬出庭園或名勝等景觀，是從江戶時代後期至明治時代開始流行的娛樂。與盆栽、盆景等同樣是日本微縮文化中的一環。

「天亮啦……」烏有終於感受到天已經亮了的真實感。「妳特地來叫我起床嗎。妳這傢伙還真閒啊。」

「還好。不過，沒想到你是熟睡型的人。睡得就跟死豬一樣喔。」

「要妳管。妳今天怎麼起得這麼早。」

「或許是因為天氣很涼爽才有辦法早起吧。早起果然很舒服呢，我暑假每天都睡到中午，所以都提不起勁。」

「不只暑假吧。妳每天都晚睡晚起。」

「我才沒有。」桐璃鼓起臉頰反駁。

因為直接穿著T恤和牛仔褲這種外出服睡覺，所以不用換衣服。烏有隨意在外面披了件襯衫，又看了室內一圈。時鐘指著十點。全身莫名感到倦怠，看來不只是感冒作祟。昨天自己思考到什麼時候才睡著呢。想不起正確的時間了，應該是想到三更半夜吧。然後，就作了那個夢。烏有下意識凝視自己的掌心，確認掌心不是紅色，而是正常的皮膚顏色。

「或許是和音的關係。」烏有喃喃自語。

「和音小姐怎麼了嗎？」

「沒什麼……」

烏有搖搖頭，用舌頭舔濕乾燥的嘴唇，結束了這個話題。

「烏有～哥，你是不是感冒了？」
「好像是耶。妳穿成那樣不冷嗎？」
「有一點。不過冷氣已經停了。你看。」
壁掛式的冷氣已經停止運轉，指示燈也熄滅了。
「是妳關掉的嗎？」
「不是。我來的時候就已經關掉了。」
「好啦我知道了。」烏有小聲嘀咕。這明顯是遷怒，雖然跟自己全身倦怠也有關，但是他不太滿意桐璃的口氣。經驗告訴自己，每年都有幾天會出現這樣的情緒。上次是春天的時候。當時是剛結束北山一日縱走的工作，開完慶功宴的隔天。因為是假日，所以他在床上躺了一整天。
「你在床上抽菸啊。」
房間中央有兩個小小的圓形焦痕。
「啊，菸灰不小心掉到地上了。」
「真是的，地毯都燙黑了。你會挨罵喔。」
「我知道。我會好好道歉，也會負責賠償的。」
顯然聽出這句話沒什麼誠意，桐璃一臉不可思議地觀察他的表情。
「你好像不覺得自己有錯。」

「或許吧。」烏有不置可否地附和。「可能是因為我太疲倦了。」
「好過分。話說烏有～哥，你會抽菸啊？」
「偶爾。」
其實這是他第一次抽菸。只是為了不時之需，他習慣在皮包裡放一包沒開封的萬寶龍香菸。平常只是單純當成護身符。
「……桐璃，妳看過《STILL》嗎？」
「那部恐怖片對吧。看過啊，就上個禮拜。我沒告訴你嗎？」
「不，妳說過……但我忘了。我記得裡頭有個名叫雷德克里夫的傢伙死掉了吧。就是那個年輕的小混混。」
腦袋還沒完全清醒過來。
「沒錯沒錯。過程中就被那個叫傑夫的大鬍子樵夫砍頭了。這部電影怎麼了嗎？」
桐璃說得面不改色，烏有反而有些困惑。因為自己在電影院裡看到那一幕時受到很大的衝擊。
「沒事。我作了一個夢。夢到雷德克里夫的腦袋筆直飛向天空的場景。」
然後畫風一變，下起紅色的雪。
「作夢？討厭啦！」桐璃小小驚呼了一下，眉頭也揪在一起。「害我想像了一下。萬一我也夢到了該怎麼辦。」她激動地猛搖頭，彷彿要趕走浮現在腦海中的畫面。

「真是的。烏有～哥好奇怪喔。一大早就正經八百地講這種亂七八糟的話。你是不是燒得很厲害啊，結果把腦袋也燒壞了。再燒下去可怎麼辦才好。」

「確實很奇怪也說不定。」即使看在第三者眼中，烏有的神情也很虛弱吧。但是怎麼會作那種夢呢。確實是很衝擊的場面沒錯，但是有那麼多衝擊性的場面，為何獨獨與這個畫面產生連結呢？烏有並不擅長分析夢境。

「賞你一杯熱可可。我也泡了你的份。」

桐璃輕巧地站起來，遞給他一只木紋圖案的馬克杯。可可亞甘甜的香氣撲鼻而來。印象中咖啡因會加重感冒，但難得桐璃這麼有心，烏有也默默伸手接了過來。

「謝啦。」

烏有沒想太多，把杯子湊到嘴邊，這時他冷不防抬起頭來。

「妳在哪裡泡的熱可可？」

房間裡有電熱水壺，但應該沒有可可粉。

「還有哪裡，當然是廚房啊。」

「廚房？」

「嗯。其他人都不在，所以我就自己來了。」

說到廚房……烏有突然慌了起來，把馬克杯放在床頭櫃上。

「妳沒搞清楚狀況啊！桐璃。隨便亂跑很危險的。」

「我聽不懂你在說什麼耶。你從剛才開始感覺就很奇怪。我又不是小學生了，這附近也沒有《STILL》裡面那種變態在周圍跑來跑去。」

或許有也說不定。或許比變態更恐怖、更瘋狂的東西正在附近出沒也說不定。烏有還無法明確地掌握那是什麼，但不安已經從昨夜的疑惑逐漸轉變成確信。他壓抑自己噁心想吐的反應。

「妳昨天也看到那幅支離破碎的畫了。妳覺得那還不變態嗎。」

「確實很詭異，也有點恐怖……可是，難道你要我因為這種事就一直關在房間裡嗎？」

「我只是要妳別隨便亂跑。」

「知道啦。真是夠了……枉費人家好心來叫你起床。」

桐璃氣呼呼地轉向一邊。烏有好不容易才忍下想修理她的衝動。

「……知道就好。反正就算我說破嘴，妳也聽不進去。但不管怎樣，盡可能別跟那一群扯上關係。」

「那一群？你是說他們幾個嗎？你好像很討厭他們……」

「是不喜歡。」

烏有毫不留情地實話實說。壓根兒沒打算掩飾自己的厭惡。

桐璃不懂那幅肖像畫被惡意割裂的意義，這令他氣急敗壞。事到如今，烏有當然不打算讓桐璃知道和音與她長得幾乎一模一樣。說了只會激起她的好奇心，讓她更想打破沙鍋問到底。

為了讓自己冷靜下來，烏有打開盥洗室的門，想去洗把臉。這時他突然把頭給轉了回來。

「妳剛才說廚房裡一個人都沒有。」

「嗯，對啊。」

沒想到烏有會突然轉移話題，桐璃一頭霧水地看著他。以為他又要開始說教了。

「妳說沒人，那真鍋夫婦也不在嗎？」

「不在……不過，這麼說來確實很奇怪。他們不用做早飯嗎。」

「應該不可能。」

昨天桐璃睡到中午，所以大概不知道真鍋太太連烏有他們的早餐都做了。雖然是起司鬆餅加歐姆蛋捲、火腿和甜菜沙拉等比較簡單的東西。

「那就是睡過頭囉。」

「人家又不是妳。」

就算真鍋太太睡過頭，真鍋先生也會叫她起床吧。很難想像兩人都睡過頭了，而且還是在相隔二十年又有客人來訪這麼重要的時刻。烏有又看了時鐘一眼，已經十點多了。可可還是熱的，表示還沒有經過太久。昨天十點的時候，真鍋太太連早餐的碗盤都收拾好、也洗乾淨了。烏有總覺得不太尋常，心湖騷動，說是有不祥的預感也不為過。

「我去看一下。妳給我乖乖待在房間裡。」

烏有用力關上房門，發出很大的聲響，接著快步下到一樓。即使已經十點多了，屋裡還是很冷。刺骨的寒意實在很難想像現在是夏天，簡直就像樹葉盡落的初冬。不過剛好足以冷卻烏有那發熱的腦袋就是了。

一如桐璃所說，廚房裡沒有半個人。這裡十分安靜，只有天花板的燈光亮著。瓦斯爐上放著看來是桐璃剛用過的紅色水壺，流理台是乾的。餐具全都收在金屬網架上，貌似從昨晚就沒使用過。大盤子、小碟子、湯碗、杯子、烤盤……全都神經質地收納得非常整齊。平底鍋及湯鍋、湯勺也一絲不苟地吊著。無聲、無人，有如尚未開門做生意的餐廳，感覺異常空曠。

烏有原本說不上來的不安逐漸具體成形，他決定先去真鍋夫婦位於偏屋的住處那邊一探究竟。他打算穿過後門並沿著中庭的小徑前往偏屋。當後門一打開的瞬間，烏有不禁茫然地呆站在那裡。

「……!?」

起初還以為是在作夢。是那場惡夢的後續，如同雷德克里夫死去的滿月冬夜，那場紅色惡夢的後續……

——這是怎麼一回事。

中庭積了一層貌似白雪的東西。不，不是貌似，就是白雪。鬆軟的表面在晨光的照耀下令烏有目眩。直到昨天都還覆蓋著白砂的中庭，只過了一夜，居然就變成了銀色的世界。不只中庭，背後的山林和屋頂也都戴著不屬於這個季節的白帽子。放眼望去一片雪白。

「這實在太扯了。」

烏有懷疑這也是上帝的惡作劇，於是膽戰心驚地將雪掬起。雪在指尖留下冰冷的觸感，然後融化了。確實是雪沒錯。

但現在是八月上旬，時值盛夏。怎麼可能下雪。然而……眼前確實積了雪。烏有不是那種只相信眼見為真的超級現實主義者，也不是對自己看到的一切全盤接受的超自信家。儘管難以置信，但也無法否定自己現在看到的光景。莫非是有哪個天才魔術師在這座島上表演了驚人的魔術。還是說……這是什麼天災人禍的前兆嗎？

他立起襯衫的衣領，手抱著頭。還是說這座島是「葫蘆島[35]」，正要乘著海浪、漂流到北極圈？來的時候就覺得好像有哪裡不太對勁，但出現這麼明顯的異常，反而令他不知道該如何因應才好。

又或者是……不對勁的其實是他自己呢？烏有從以前就希望自己能發瘋，但沒料到是以這種

㉟日本ＮＨＫ電視台於六〇年代播放的高人氣人偶劇。故事的舞台是漂流在海上，隨海潮移動的葫蘆島

兩頭不到岸的方式發狂。是明明還殘留著理性，視網膜卻出現幻影？還是在大腦中合成出與現實有別的另一個世界呢？

烏有踏出一步。感覺腳下傳來鬆鬆軟軟的彈性，耳邊同時響起沙沙的聲響。這種觸感並不陌生……至少在冬天並不陌生。只是雨換成雪，所以腳底下充滿了踩在白霜上的感受。雪已經停了，陽光從覆滿天空的淡墨色雲隙灑落下來。雪的表面開始慢慢受熱融解。烏有花了一點時間才確定自己的精神還是正常的。儘管並非出於他的本意，但也總算能因此接受眼前不可思議的現象了。

恢復冷靜後再次環視中庭，烏有便發現有個人站在圓形舞台上。人影始終站在那裡，一動也不動，害他一度誤以為那是第五根柱子。定睛一看，有道足跡從客廳那邊延伸到圓形舞台。

「村澤先生。」

烏有朝著圓形舞台呼喊。村澤穿著睡衣，外頭披了件薄薄的罩衫，一逕低著頭，彷彿忘了寒冷。看來烏有站在側門整理腦中思緒的那分鐘，不，或許是更早之前，他就已經站在那裡了。全神貫注地盯著腳邊，簡直像是在解析大理石地板上面的花紋。而他自己彷彿也成了一尊石像。

「村澤先生。」

烏有又喊了他一聲，這次他終於聽見了。「呦。」只見村澤有氣無力地舉起右手，權充打招呼。有如行將就木的老人，既沒精神，也沒活力，看起來很虛弱。

「這是雪，對吧。」

烏有往中庭跨出一步，走向圓形舞台。雪大約積了五公分左右，就算踩下去，也沒有露出原本被白砂覆蓋的地面。寒冷的海風毫不留情地吹向失去大宅這個後盾的烏有。大水薙鳥似乎也對眼前的異象感到不知所措，頻頻扯著脖子，高聲鳴叫。水薙鳥是候鳥嗎？如果是的話，這趟旅程可真是辛苦牠們了。烏有突然操起不必要的心來。

「現在是夏天吧。」

村澤始終一言不發。只是目不轉睛地盯著大理石地板，彷彿被地板吸住似的。一如昨天目睹和音的畫被割裂的時候。一如前天看到身穿黑衣的桐璃的時候。

烏有走上圓形舞台的階梯，望向村澤注視的物體。

舞台有屋頂罩著，因此中間並沒有積雪。只有些許被海風吹過來的雪尚未融化，殘留在舞台上。經年累月變成淺灰色的大理石被流出的血染成了紅色。量不是很大，可是在大理石的灰白色以及雪的純白之中，那抹污濁的紅色依舊怵目驚心。宛如昨夜的夢境。

雖然只有一瞬間，但烏有甚至覺得眼前的畫面有點唯美。

出血的元兇正仰躺在圓形舞台的中央、同時也是村澤的腳邊。沒有頭的屍體……暗紅色的血從醜陋的傷口緩緩流出。大概是因為能形成降雪的濕度與低溫的關係，血還沒有乾。

「真不敢相信。」

忍不住脫口而出。一旦看到就再也移不開目光。難怪村澤會動彈不得、茫然地佇立在這裡。

烏有現在正陷入了相同的狀況。跟這場大雪一樣，烏有也無法理解這裡為何會出現一具屍體。感覺自己就快瘋了。

或許因為失去了頭部，感覺屍體有點嬌小。也因為失去人體正常的比例，不禁讓人產生眼前的屍體不是人類，只是物體的錯覺。無頭屍體穿著被血染紅衣領的白襯衫，有誰能相信這具屍體直到昨天都還在呼吸、還在與烏有他們談天說地呢。誰能相信隨意擺放在屍體兩側的雙手直到昨天都還生龍活虎地工作、忙於生活呢。

倘若人是由精神與肉體組成，那麼他的精神消失到哪裡去了？烏有對著已經失去人形的肉體，不斷地問自己問題。不僅如此，這具身體就連象徵靈魂的頭部也被切斷、帶走了。

可是，為什麼要把頭……

烏有感覺非常、非常不舒服。

每次看到屍體的時候都是這樣。烏有再次意識到這點。這不是他第一次與人的死亡扯上關係。第一次扯上死亡時，那具屍體也慘不忍睹。是具被大卡車輾斃、面目全非地被拖行了好長一段距離的屍體。事情發生在十一歲的夏天，那一年，他小學五年級——當時的情景至今仍歷歷在目，想忘也忘不了。地點是那個冷清商店街外圍的十字路口。他衝出馬路、正想奔向對面的那一刻……大卡車的擋風玻璃反射著刺眼的陽光，一時半刻什麼也看不見的那一刻……耳邊傳來震耳欲聾的喇叭聲與剎車聲的那一刻……有人從背後用力推他一把、讓他整個人撲向馬路另一邊的那一刻……緊接著聽見刺耳尖叫聲的那一刻……

回過神來，只見柏油路上出現一道打滑的胎痕。穿著白色外套的身體鮮血淋漓地被拖行到數公尺外，倒臥在有如沼澤的一灘血窪裡。手腳各自往不同的方向扭曲，有如斷了線的傀儡。血肉模糊的臉夾在輪胎與柏油路中間，面目全非。只能勉強辨認出人類的身形……當時他根本不曉得發生了什麼事，只是一個勁兒地哭，任由趕到現場、臉色大變的大人們在四周圍成一圈人牆。不是因為被推開時撞到身體而哭、不是因為破皮的膝蓋很痛而哭、也不只是因為差點被卡車撞到的恐懼而哭。而是敏感地從周圍人們的氣氛之中，察覺到發生了更加悲傷的事。

然而，那個時候他並不明白那件事是什麼。或許只是出於本能的害怕。

直到去參加為了救自己而死去的大學生的告別式，他才知道自己幹了什麼好事。東京大學醫學院三年級。二十一歲……參加登山社，是個活潑開朗的好青年。他是在來當地朋友家玩的途中碰上了這起意外。因為出身自鄉下的有錢人家，所以在那裡舉行了莊嚴肅穆的葬禮。

從那一刻起，烏有便意識到自己犯下的罪行，陷入得背負起青年人生的處境。不對，是他在葬禮上看到應該是往生者妹妹的眼神那時候。那是個約莫小學一年級、捧著遺照的少女。對方一瞬也不瞬地瞪著烏有。視線對上對方那銳利如刺的黃色眼睛時，那個青年的幻影就在烏有心裡生了根。少女雙眸的光輝過於純粹，就連當時還只是孩子的烏有也感到惶恐，無處可逃。

每個人都是污穢的存在，生來就背負著原罪。只不過烏有在十一歲那年的夏天，無可奈何地背上了第二個原罪。

後來發生的事……事到如今，已經不願意再想起來了。

烏有彷彿被什麼附身了一般，忠實地重現對方的人生。中學、高中都選擇升學學校，只為了追上他這種既沒有生產力、也不是為了自己的他我目的。連朋友都不交、焚膏繼晷地用功讀書。放學後也不跟朋友玩。故鄉沒有中小學生的補習班，所以每天四點放學就立刻回家，關在家裡複習功課。七點離開房間吃飯、洗澡，然後又繼續回到書桌前學習，直到兩點才上床睡覺。然後六點就起床……完全是電視裡才會出現的書呆子。度過了沒有自我、儼然讀書機器的少年時代。或許那個青年實際度過的少年時代並非如此。不，肯定不一樣吧。但烏有沒有其他選擇。周圍的人都稱讚他好學，但他一點也不覺得高興。

因為那不是自己描繪的夢想。如今他已經想不起車禍前的自己有什麼夢想了。至少追隨那個青年的腳步成為醫生並不是他的夢想，而是無法違抗的命運或宿命。身為擁有可能性、讓前程似錦的青年不惜豁出生命也要救下的幼小生命，要是自己比那豁出的生命更沒出息、要是那個青年認為的可能性只是看走眼的話，消逝於大卡車前的生命大概會死不瞑目吧。

光想就覺得毛骨悚然。看在別人眼中或許會覺得他的想法很愚蠢，認為那是被學歷社會的框架給侷限住、一廂情願又狹隘的見解。認為那是過於在乎周圍評價的笨蛋才會做出的選擇。但是對烏有這個當事人而言，這是他的天命。更重要的是，在烏有生存的社會這個所謂的共同體之中，說穿了還是很重視學歷。萬一他無法過著成功的人生……烏有存在的意義應該就蕩然無存了吧。

……然而，然而事情就是這麼諷刺，烏有並不是那個青年。也無法成為那個青年。他沒考上大學。他被大學拒於門外，像是被告知「我們不需要你」。同學們都考上理想的大學時，只有他獨自眺望乍暖還寒的冷冽青空。他們都很驚訝烏有的失敗，對他深表同情。但是同學們站在勝利者的彼岸所給予的安慰絲毫起不了任何作用。

烏有的心病了一個多月。認為左鄰右舍的竊竊私語都是在說自己的閒話。聽起來像是在嘲笑他，同情那個青年「白白送了一條命」。當時序進入五月，烏有為了逃離周圍的眼光，便搬到了市內。「這次一定要……」進入重考班後，他下定了必勝的決心。這時烏有還有積極向上的態度與希望。他替自己安排了比過去七年更吃重的計畫，並忠實地照表操課。都會充滿各式各樣的誘惑，但他都一一克服了。

然而，結果卻……第二年也敗陣了。別說是東大了，就連退而求其次報考的知名私立大學也都吃了閉門羹。最後只能勉強吊車尾滑進當成備胎去考的京都三流私立醫科大學。到了這一刻，烏有終於明白自己只能是烏有，未來就應該待在灰色的泥淖深處沉寂。背上的十字架太沉重，也太過嚴苛了。壯士斷腕的決心在現實的面前消失得無影無蹤。視為目標的高山只是海市蜃樓，一如霞霧在真實的明光前根本不堪一擊。

最後只剩下沒有天分的人再怎麼努力都只是徒勞，以及名為極限的銅牆鐵壁有多麼難攻不落等事實。即便如此，第一年他還是努力融入周圍的環境，與同學一起享受校園生活，也挑戰過那個青年曾經很感興趣的登山。雖然只有半年，但是他也交了女朋友。然而表現給別人看的生活就像是過度裝飾的玻璃工藝，但凡有一點風吹草動就會輕易地碎落一地。只留下充滿自欺欺人的一年，不，是被空虛吞沒的九年。在黑暗中又碌碌無為地虛度一年後，烏有於今年春天從大學退學了。

然後，他來到了這個場所……試圖擺脫學歷社會的詛咒與束縛，卻又無法逃脫。不是只有高學歷的人才能過上優秀的人生，學歷也不是人生的一切。但即使理智能區分清楚，然而從十一歲的時候就已經滲入骨髓的刻板印象也不容許他輕易地退出戰局。至少直到兩年前，這仍是烏有堅信不移的信念。

烏有在暗無天日的世界過著荒蕪的每一天。眼前永遠是那個血肉模糊的青年。為自己這樣的人犧牲生命（簡直與白白送命無異）的愚蠢青年。即使空虛到想結束自己的生命，他也沒有尋死的自由。他必須活下去才行。當然，這或許只是為了正當化自己的軟弱而自欺欺人，但烏有在不斷經歷挫折的過程中，也只能拚命地苟延殘喘。至少要活超過那個青年的年齡才行。

青年不成人形的屍體投影在現在眼前這具身首異處的屍體上。烏有在相隔十年以後，又被迫要面對自己的罪孽。

「這是誰？」

烏有努力按下內心的百轉千折問道。為什麼沒有頭？喉嚨好渴，好像又發起燒來了。

「……不知道。光憑這樣的話。」

象徵人格的頭部被硬生生奪走的肢體讓人聯想不到任何東西。變成只是部位的手、腳、身體。給人機械式、畸形的印象。精神呢……剛才想到的字眼帶著奇妙的真實感於腦海浮現。

「但右手好像有皺縮傷疤。應該是……」

村澤失魂落魄地補上一句。屍體手背中央的肉有因為燒傷留下的皺縮。他直到昨天都還有看到這隻手。彷彿在對人訴說「右手不方便呢」的手。

「水鏡先生。」

屍體在雪中只穿著單薄的襯衫。然而事到如今，再也不用擔心會不會感冒了，但是以富豪的最後一程來說，連發燒頭痛的機會都沒有，這具少了頭的身體實在寒磣得令人唏噓不已。不過，或許這副模樣反而很適合奇人的最後一程也說不定。蒼白枯瘦的身體看上去只剩下皮包骨。獨留右手戴的手錶事不關己地刻劃著時間。十點二十分……

「頭上哪兒去了？」

村澤無言搖頭。

「或許在海裡……」

抓住欄杆往下看。浪花依舊拍打著海岸。觀景台的邊緣沒有屋頂遮蔽，所以積了雪，但是並沒有新的腳印。難道是從圓形舞台那邊扔出去的？激起千層浪的懸崖感覺比昨天看到的時候更加險惡。有如冬天的洶湧海相。大概是因為下雪，滔天巨浪狂亂地切削著礁岩，讓人聯想到演歌裡傳唱的那種既嚴峻又顯寂寥的日本海。

「這不是單純的惡作劇。」

村澤以顫抖的手蒙住臉。活像是要撐住自己的頭，以免掉落。

「沒想到真的會發生這種事。」

「……我、我去通知真鍋太太他們。」

烏有小跑步返回大宅。好幾次都差點在積雪上滑倒。眼前發生的事遠遠超出他的理解，令烏有陷入慌亂。

*

真鍋夫婦住的偏屋位在繞過棧橋的東側，稍微再往下一點的地方。雖然和音館有很多房間，但不知道傭人為何要住在離和音館有一段距離的地方。可想而知，通往偏屋的路上也覆蓋著新雪。烏有好幾次都險些滑倒，但是都勉強站穩腳步走下坡道。

為何要如此急著通知真鍋夫婦呢？是基於潛意識的階級意識，要他們去收拾慘不忍睹的殘局嗎。不，想必是因為必須先告訴佣人他們的主人死了。烏有撥出大腦冷靜的那一部分消化這個窮極無聊的問題。可是當他抵達小巧的偏屋時，周圍沒有任何腳印的新雪卻讓烏有產生了不祥的預感。

「真鍋先生。」

在門口喊了半天也沒人應。無可奈何下，他伸手打開玄關的拉門，裡頭冷冷清清的，感覺不到有人的氣息。

「真鍋先生！真鍋太太！」

烏有又喊了兩三聲，一次比一次大聲。但是連聲回音都沒有聽見。

——跑到哪裡去了？

靠著理性想盡辦法壓下急不可待的手和心亂如麻的情緒，烏有推開紙門，環顧室內。

他們該不會也遇害了吧……屋裡闃寂無聲，沒有殺伐之氣。不是圓形舞台，而是有如餐廳裡的那種寂靜。或許還混入了他的願望，比起遭外力狠狠蹂躪的場景，更像是決定自殺的人那種謹小慎微、由裡到外收拾打點整齊的氣氛。被褥、洗好的衣服及碗盤都仔細地收在壁櫥、衣櫃、餐具櫃等該放的地方。面海的窗簾好好地束在兩側，褪色的榻榻米空間收拾得乾乾淨淨，除了矮桌以外就沒有其他雜物了。就好像是出去短期旅行那樣，收拾的時候一點也不顯慌張。

「逃走了」……瞬間想到這個可能性。但是以逃走來說，這種撤退的方式未免也太從容了。

更何況從沒有腳印這點來看，他們似乎是下雪前或剛下雪的時候就已經離開這座島了（姑且先這麼假設）。

「怎麼回事……」

思考追不上接二連三迎面而來的各種狀況，喃喃自語不經意地脫口而出，但烏有的聲音只是沒著落地消失在天花板一帶。真鍋夫婦一起消失了。沒留下任何痕跡，也沒打聲招呼。現在也只能這麼想了。從房間整理好的樣子可以看出他們的意志。預料之外的狀況讓烏有坐在玄關沉思了好一會兒。必須思考的事太多了，完全無法以平常的速度處理。理性的運作也受到了衝擊的干擾。

烏有盯著掛在牆上的米店宣傳用月曆打量了半晌。

「……不會吧。」

他慌不擇路地衝向海邊的船塢。棧橋也覆蓋了白雪，烏有在棧橋的木板上留下一串足跡。船塢設置於棧橋邊，小屋入口門戶洞開。門的周圍也都是新雪，沒有半個腳印。戰戰兢兢地走上前窺探，只見門板敞開的屋裡空無一物。真鍋夫婦用來採購糧食的小型汽艇果然不見蹤影，唯有海浪靜靜激起水花的聲音在這個相對大到有些莫名其妙的空間前端嘩啦嘩啦作響。

是去本土採買東西嗎……如果是昨天的話，烏有大概會做如是想，而且也只會擔心無法準時吃到早餐。但眼前的狀況已經由不得他建立如此悠長、逃避的假設。這裡頭已經有人為的謀略在背後運作了。

烏有抱著頭蹲在地上，就這麼無法動彈。就好像雙腿已經筋疲力竭了。一個人獨留在鬼界島的俊寬㊱也是這種心情嗎……烏有獨自思考這件毫無意義的事。

過了好一會兒，烏有頹喪地關上船塢的門，折回通向大宅的積雪道路。

「怎麼樣？」

似乎是見烏有去喊人卻遲遲未歸，所以有些擔心吧。已經回到玄關廳的村澤一看到烏有無力地打開門，便立刻走上前來，憂心忡忡地問道。

「該怎麼說呢……」

烏有盡可能保持冷靜，一五一十地說明他們現在面臨的狀況。語氣難免急促緊張，但他實在不願意再引起無謂的驚慌。

「也就是說，真鍋先生他們已經不在這座島上了？」

村澤的臉色比剛才更蒼白。聲音也很嘶啞。

「恐怕是吧。」

烏有一屁股坐在客廳的沙發上，長長地呼出一口氣。望向圓形舞台的方向，還能隱約看見屍

㊱平安時代的真言宗僧侶，因密謀顛覆平氏的計畫敗露，與藤原成經、平康賴一起被流放到鬼界島。後來平清盛赦免成經和康賴，但沒有原諒身為反叛主使者的俊寬。一個人被留在島上的俊寬最後選擇絕食自盡。

體的身影。可以這樣放著不管嗎……烏有轉頭問站在客廳裡發呆的村澤。

「該怎麼辦。報警嗎……」

「報警？」

村澤大驚失色地看著烏有。彷彿被雷打到似地雙眼圓睜，但隨即將視線移向窗外。

「不行。絕對不能報警……」

意料之外的回答令烏有大吃一驚。

「為什麼？」

「因、因為和音的忌日還沒到。」

「就因為那種事……」話說到一半，烏有噤口不言。因為村澤望著圓形舞台的眼神過於真摯，要是隨便發言，他可能一個字也聽不進去。烏有也想起了昨晚偷聽到村澤夫妻的爭執，於是盡可能以沉著的語氣對他說：

「但是從常理角度來想，也不能一直把屍體放在那裡吧。」

「我知道。我知道啊。我當然知道……」

在這種情況下，他到底在猶豫什麼呢。烏有同時感到愚不可及與怒不可遏。

「這裡沒有電話嗎？」

「你先等一下。有是有……但是光憑我一個人的判斷無法做主。」

村澤的態度實在太慎重也太拖泥帶水了。完全不是他平常會有的樣子，話說得不清不楚，活像舌頭打結了。只見他拿出一根七星香菸，以顫抖的手點火。

「為什麼？現在水鏡先生被殺了喔。」

「被殺了喔」這四個字迴盪在冰冷的室內，有如利刃般一劍穿心。就連說出這句話的烏有自己也不禁瑟瑟發抖。

「可是……」

「快看！快看！烏有～哥，下雪了。雪、雪、是雪耶，下雪了！好神奇喔。」

是桐璃的聲音。只見她歡天喜地地衝進客廳。因為太過興奮，聲音都變成尖叫了。雖然與此時此刻的氣氛格格不入，但歡快的叫聲仍響徹冷冰冰的客廳。烏有顯然慢了好幾拍才意識到這點。

「竟然在夏天下雪了，好像作夢喔！早知道我就帶滑雪板來了。剛才我完全沒發現，為什麼不早點告訴我啊！」

桐璃雙手扠腰，臉頰鼓得好似正月的鏡餅。

「搞不懂天氣到底在想什麼啊。還是說這是老天爺變的把戲？喂，烏有～哥，我在跟你說話耶。」

「雪嗎……嗯，下雪了。」

「對呀，下雪了。我還是第一次在夏天看到雪。發生這麼不可思議的事，你怎麼還這麼冷靜啊？」

天降瑞雪固然也不能等閒視之，但他的注意力都被圓形舞台上的無頭屍體和憑空消失的真鍋夫婦給奪走了。但仔細想想，比起有人被殺、比起人間蒸發，夏天下雪這種事還更為罕見、更值得驚奇才對。其中存在著超越電子與質子的質量以上的差異。即使得知水鏡遇害，桐璃肯定也不會出現比現在更驚訝的反應吧。但是對烏有而言，他人的惡意要遠比大自然的異象嚴重多了。尤其是這種狀況……到底是誰的反應比較正常呢……烏有思考了半晌。

「怎麼了？」

或許是終於發現陰暗的客廳裡充滿了沉鬱的氣氛，桐璃壓低音量問道。

「總而言之，我先去通知其他人。有什麼話待會兒再說。」

村澤欲蓋彌彰地對桐璃投以牽強的微笑，慢吞吞地走出客廳。

「出了什麼事嗎？」

烏有默不作聲地打開水晶吊燈的開關。但燈光頂多只能照亮室內，照亮不了他的心情。雖然無法預測實際走向，但是一想到接下來的事，內心就充滿難以言喻的不安。

「那個啦。」

烏有靜靜地指著窗外。

「哪個？圓形舞台嗎？」

隔著玻璃窗也能看見圓形舞台。但距離太遠，再加上有高低差，無法清楚地看到屍體。從客廳只能看到上頭有什麼東西。可想而知，桐璃還不知道那是什麼。

「是那裡嗎？舞台上好像有什麼東西。」

「那是一具屍體喔。人的屍體。」

烏有平鋪直述地回答。比起說明，更像是要趕走自己的不安。也可能是自暴自棄，又或者是有點想知道桐璃會有什麼反應。想看看旁若無人的桐璃、肯定沒見過屍體的桐璃會有什麼反應。

「屍體？那個嗎？」

「沒錯。有人被殺了。」

「騙人。你又來了。想騙我……」

「我不喜歡開玩笑。村澤先生大概也不喜歡。」

桐璃像是在茶水間聊八卦那樣笑著帶過，但烏有始終一臉嚴肅的模樣，表情極為沉重，所以桐璃終於閉上嘴巴，小心翼翼地窺探著烏有的反應問道：「真的嗎？」

「嗯嗯。」烏有又用力地強調了一遍。

「騙人！」

「我沒騙妳。千真萬確。」

烏有凝視桐璃，用眼神強調自己沒說謊。桐璃撇開視線，默默地走了幾步，然後靜靜地在他身邊坐下，以平靜的語氣說：

「這個房間的冷氣太強了，有點冷呢。」

「……是啊。」

「氣溫明明很低。」

「還下了雪……」

「下雪了呢。」

說到這裡，桐璃低頭沉默了好一會兒。長髮披散在前方，看不見她的表情。她在想什麼呢？烏有開始擔心了。是不是感到恐懼，被事情的嚴重程度嚇到了呢。對一個只有十七歲的女孩而言，這件事或許太沉重了。烏有伸出右手，想說點安慰的話。但這時桐璃倏地抬起頭來。

「所以，烏有～哥。是誰被殺了？」

還是桐璃平常的聲音。平常的語氣。平常的眼神。

「……桐璃。」

「我？你在說什麼呀。我不是在這裡嗎。所以呢，到底是誰？」

撲空的右手不知該如何是好，烏有無奈地拍了一下自己的額頭。

「……是水鏡先生。」

「喔喔。」

桐璃微微頷首，露出思索的神情。對她來說，不管是誰被殺都一樣吧。桐璃對他們一視同仁。這點烏有應該也大同小異，但桐璃冷漠的反應卻也令他受到了衝擊，萌生了疑惑。是她的適應力太強，還是承受力太高呢。也許是根本沒想太多的關係，又或者是自己尚未恢復冷靜的緣故。

「到底是誰殺的呢。」

桐璃喃喃自語。

「我不知道。」

像是不甘示弱似地響起冷酷的聲調。

「真可怕啊。」

「是啊，好可怕……」

就在他想說明一下狀況時，村澤夫人踩著足不點地的腳步走進客廳，就這麼倒在對面的沙發上，深陷其中。細長的眉眼滿是陰霾，空洞得宛如生命機能停止的洋娃娃。她換上洋裝，頭髮也綁起來了，可是衣衫凌亂，脂粉未施。或許是因為這樣，給人比昨天更頹廢、萎靡的印象。大概是連打扮的餘力都沒有，接獲消息就跑下樓了。

「……是你們啊。」

烏有微微低頭打了招呼。他想說點什麼，但夫人看也不看他一眼，搖搖晃晃地站起來繼續說道：「得去看看才行。」接著她推開落地窗、套進拖鞋，慌不擇路地衝向圓形舞台。在銀白色的雪地上拖曳出一排凌亂的腳印。甚至沒意識到雪都沾到雙腳上了。

「最好不要去看。」

尚美對烏有的提醒置若罔聞，一口氣穿過中庭，爬上圓形舞台。她站到舞台中央，發出裂帛般短促的尖叫聲，然後跌坐在屍體的旁邊。

「死了。」

「尚美小姐！」

烏有把桐璃留在原地，獨自跑向圓形舞台。果然這對夫人的刺激還是太強烈了。隨後回到客廳的村澤也察覺到狀況，邊喊著「尚美！」邊急匆匆地衝上前去。

幸好夫人並沒有倒在血泊裡。她的上半身靠在旁邊的石柱上，昏了過去。隨後趕至的村澤推開烏有，雙手抱起暈倒的妻子。一路頻頻呼喚她的名字，將她抱回客廳，放在沙發上。

落地窗一直開著，現在客廳裡冷得要命。畢竟氣溫低到都下雪了。看了溫度計一眼，室溫還不到十度。桐璃按下牆上的按鈕，將空調切換成暖氣。

「水鏡先生被殺了？真的嗎！」

不知道什麼時候來的，襯衫打扮的結城問道。他那平常總是不以真心示人、有些裝瘋賣傻的表情，現在就跟看到和音的畫被破壞時一樣，因為震驚而繃得死緊。慢了一步出現的派翠克神父也滿臉凝重。他仍是一身黑色的長袍，手裡緊握著金色的玫瑰念珠，而且握得比平常更緊。

「……是的。」

他們也跟夫人一樣前往圓形舞台一探究竟，確認過水鏡那沒有頭的遺體後，回來時臉上都掛著可想而知的表情。結城滿臉不解，神父則是一臉畏懼。相同的地方，就是兩人都無言以對。

烏有不動聲色地仔細觀察他們的一舉一動。或許砍掉水鏡腦袋的人就在他們之中，厚顏無恥地假裝無辜，擺出不知所措的模樣。考慮到這是一座與世隔絕的孤島，這個可能性不低。當然，凶手是真鍋夫婦的可能性也不低。烏有一面觀察他們、一面提醒自己絕不能掉以輕心。

「先讓我喝一杯吧。」

結城從酒櫃拿出麥卡倫威士忌，倒了半杯後一口氣喝光。他吐出一口大氣，把身體埋進沙發上的空位裡。

「……頭呢？」

「不知道。」村澤搖頭。「沒看到。」

「難不成……是在海裡嗎？」

「或許吧。」村澤一臉凝重地頷首。

「……所以，接下來該怎麼辦？」

村澤答不上來。本來應該是要報警的，當然，烏有也覺得應該要報警，但是現場的氣氛似乎有別的想法。

「我認為應該通知本土那邊會比較妥當。」

由於遲遲沒有結論，烏有提議。因為他認為自己若不主動開口，大概會僵持到天荒地老。果不其然，所有人聽到這句話都噤若寒蟬，表情頓時蒙上一層陰影。就連神父也不例外。

「還是先想清楚比較好吧。小心欲速則不達。」

結城嘀咕著與村澤大同小異的看法。

「怎麼說呢？」

「因為這個問題非常複雜。盤根錯節。」

這句話也意味著「局外人不要多嘴」。而且是充滿攻擊性的恫嚇。但是這樣的做法完全說服不了烏有。村澤剛才解釋過是想「至少等到忌日」，但那個「神聖的日子」早已被殺人重罪給污染了。他們到底還想保護什麼呢？還是說，水鏡之死只不過是暴風雨前的寧靜嗎。

「我並不是說不要報警。我只是說要再思考一下。」

「思考什麼？」

桐璃插進來問道，讓結城嚇了一跳。他看著桐璃，喝下第二杯酒。

「當然是以後的事啊。小姑娘。不要這麼急。」

在這種情況下，「不要這麼急」怎麼聽都不像是有常識的人會講出來的話。

「可是……」

烏有看向神父。因為他是目前看起來最理智的人。派翠克神父有氣無力地聳聳肩，以示回應。

「考慮到日後的事，一直不通報……大概也不是最理想的判斷。」

神父輪流打量在座的所有人，以一如在儀式中講道般的沉著，同時還帶有一些威壓的語氣繼續往下說。

「眼下兩個佣人也消失了。那兩個人也可能是跑去報警的。就算要掩蓋，這件事也嚴重到掩蓋不了吧。更何況不管怎麼看，水鏡先生顯然就是遭人殺害的。我認為如果硬要隱瞞這件事的話，只會後患無窮。」

「你好喜歡講道理啊。」

結城語帶譏嘲地出言諷刺。

「因為那就是我的工作。」

「但小柳說的也不無道理。」

由派翠克神父而不是烏有這個毛頭小子出言分析，村澤的態度果然軟化許多，現在他像是在思考什麼，將頭偏向一邊。

「太天真了。而且站著說話不腰疼。」

「可是……」

「這是我們的問題。」

結城瞪了烏有一眼。而烏有迴避了他的視線。

「可是我們……我和舞奈這兩個局外人已經被波及。我認為這已經不只是各位的問題了。」

「好大的口氣。」

「我有說錯嗎。」

見兩人針鋒相對，神父插進來打圓場。

「他說的沒錯。如果只有我們，或許還可以選擇不通報，但既然這兩位也在場，就不能不報警了。不能把別人捲入我們自己的期望裡。」

「……」

結城一時半刻也無法反駁。心煩意亂地默默瞪著烏有。

「說的也是。」

村澤萬般無奈地開口，看了看身旁的妻子。尚美已經恢復意識了，但始終一言不發。眼神空洞，顯然拚命想躲在自己的殼裡。

「而且現在就算報警，警察至少也要四個小時後才能趕到這裡。如果只是要商議，通報後再開始討論也綽綽有餘。」

接著村澤看了結城一眼。或許是領悟到三比一，自己毫無勝算，結城終於放棄掙扎，說了句

「真沒辦法」，還順帶嘖了一聲。

「那我去打電話。」

村澤帶著壯士斷腕的表情離開客廳，朝著大廳走去。倒也不是懷疑他不老實，但烏有還是跟了上去。與此同時，村澤正好拿起設置於大廳角落的白色電話。

一、一、〇。耳邊傳來按下撥號鍵的悠長電子音……可是卻沒有聽見理應緊接而來的通話聲。就連「嘟嘟嘟」的接線聲也聽不見。

「真奇怪。」村澤又撥了一次電話，結果還是一樣。

「打不通。」

村澤遞出話筒。話筒彷彿成了啞巴，沒有半點聲音。烏有推開村澤，粗魯地按下撥號鍵。一一〇、一一〇、一一〇、一一〇、一一……然而無論按再多次，結果還是一樣。電話也跟水鏡一樣，冰冷地逝去了。

當嚴肅的劇情突然變成喜劇時，至今累積的一切都會變成為喜劇鋪陳的美妙伏筆。因為不是一開始就強調喜劇效果，才能轉變為成功的喜劇。即使沒犯下任何失誤，喜劇也會油然而生。留下的是焦躁與空虛，就連苦笑都笑不出來。

烏有現在的心情正是如此。但這並不足以讓他了解演員的心情。事後客觀地回顧，才會發現這個狀況有多荒謬，但此時比起空虛、比起莫名其妙，更多的是惶恐。

「有鋪設海底電纜嗎？」

烏有向村澤確認。

「是靠無線傳輸與舞鶴聯繫的。和音館後面有座五公尺左右的收發塔，就靠那座鐵塔收發訊號。所以……大概……」

「所以是途中的設備故障嗎？」

「如果不是故障，就是大宅與收發塔之間的線路被切斷了，或是接收器本身受到破壞。」

「這麼一來，其他電話也……」

「很遺憾，我猜大概也打不通。」

村澤意外冷靜。若說差別在於四十年與二十年的人生歷練倒也沒錯，但烏有總覺得難以釋懷。同時又覺得陣腳大亂的自己很沒用。烏有不禁懷疑「很遺憾」只是說給堅持報警的自己聽的場面話。

「我們被關在這座島上了嗎？」

他不想承認。希望警察快點來這座島解救他們。對於滿腦子只有這個念頭的烏有來說，眼前是不願意承認的事實。

「十二日應該就會有人來接我們了。跟我們來島上的時候一樣。」

還有五天啊……感到有些暈眩的烏有回到了客廳。

2

「這種情況到底算什麼爛戲啊。」

結城絲毫不掩飾自己嘲諷的意圖，臉上掛著皮笑肉不笑的表情。應該已經乾了好幾杯酒，但臉色沒有絲毫變化。

「做什麼都徒勞無功。」

「現在的情況可不是開玩笑的。」

「確實不能等閒視之呢。現在的情勢太嚴重了。非常嚴重。」

派翠克神父捧著天邊燙金的聖經幫忙調停。從他的舉止不難看出他對自己的行為非常有自覺。烏有也學他、安靜地在沙發一角坐下。

「我們好像被什麼人囚禁在島上了。」

「把水鏡先生……變成那樣的傢伙嗎？」

「應該是。」

所有人的視線再次射向圓形舞台。烏有感覺到結城、村澤和神父這時總算開始感到害怕了。沒有頭的物體逐漸變成一個象徵，迫使他們不能再隔岸觀火，否則火苗就要燒到自己身上了。

出於自己的意志爭辯著「要不要報警」時還好，可是當這一切已經不受他們控制，而是受到他人的意志左右，而且他人的意志還充滿惡意的時候，才發現自己已經不是站在做決策的立場，而是處於任人宰割的狀態了。

「接下來該怎麼辦？」

村澤夫人不安地看著丈夫，眼神裡充滿求救的訊號。但村澤卻無法給予能讓她安心的回應，只是沉痛地背過臉去，搖著頭說：「我也不知道。」

「幸好五天後就會有人來接我們了。」

「只能靠我們自己撐到那時候嗎。這也太不容易了吧。」

結城正色地說道，伸了個大大的懶腰。無從分辨他是不是在強迫自己打起精神來。只知道和外面比起來，屋子裡稍微變得暖和多了。

「五天還真久啊。」

「真的，鬍子都能留長了。」

「你怎麼啦？如月老弟。」

因為烏有一直盯著圓形舞台，坐在對面的村澤便一臉狐疑地問他。

「沒什麼……我只是在想可以把水鏡先生放在那裡不管嗎？就算現在下雪了，屍體還是會腐爛吧。」

「哦……這樣啊。說的也是。也不是沒有可能。」

既然無法聯絡到警察，也沒有保存現場的意義了。倒不如說現在擔心的是放著屍體不管就是種對死者的褻瀆。另一方面，也不希望屍體一直放在視線可以看到的地方。倘若水鏡的屍體一直躺在舞台上，待在客廳的時候就等於與屍體比鄰。

「得慎重對待死者才行啊。」

神父神色肅穆地插嘴。

「這座島上還有其他人嗎？」

「應該沒有。」

結城重新坐好，故作威儀地將杯子裡的威士忌一飲而盡之後，又開始抽起雲雀香菸。派翠克神父則是從頭到尾苦著一張臉，沉默不語。

「真鍋夫婦和船一起消失了。」

「沒有船的話，想去本土也沒辦法。」

如果有汽艇的話，就算不能讓全部的人上船，至少也能派兩三個人去港口報警。應該也不會萌生被關在島上的閉塞感了。

「那兩個人到底跑去哪裡了？」

「說不定也被殺了，跟水鏡先生一樣。」

村澤胡亂臆測。

「可能也被砍頭了。」

「別說了！」

尚美歇斯底里地尖叫，那宛如驚弓之鳥的眼神看向結城。「別再說那種話了。」

「就算不說，也不表示事情沒有發生啊。」

結城像是想負起責任似地聳了聳肩。為了轉移焦點，他又倒了一杯威士忌後便換了個話題，向村澤問道：

「有沒有辦法可以馬上離開這座島？」

「……沒有吧。」

村澤抱著胳膊，以毫無抑揚頓挫的語調回答。

「其他的聯絡方式呢？」

「沒辦法吧。」

「一定會有什麼能做的。只要神的意念沒有拋棄我們。」

神父仰頭朝天，目光望向悠遠的彼岸。「神的意念」啊……既然夏天都能下雪了，說不定神真的存在。但，假設神真的存在，就覺得造成這種狀況的神無疑充滿惡意。

烏有無聲無息地站起來，眺望窗外。天色逐漸轉晴了。雖然被觀景台擋住，但是那片天空的底下應該就是水平線，然後才是日本海。陸地就在海的對面。陸地上存在著名為日本的國家，也存在著社會、法規、公權力。當然，和音島也是象徵著今上天皇[37]的日本國這個組織的一部分。即便如此，此時此刻卻沒有受到任何的眷顧。

「應該還有其他辦法吧。像是燃燒火堆，發出求救訊號之類的。」

神父如此提議。

「這麼做就必須有燒掉整座山的覺悟呢。」或許是已經想過這個方法了，村澤推翻這個建議。

「到時候搞不好會連房子也一起燒掉。」

「而且還有這場雪，濕氣太重的話應該也燒不起來。」

結城以破罐子破摔的口吻附和。

「做一艘木筏呢？」

「別開玩笑了。」結城想也不想就駁回。「這裡距離舞鶴有上百公里遠。就算真的做出一艘可以坐六個人的木筏，大概也要花五天以上才能完成。而且外行人做的木筏可能一下水就散開了。」

或許是酒意上頭了，結城開始口齒不清。也或許是內心的焦慮表現在態度上了吧。

「要是能跟本土那邊取得聯繫就好了。」

㊲日本對目前在位天皇的尊稱。

「行動電話呢？」

「肯定收不到訊號吧。在這片茫茫大海中。」

結城不以為然地說。

烏有連PHS㊳也沒有，所以插不上嘴。

「……不能將電視或收音機改造成無線電嗎？」

印象中，高中好像上過類似的課。老師說電視和收音機、無線電都是從電磁線圈延伸出來的東西。不過想也知道只是上課學過而已，沒有真正做過。連給出這個建議的烏有都很後悔自己怎麼會提出這個蠢主意。

「至少能夠發出求救訊號就可以了。」

沒想到結城表現出感興趣的樣子。但村澤立刻反駁。

「不可能吧。這裡沒有人會做那種東西吧。這麼說來，如果是武藤的話……」

他們都不是理工相關科系。烏有和桐璃當然也不是，就連用摩斯密碼求救的本事也沒有。問題是怎麼會突然提到武藤的名字呢？烏有內心一驚。大概是因為武藤在他們心中是非常可靠的人才吧。

「難道就只能等下去了嗎。」

不管嘗試幾次，結果又繞回原點。或許是為了打破愈來愈沉重的氣氛，村澤打開電視。不管轉到哪一台都是昨夜降雪的新聞。雪似乎只下在靠近日本海側一帶。由於是觀測史上前所未見的異象，主播或記者都抓起麥克風蜂擁而至。但他們腳邊的雪遠比中庭的積雪還淺得多。專家背後掛著極東的地圖，事後諸葛地加上西伯利亞冷氣團突然來襲、冷鋒異常南下之類的說明。但實際上究竟是不是那些原因根本就不重要了。無論原理為何，會下雪就是會下雪。況且他們現在面臨的問題也不在於雪……

不過，不只和音島，土本也同樣下了不合季節的雪，這點令烏有放心不少。因為他原本很擔心神的鐵槌該不會只衝著和音島而來。但這既不是天意，也不是惡魔的詛咒，只是單純的自然現象、單純的氣候異常。和音島並沒有被孤立。

環顧室內，看得出來不是只有自己鬆了一口氣。看來所有人都曾被困在同樣的咒縛裡。雖然只有一瞬間，但客廳裡的氣氛確實變得和緩了。不過烏有立刻又繃緊神經。既然這座島上沒有其他人，那麼製造這場鬧劇的人應該就在這群人裡面。以溫和的態度欺騙眾人，看著一切、知曉一切，讓烏有等人陷入戰慄的深淵、並以此為樂的惡魔。烏有慎重地觀察他們。但是憑烏有的本事，根本無從看穿經驗老到的惡魔。無論是村澤、夫人、神父、還是結城，全都是精明的被害人。

「總而言之，得先處理水鏡先生的屍體。」

㊳一九九五年發源自日本的個人手持式電話系統（Personal Handy-phone System）。因電磁波功率和費率較GSM系統的行動電話低，過去曾掀起使用熱潮。也因為其較不會影響醫療設備的特性，被許多醫院採用、作為院內空間聯繫的一種方式。

「把他安置在地下室吧。」

結城提出聽起來很有建設性的方案。

「這裡有地下室嗎？」

「有啊。去拿厚一點的布來。拆下那塊窗簾也沒關係。會有意見的人已經不在了。」

令人笑不出來的笑話。就連說出口的結城本人也自我厭惡似地背過臉去。

「如月老弟，可以來幫忙嗎。」

「啊，好的。」因為被村澤點名，烏有也只能聽從。

將偌大的窗簾攤開在圓形舞台旁邊。盡可能不要看到斷面，將屍體移到窗簾上，接著像是包起糖果的包裝紙那樣把屍體包起來。村澤貼心地讓烏有負責腳的部分。兩人抓起窗簾兩端，將屍體搬回大宅。幸好已經不再出血了，所以米黃色的窗簾只沾到一點血。因為已經沒有頭了，感覺意外地輕。包裹屍體的窗簾形狀在肩膀處呈現一直線，一看就知道上面的部分沒有任何東西。經過尚美身邊時，清楚地聽見她倒抽了一口氣。

通往地下室的樓梯就在水鏡專用的電梯旁邊，裝有一扇鐵製的小門。看得出來已經好幾年沒有打開過了，生鏽的門沒辦法立刻順利打開。順著結了蜘蛛網的樓梯往下走，前方是個空氣完全不流通的小房間。幾乎像是用扔的放下用窗簾包裹的屍體後，烏有他們便頭也不回地離開地下室。

從門口就能看見在整個空間內飛舞的塵埃。屋主的屍體宛如草芥般被棄置在塵封於記憶之中的地下牢房。這是何等荒謬的事。烏有想起《阿瑪迪斯》的最後一幕。就是在背景音樂的安魂曲襯托下，從馬車上將莫札特的遺體扔進公墓的那個場面。

「不好意思啊，連這種事都要你幫忙。因為結城他們還是失魂落魄的。」

村澤或許是其中最有常識的人，才會因為把烏有這個局外人拖下水而感到萬分抱歉。與此同時，他似乎也對命案的背景有些頭緒。

烏有好想問他到底是什麼，但又覺得一旦問了，自己就再也無法置身事外。只好努力擠出若無其事的表情回答：「請別放在心上。」

用肥皂水洗了好幾次手、回到客廳以後，室內不曉得在什麼時候被一股劍拔弩張的氣氛給籠罩。結城一臉受不了似地整個人轉向旁邊。村澤夫人低著頭，拚命壓抑內心的慌亂。就連神父的表情也很凝重，不發一語。

在這種情況下，只有桐璃一副不痛不癢的模樣……直覺告訴烏有，桐璃肯定說了什麼不該說的話。已經快要忘記的感冒似乎又要捲土重來。

「怎麼了嗎？」

「老公。」

尚美求救似地看著村澤。而桐璃也求救似地看向烏有，但烏有假裝沒看見。

「所以發生什麼事了？」

「這丫頭說了莫名其妙的話。」

「她說凶手就在我們之中。」

結城也語氣不善地補上一句。雖然他跟夫人一樣被桐璃惹毛了，但如果是結城的話，應該某種程度上也認同這個說法吧。

「她真的這麼說嗎？」

「因為……」

烏有瞪了正要開始解釋的桐璃一眼，要她安靜。在事情塵埃落定之前絕不能說出口的話，桐璃卻心直口快地說出來了。這一點大家都知道、大家都存疑，但大家也都避而不談。桐璃卻打破了這個如同走在鋼索上的微妙平衡。

「真對不起。這傢伙還只是個孩子。」

「我才不是小孩子……」

「妳給我住口。」

被烏有的氣勢壓住，桐璃安靜下來。嘴裡小聲地嘀咕著「可是……」然後乖乖地低下頭。

「對不起。」烏有再次道歉。

「就到此為止吧。」

見爭端告一段落，村澤接著說：

「舞奈小姐說的也不無道理。」

「怎麼連你也這麼說。」

夫人氣沖沖地瞪了他一眼，握緊了白皙細緻的手，緊到青筋都浮出來了。

「你的意思是說，我們之中有人殺了水鏡先生嗎。」

結城嘲笑似地輕哼了一聲。但他的態度顯然不只是單純的感情用事。因為說完之後，為了觀察大家的反應，他還依序打量所有人的臉。

「我也想一笑置之，但不是沒有這個可能。」村澤打斷他。「當然，凶手可能另有其人。或許就躲在這座島上。而且現在仍躲在暗處，伺機而動……」

他的口吻充滿說服力，因此沒有人反駁。就連尚美也提心吊膽地左顧右盼。想必在她眼裡，所有人都很可疑吧。當然也不能排除她是在演戲的可能性。

「危機還沒有解除。」

派翠克神父莊嚴地在胸前畫了個十字。

凶手把所有人關在這座島上是為了伺機犯下第二起案件——這個判斷應該沒什麼不妥。但為何能如此輕易地相信呢。莫非他們跟村澤一樣也有頭緒嗎。神父的語氣活脫脫就是建立在這個前提之上。

「和音回來了……」

結城不經意地脫口而出。剎那間，所有人的表情都凍結在臉上。

「結城！」村澤厲聲阻止他再說下去。那是非常嚴肅的叱責。儘管只有一瞬間，他的表情就像是惡鬼般凶險。

「抱歉啊。」

結城聳肩，坦率地道歉。因為道歉得太快太老實，反而令人有些不敢置信。以他的性子就算是自己有錯，應該也會死不承認。或是隨便找個理由推到別人頭上。「和音」對他們真具有如此大的約束力嗎？

所有人就這麼陷入沉默。想必「和音」正一寸一寸地滲入他們的內心深處。

「對了小柳，不對，是神父，我記得你曾經有想過要當醫生對吧。」

經過一段時間的沉默之後，村澤面向神父問他。

「……嗯，是沒錯。但那已經是過去的事了。」

突然被點到名，神父雖然驚訝，但也靜靜地點了個頭。烏有連忙開始回想他的個人資料。派翠克神父來和音島以前確實是醫學院的學生。

「這麼說來……」

夫人以呆若木雞的表情看著神父。

「雖說是醫學院的學生，但我只念到一半就休學了。沒有大家認為應該要具備的知識和經驗。」

似乎還不懂為何會提起這件事，神父一臉摸不著頭腦的模樣，慎重地回答。

「這樣就可以了。重點在於你多少也學過一點，看到水鏡先生的遺體有沒有什麼發現呢？如果連你都看不出來，其他人就更不用說了。」

烏有也是醫大的學生，但只讀了兩年，而且真正去上課的時間只有第一年。頂多只了解一點基礎的皮毛，尚未進入專業課程。知道的想必比神父還淺吧。

「為了後續打算，必須得掌握狀況才行。」

村澤似乎打算自己充當警察。他比其他人更早冷靜下來，但他那冷靜的判斷到底是對是錯，烏有也難以斷定。既然無法與外界取得聯繫，或許真的有必要進行最低限度的調查，但是要找出他們當中的凶手這件事同時也是雙面刃。或許是因為村澤一向扮演眾人的領袖，才敢做出這種判斷，但他自己也需要做好一定程度的心理準備。從結果來看，可以說是桐璃不經大腦的發言加速了村澤的決斷。但桐璃本人大概毫無自覺吧。

「說的也是。」

神父恢復平常毫無抑揚頓挫的聲調附和。

「畢竟已經是二十年前的事了，肯定沒比外行人好到哪裡去……就我方才所見，水鏡先生的身體沒有外傷，所以可能是頭部受到致命傷。」

「嗯，這點我也看得出來。」

結城發出大失所望的抱怨。神父似乎不以為忤。

「因為連頸子的部分都沒有，所以無法判斷是被毆打、被刺殺、還是被勒死。不過並沒有因為中毒而痛苦掙扎的跡象。」

「答案在大海裡……嗎？」

噹啷……冰塊在結城的玻璃杯裡發出聲響。看來他在烏有他們去處理屍體的時候又給自己倒了一杯。

「除此之外呢？」

「從出血量來看，頭被砍掉……噢，主啊……應該是在水鏡先生遇害後沒多久。大概是先把屍體搬到圓形舞台上，才用柴刀砍掉他的頭。」

或許是腦海中浮現當時的畫面，夫人不禁掩面。為什麼要特地砍下死者的頭顱呢？而且甚至還把屍體搬到圓形舞台上！只是為了裝神弄鬼嗎？還是有什麼特別的用意呢？烏有很想知道凶手的目的。

「還有就是遇害的時間。是稱作死亡推定時間嗎？根據我的判斷，最早也是凌晨四點以後。」

「四點以後！」

村澤突然大聲複誦。意識到大家的視線後連忙解釋：「沒事，你接著說。」誇張的反應狼狽萬分，幾欲站起的身體又坐回沙發上。

「最晚大概是五點前。也就是四點到五點之間。」

「喂！你怎麼能說得這麼詳細又篤定？」

結城一臉狐疑地質問。不安的聲音之所以如此激動，大概是擔心再這樣下去，一切都是神父說了算。

「我實習的時候參加過一次驗屍解剖。那真的是讓人不願回想起來的經驗啊。因為要切開肚子，掏出內臟來檢查……我是從體溫下降及死後僵硬的程度、還有屍斑和皮膚的顏色來判斷。」

「你能確定嗎？」

「專業人士的話應該能提出明確的證據。如果對胃進行解剖，或許就能把範圍縮得更小。但如果抓得寬鬆一點，我認為大概是四點到五點之間。」

神父神態自若地對答如流。不知是確信讓他如此篤定，還是神父這項職業給他的自信。可以確定的是他對法醫學應該原本就有強烈的興趣。只是或許就連本人也沒想到會在這種情況下學以致用吧。

不管怎樣，他在這麼短的時間內就能冷靜地觀察到這種程度，令烏有既驚訝又敬畏。

「我並不是質疑派翠克神父的見解。」

一臉看似無法信服的村澤此時插了嘴。接著他慌張地拿起遙控器，放大電視的音量。

「……但我們踩著新雪走到圓形舞台時，地上並沒有其他人的腳印。」

狼狽讓他的聲音顫抖。起初大家都不明白是什麼理由，對於他為何會如此驚慌失措感到不解。

沒多久，桐璃指著電視說：「啊，原來如此。」二十四吋的螢幕上依然在播放關於不合季節的降雪的新聞。

「本日深夜，於一點到三點間在日本海中北部沿岸所降下的雪，是西伯利亞寒流……」

看起來很正直的主播在攝影棚內以宏亮的音量不厭其煩地重複這段話。

渾然不明白這個現象所代表的意義。

＊

客廳的氣氛愈來愈詭異。事情開始往始料未及且匪夷所思的方向發展……就像哥倫布發現西印度群島前的心路歷程。感覺命運正推著自己往大西洋盡頭的地獄前進。烏有腦海中浮現出混在爬蟲類與魚類之間、在有如瀑布奔騰而下的水平線邊緣守株待兔的怪物。擁有銳利頑強的獠牙，連船隻都能咬碎的怪物……

「你說的是真的嗎?」

夫人一直死盯著螢幕,提心弔膽地問神父。暗紅色的唇瓣微微顫抖。至於神父似乎也好不到哪裡去。他們把剛播完新聞、換上歲月靜好的美食節目的電視給關了。

「真的。如果妳不相信也沒關係。因為不瞞妳說,我自己也不敢相信……但事實擺在眼前,由不得我們不信。」

倘若派翠克神父判斷得沒錯,水鏡就是在凌晨四點以後遇害的。而這場雪下到半夜三點左右,這裡又產生了新的問題。根據村澤的證詞,中庭的新雪直到圓形舞台那邊都看不見任何一個腳印。那麼凶手與被害人是怎麼上到圓形舞台的?而且動手殺人之後,凶手又要怎麼逃走?烏有……不只烏有,所有的人現在都望向中庭。中庭如今只剩下被踩踏過好幾次,變成髒雪塊的幾個足跡。

「這就是經常在電視連續劇裡看到的『密室』嗎。」

從圓形舞台到和音館,即使是距離最近的門也有將近五十公尺。就算是連蹦帶跳,都不是能不留下腳印就抵達的距離。再往後面就是懸崖,大海就在下方十幾公尺處,但海面充滿礁石與巨浪,掉下去的話肯定沒命。而且烏有去看的時候,設有欄杆的觀景台上的雪還很乾淨。

「沒有腳印的話,不就是沒有回來嗎。就算坐輪椅也會留下輪子的痕跡。」

結城嗤之以鼻。但只有話說得很有氣勢,他依舊隔著玻璃對圓形舞台投以認真的視線。

「盛夏都能下雪了。相比之下，『密室』根本算不上什麼太了不起的異常。」

或許是因為時間靠近中午，陽光逐漸變得熾熱，雪也開始融化。水滴啪答啪答地從屋簷滴落，中庭的雪塊也逐漸失去高低起伏。要說雪這項間接證據與相關線索都一起消失也不為過。但村澤與神父、電視台主播的三方證詞卻讓逐漸消失的密室變得牢不可破。

即使警方在幾天後到島上蒐證，肯定也會推說是神父誤判或村澤看錯，將密室視為枝微末節的問題吧。但是對於包括烏有在內的在場所有人而言，密室是極為重要的問題。眼下神父看起來就已經半傾向於不可知論[39]。

「果然是和音……」

結城慌張地閉上嘴巴，悄悄瞥了村澤一眼，戰戰兢兢地縮起身子。

耳邊隱約傳來浪花拍打海岸的聲音，昨天明明還是讓人心平氣和的輕柔波濤聲，如今聽來卻彷彿是要吞沒整座島的驚濤駭浪。對他們而言，水鏡遇害與現場處於密室狀態，究竟哪一邊的衝擊比較大呢……該不會是後者吧？烏有不禁有此預感。

「會不會是電視台的情報有誤？像是雖然本州的雪下到三點就停了，但這座島離本土比較遠，所以可能就下到四、五點之類的。」

慎重起見，烏有又問了一下。

「這不可能，如月老弟。」村澤揚起臉回答。

「秋田或山形的位置在北邊，相對來說舞鶴在南方。這兩邊都是下到三點就停了，這麼一來很難想像只有這座島下得特別久。」

「那……」桐璃插嘴。「如果不經過中庭呢？假設凶手是跳進後面的海裡。」

桐璃一向想到什麼就說什麼。但是以桐璃而言，這已經是相當正經的意見了。不過桐璃並不知道和音是怎麼死的。烏有沒告訴她和音是從圓形舞台那邊墜海而亡。由於這句話是從跟和音長得有如一個模子印出來的桐璃口中說出來，想也知道大家的反應都很大。

「妳胡說八道什麼！才不會有那種事。妳、妳、妳什麼都……」

夫人扯著嗓門大吼大叫。最後那句話幾乎已經聽不清她在說什麼了。雙眸因恐懼而顫抖。手中的玻璃杯掉在地上，碎了一地。

「尚美！」村澤和結城同時喊了出來、從沙發探出身子。然而一意識到彼此，結城立刻尷尬（又或者說是懊惱）地把臉轉開。村澤停頓一拍，帶著溫柔的眼神走向尚美，把手搭在她的肩上。

「回房間稍微休息一下吧。」

「也、也好。」

夫人回頭，順從地點頭。村澤輕手輕腳地想攬住全身發抖的妻子，卻被她不著痕跡地拒絕了。

㊴一種哲學思維。認為人類無法知曉事物最根本的本質，所以對事物也是無法認知的。

「不要緊，我一個人能走。」

「不，我也去吧……我馬上回來。」

村澤走在前面，兩人離開了客廳。耳邊傳來「啪嗒」一聲，門關上了。結城始終目不轉睛地盯著緊閉的房門。

「……遇上這種情況，她大概覺得身心俱疲吧。」

「我能理解她受到的打擊，但事實就擺在眼前。」

神父仔細地用面紙包起玻璃碎片，丟進垃圾桶。他的語氣相當豁達。難道神父也接受了這個事實嗎？

「問題是密室是怎麼形成的呢。雖說這個問題丟給警察去傷腦筋就好了，但他們肯定很快就會舉雙手投降。」

結城重新轉身面向神父，晃了晃杯子裡的冰塊，又接著往下說。

「眼下水鏡先生被殺，還發生了匪夷所思的狀況……還有，說到密室，這座島本身就是密室。真正的問題接下來才要開始，我們沒必要把時間浪費在過去。當務之急是思考怎麼度過和音忌日之前的這段時間。畢竟我們被關在這座島上了。」

「可是，必須先研究這是人類幹的還是惡魔搞的鬼。考證是必要的。」

「惡魔……嗎。你以前明明不會說這種話的。真的完全變成基督徒啦。」

結城呵呵冷笑，然後像是要窮追不捨地說道：

「你以前還提過猶太一神信仰的論點呢。沒想到二十年之後有了這麼大的改變啊。」

「結城先生！」

派翠克神父不知不覺加強了語氣。他的手用力地握緊聖經，力氣大到筋都浮出來了。但是他隨即恢復隨和的態度，以柔和的口吻規勸。

「……失禮了。不過你說得太過分了。我以前或許是那樣沒錯，但今時不同往日。光靠理想是活不下去的，也必須接受醜惡的那一面。」

「這話說得真好聽啊。所以你已經原諒了嗎？神父大人。真的嗎？」

結城裝模作樣地誇張聳肩，還出言挑釁。似乎有些口不擇言了。

「你就沒變嗎？」

「我嗎？我……」

結城偷偷地斜睨烏有一眼。

「我嘛……我沒變喔。因為我從以前就是個無神論者。和音是我唯一的信仰。」

結城突然變得正經八百，語氣僵硬地自白。明顯是為了說給烏有他們聽。

「看樣子你也挺不容易的。」

「我嗎？」

「你平常不會像這樣緊咬著別人不放吧。不覺得今天有點過頭了嗎。」

「那又怎樣。我只是剛好心情不好。」

見結城露出孩子氣、鬧彆扭的態度。派翠克神父心滿意足地微笑，不再追究。桐璃另當別論，神父似乎是目前這個狀況下最遊刃有餘的人。或許是因為他聽過無數的懺悔，已經習慣永遠站在一步之外的距離面對所有問題。就連自己的問題也不例外。基於神父這個身分、扮演上帝代理人的經驗，是好是壞都能從客觀的角度看事情。

「到底該怎麼做才好……問題堆積如山。」

門在他自言自語的同時被打開，是村澤回來了。憔悴的程度與方才無異，但語氣明顯冷靜多了。看到結城的表情，便微微一笑。

「我讓尚美睡下了。躺到床上後就冷靜下來了。她太過敏感。」

「你應該陪在她身邊。那樣她也比較高興。」

「是嗎……倒也不見得。」

昨晚聽到他們爭吵的烏有能理解他支吾其詞的苦衷。村澤臉上始終掛著苦澀的表情，點燃七星香菸。咳了一下後便提議。

「先暫停一下吧。」

「暫停？」

「嗯嗯，已經快中午了。總之先吃點東西吧，我們連早飯都還沒吃呢。」

沒有人反對。看了眼時鐘，已經十一點二十分了。大家或許都想喘口氣吧。烏有也不例外。從結城與神父僵持不下也看得出來，大家都太害怕、也太緊張了。每個人都需要時間冷靜下來，各自消化水鏡的死。

「也好……」結城也接受這項提議。

「那就這麼決定了。先讓頭腦冷靜下來再繼續討論。這麼劍拔弩張著實沒有任何好處。而且尚美現在也在休息。」

「那……午飯是要……」

「我來做。」

只有特別有活力的桐璃自告奮勇地舉手發言。這種好學生的動作實在不適合她。

「畢竟真鍋太太他們不在。」

「那真是太感謝妳了。」結城朝桐璃拋了一個媚眼。大概是有點醉意了吧，不過桐璃的一句話紓解了緊張感也是事實。村澤別無他法地站起來。

「廚房應該有材料吧。」

「有。我剛才檢查過了，食材還很充足。」村澤說道。

不愧是村澤，真是面面俱到。

「要是沒有食物就糟了……」

那可就真的死定了——大概是想這麼說吧，但桐璃及時住嘴。看來多多少少有學到一點「禍從口出」的教訓了。

眾人決定吃飽飯後再從長計議，午餐前就各自活動。屆時村澤夫人應該也好一點了。村澤煞有其事地宣布暫時解散，眾人便離開客廳，各自回房。

3

廚房的桌子上有個不曉得是誰喝剩的牛奶空盒。

「我說烏有～哥。」

一手拿著平底鍋的桐璃開口問道。伴隨著鍋鏟的金屬撞擊聲，洋蔥在鍋子裡發出「滋滋」的聲響。看來在炒青菜。六人份的豬肉與蔬菜在平底鍋裡合而為一。桐璃紮起頭髮，身上穿著黃色圍裙。這副打扮很適合她。唯獨指甲塗著一層薄薄的指甲油有點破壞畫面……這是他第一次看到桐璃穿圍裙。烏有只見過高中生模樣的桐璃。

村澤他們都回到自己的房間裡，廚房就只剩下桐璃一人。烏有坐在一旁欣賞桐璃大展廚藝，只是她的技巧看起來不太熟練。握著平底鍋的樣子很有氣勢，但高麗菜和青椒的碎片已經不曉得掉在瓦斯爐上幾次了。它們冷掉的同時也直接進了廚餘桶，所以每掉一次，六人份的菜就又少了一點。話雖如此，她的廚藝也不算差。能感受到她比平時要認真許多。烏有有些欣慰，好整以暇地看著她做飯。自從發現屍體後就一直處於肅殺之氣裡，好似一放鬆就會因此失足。再加上瓦斯爐的熱氣讓廚房變得好溫暖，烏有打了個大大的呵欠，因為相當放鬆，眼角都擠出淚水了。

「嗯？」

桐璃朝他搭話，烏有連忙繃緊臉上的肌肉。他對過於鬆懈的自己感到很難為情，故作鎮定地交換了蹺腳的兩條腿。

「烏有～哥，你認為誰是凶手？」

「我也不知道。」

非常直球對決的提問。烏有冷冷地打了回去。事實上，他真的快想破頭了。桐璃有如好奇寶寶的問題侵門踏戶地闖入他不想承認的禁地。我也不知道……烏有好討厭這句話，好討厭這樣的自己。冷酷地將鍋甩給別人後，烏有盡力保持臉上的平靜，好驅走良心不安。

「好冷淡啊。你覺得凶手會在那群人裡面嗎？」

「我不知道啦。畢竟那群人走過的橋比我們走過的路還多。」

就算他們在烏有面前流露的震驚全都是演技，烏有大概也看不出來吧。這點烏有非常有自知之明。既不認為自己善於觀察人類、也不覺得自己的洞察力有多敏銳。他不過就是個（自以為）頭腦稍微比別人清醒一點的二十一歲小伙子。只活了對方一半左右的人生……認知到這點的同時，也備受挫折。

「怎麼啦？表情好可怕。」

桐璃一臉不可思議地問他。

「沒什麼……那妳又是怎麼想的。」

「我？我當然認為凶手就在他們裡面啊。」

桐璃以像是在玩抽鬼牌的態度輕鬆回答。

「……那妳的直覺告訴妳凶手是誰呢？」

「不是直覺，是推理啦、推理。不過我還沒想清楚。起初還以為那個大嬸是最可疑的。」

這才不是推理，是偏見。

「怎麼說？她不是還暈過去了，看起來快承受不住嗎。」

「也可能是演出來的吧。畢竟凶手連頭都敢砍下來，要裝成柔弱的樣子太簡單了。」

「所以妳認為村澤夫人是凶手嗎。」

烏有耐著性子陪桐璃過招。如果是昨晚的話，大概會疾言厲色地要她別多事。但現在的狀況不一樣了。原本他希望盡快報警，以第三者的角度提供徒具形式的證詞，然後就帶著桐璃溜之大吉。如今計劃告吹了，而且既然在某人有意地阻止下，讓他們必須在島上再待五天，與其強行攔著她、導致她陽奉陰違地貿然行動，還不如把她留在視線所及的範圍內給她一點自由還比較放心。

而且烏有也想看清眼前的謎團。既然已經被捲進來，就不能再置身事外了。至少要有一個人從宏觀的角度來看明白這一切才行。縱使沒有桐璃那麼積極，搞清楚事情的根源也有助於自保。尋找凶手絕不是出於好奇心……為了維持這十年來獨善其身的態度，他也必須這樣做。烏有向自己這麼解釋。

「都說了……我還不清楚。線索太少了。我對水鏡先生一無所知，也不明白凶手的動機。」

「動機啊……」

「你想到什麼了？」

「沒有。我沒想過動機這方面的問題。」

「你說什麼啊。這不是常識嗎？一般人的常識。」

配合吐嘈的語氣，桐璃大動作地翻動鍋鏟。想也知道又有幾片五花肉飛了出來。但桐璃假裝沒看見。

「你還真不適合當偵探啊。無論哪一本推理小說，一定都有所謂的動機。」

「要妳管……話說回來，妳是推理迷啊。」

「不是。我只是單純喜歡而已。」

確實沒有沉迷的感覺。頂多只有更淺顯、從電視或漫畫裡得到的知識吧。但這點烏有也是半斤八兩。

桐璃將剛剛炒好、還冒著熱氣的菜移到大盤子裡。大概是加入醬料後不小心炒過頭了，有點焦焦的。

「這麼早就把菜炒好沒問題嗎？飯還沒煮吧。」

「沒問題的。別看我這樣，我可是每天都會做飯喔。這你也知道吧。」

「那是因為令尊的心胸比菩薩還要寬大。但這次的對象是特別來賓，萬一搞砸的話，可能不是被笑一笑這麼簡單喔。」

「別擔心。他們又不是美食家，吃不出來的啦。」

桐璃用調理筷夾起掉在外面的五花肉，放回盤子裡。接著一臉正色地說道：

「那些人的關係好像很複雜，想必沒心情品嘗餐點的滋味吧。如果被殺的是村澤先生或結城先生，可能就沒那麼複雜了。」

「為了爭奪尚美小姐嗎。」

「這還用說嗎。」桐璃說到這裡，突然想起什麼似地拍了一下手。

「會不會凶手真正想殺的人其實不是水鏡先生，只是為了故布疑陣，才先對他下手的？」

「原來如此。」

「這麼一來就能理解為什麼要把我們關在這座島上了。要是接下來輪到村澤先生遇害，那凶手肯定就是結城先生了吧。」

「也可能是尚美小姐啊。」昨晚聽見他們夫妻吵架的烏有提出反對意見。「因為……尚美小姐想要離婚。」

「烏有～哥不是站在蛇髮女妖那邊嗎？」

「我才沒有。」

烏有一臉詫異地回答。他從不站在任何一邊。既不站在真實那邊、也不站在理性那邊，甚至也不站在桐璃那邊。他一向只站在自己這一側。

「這也有可能。至於對不對，只有等村澤先生死掉才會知道了。」

好可怕的想法。站在烏有面前的桐璃笑得沒心沒肺。看起來甚至有幾分期待自己的推理命中的感覺。

「現在應該先思考能夠思考的事不是嗎？」

「能夠思考的事？」

「好比密室？」

桐璃趾高氣揚地回答。看樣子她的好奇心正在逐漸攀升，真是傷腦筋啊。

「密室啊。」

「沒錯。雪中密室。還有為什麼要砍頭。雖然你不讓我仔細觀察案發現場，但那怎麼看都是充滿戲劇性的舞台吧。」

桐璃出神地仰望天花板。烏有完全不曉得是什麼打開了桐璃的開關。

「烏有～哥對密室有什麼想法？」

「這個嘛，我什麼也想不到。」

圓形舞台在戶外，不在房間裡，所以嚴格來說並非密室。還是說，應該稱之為不可能犯罪嗎。如果要討論用語的定義，三天三夜也討論不完，所以烏有決定依照慣例。他最近似乎愈來愈習慣遵循多數人的看法了。

「你一直都是這樣耶。」

桐璃一臉受不了地悶哼一聲。看在桐璃眼中，現在的烏有是什麼樣子呢？是吝於動腦，還是什麼都沒在想呢？

「起床到現在才過了一個小時多一點，我還沒有餘裕思考。那妳是怎麼想的？有什麼推翻密室的好點子嗎？」

「當然沒有。我又沒看到圓形舞台，而且你也不告訴我任何有關圓形舞台的狀況。」

結果桐璃還是向他尋求說明。她對於自己被排除在外非常不滿。烏有拗不過她，只好盡可能正確描述圓形舞台的光景與發現屍體時的狀況。客觀得就像是在說別人的事。不這樣的話，感覺好不容易沉睡於心中的恐懼與戰慄就會再次躁動。

「確定頭是在圓形舞台被砍掉的嗎？」

「大概是吧。先不管死者是不是在圓形舞台上遇害。但大理石有敲破的缺口。大概是柴刀留下的刀痕。而且如果是砍掉頭之後再把屍體搬過來，雪地和地板上應該都會留下血跡。」

「說不定是障眼法。」

「妳看太多推理小說了。」

「會嗎。密室不就是看推理小說的人創造出來的東西嗎?既然如此，或許其他細節也要用推理小說的角度來思考呢。」

烏有聳聳肩，不太能理解她的心態。不過眼前既然存在一個密室，會這麼想也是合情合理。

「對了，烏有～哥過去看的時候，地上只有村澤先生的腳印嗎？」

「沒錯。我記得只有一組走向圓形舞台的腳印。」

好潔白的雪啊。他還記得自己當時毫無意義的感動。雪竟然會這麼美。他絕不會告訴桐璃，大自然美得令自己銘感五內的事。就只有一行足跡破壞了潔白的新雪，所以他記得很清楚。

「森林那邊也沒有嗎？」

「對。中庭各處都沒有其他的腳印。」

當時他還有餘裕，萬萬也沒想到後來會發現屍體，所以十分確定。

「真的到處都沒有嗎？」

「該不會真的跳進海裡吧。」

腦海中浮現出體態纖細的和音跳進海裡的情景。

這件事絕對不能說……正當他絞盡腦汁想向桐璃說明時，桐璃阻止了他。

「我知道。以前和音小姐是從那裡跳下去的對吧。」

烏有大吃一驚，凝視著桐璃的眼睛。天花板的燈光層層疊疊地落在她圓圓的雙眼，閃閃發亮。

只見她眼底寫滿了勝利的驕傲。

「所以妳明明知道還刻意那樣說嗎？」

「那當然。這樣才能觀察大家的反應啊。」

「……」

烏有只能嘆息。連生氣的力氣都沒有了。這不是桐璃的錯。不如說都要怪在沒察覺到的自己身上。當時桐璃說完後還露出了大惑不解的表情。別說是活了比自己多一倍時間的那群人了，就連比自己年輕的小女生在演戲都看不出來。

「是我太大意了。」烏有一如既往地先自我反省。並提醒自己，下不為例。

「所以，被殺害的真的是水鏡先生嗎？」

「嗯，是水鏡先生。他的右手不是有被火燒傷的皺縮傷痕嗎。」

而且經過漫長的歲月，燒燙傷的痕跡已經與皮膚同化。就算要故布疑陣，一時之間也弄不出那樣的傷痕吧。

「所以真的是本人啊。那兇器呢？」

「派翠克神父也說過，沒有頭部就無法判斷兇器是什麼。或許是拿妳剛才用的這把菜刀把頭砍斷的也說不定。」

「太可惡了你！」

桐璃瞇著眼，吐出了舌頭。或許是真的很在意吧，她立刻用洗碗精清洗放在砧板上的菜刀。

「我只是說有這個可能性。」

「哼……要砍頭的話，我認為應該是更大把一點的刀子。」

「我也這麼認為。」

「哼。」桐璃又哼了一聲。

「可是，如果真的是水鏡先生，為什麼要砍掉他的頭？砍頭通常是為了交換身分……」

桐璃就這麼沉默下來。還沒有做出結論就當機了？張開嘴巴、視線在半空中遊移的樣子實在不怎麼雅觀。如果是千年之戀可能還不至於瞬間冷卻，但如果只談了幾年戀愛，看到這副模樣可能很容易就大夢初醒。不過一想到自己思考時也是這種傻樣子，烏有也不敢取笑她。只是樂呵呵地欣賞桐璃「思考的模樣」。就像看到面對意外狀況時的小貓小狗。

「想不通啊。」不一會兒，桐璃就搖搖腦袋投降了。

「為什麼要製造密室？又為什麼要把頭砍掉呢？」

桐璃開始扳著指頭數數，然後又折了一根手指。

「其他的話，像是為什麼要割破真宮和音的畫？真鍋夫婦他們為什麼會消失？為什麼要破壞電話害我們無法報警？還有這些問題。」

一隻手不夠用了。列出問題本身並無不可，烏有自己也反芻過好幾次相同的問題。但除了知道有這些問題以外，現階段還想不出任何答案。

「所以呢，名偵探舞奈桐璃有什麼想法？」

「你在諷刺我嗎？」

琥珀色的眼睛瞪向烏有。

「沒有，我不是這個意思。」

「我猜凶手還會繼續殺人。這是連環殺人案。割破和音的畫大概是對那些人的殺人預告。破壞電話則是為了繼續犯案。我現在能立刻想到的也只有這些理所當然的事了。」

「真鍋夫婦的失蹤呢？」

「這是最難以理解的部分。他們究竟跑哪裡去了？該不會也遇害了、被人埋起來了吧。如果不是的話，那他們就是凶手了。可能還躲在島的另一邊。」

「原來如此啊。」

「可是啊……我覺得這個可能性很低。」

桐璃充滿自信地說道。因為實在太有自信了，讓烏有嚇了一跳，不由得追問她為何會這麼想。

「因為那兩個人是和音小姐死後才來到這座島，與二十年前的聚會完全無關。再加上你去偏屋找他們的時候，偏屋周圍都沒有腳印，船塢那邊也一樣。換句話說，開始下雪前或正在下雪時，他們就已經離開偏屋，逃出這座島了。所以水鏡先生不可能是他們殺的。」

烏有不禁對桐璃的推理表示佩服。沒想到她思考得那麼深入，而且她說的一點也沒錯。看樣子自己似乎欠缺推理能力。那麼其他人是否也做出與桐璃相同的推理、認為真鍋夫婦與此事無關呢？確實有跡可循。因為儘管真鍋夫婦的行蹤跟船一起消失，也沒有任何人指稱他們就是凶手。

「凶手果然還是在那四個人裡面嗎。」

「應該是吧。」桐璃一臉遺憾地站起來。掀開功能轉到保溫的電子鍋，整張臉籠罩在裊裊上升的熱氣裡。

「好像沒問題。煮好了、煮好了。」桐璃滿意地念念有詞，接著用飯匙攪散一下後，再蓋上鍋蓋。「下午再討論吧。到時候可能會有什麼發現。」

「說的也是……欸，桐璃。」

「嗯？」

「回去以後，妳要乖乖去上學喔。」

「……你好奇怪喔。」

桐璃假裝沒聽見，開始擺起碗筷。

4

或許是看不見的鎖鍊將他們綁在一起。那是不同於常識和良心、令人束手無策的規矩……硬要說的話，大概是他們的戒律、律法吧。

不到一小時的休息時間能給他們的心境帶來什麼樣的變化呢？烏有拚命想解讀，但實在無法從他們默默用餐的表情看出任何端倪。

一聲不吭，只為填滿肚子的午餐儼然中學的午餐時間。烏有就讀的中學由於頂著「升學學校」的金字招牌，對學生的管理在京都府內可以說是數一數二的嚴格。男生都必須剪短髮，而且瀏海不准超過眉毛，兩邊也不能碰到耳朵，當然後面更不可以留太長。女生如果留長髮，一定要紮在後腦勺。水手服的裙長規定在膝下十公分。以上還算常見的校規。千葉的某所高中，光是男生女生一起上下課就會馬上被當成不正當的異性交往，因此成了人們熱議的話題，而烏有就讀的中學也有差不多的校規。長大後只覺得莫名其妙，但當時卻乖乖地奉為圭臬，七年男女不同席㊵。

學生與家長皆以考上知名高中為目標，因此對於接受管理並沒有抱持任何疑問。從小學、甚至是幼稚園就開始受到父母的嚴格控管，只是後來換成老師、學校而已。烏有也是其中之一。可以想見，同儕中也不乏對此感到不滿、產生質疑的人，但這些人終究是少數派，不可能成為多數派。或許也是因為當時還是中學生的他們不知道該如何反抗，總之百依百順的人與他們之間存在著一條無形的界線。但只要別把中學當成學校，而是當成升學補習班來看待，就算規矩再嚴格也沒有任何問題。

這種宛如軍隊的守則之一，就是吃飯時不准交談，而且也不准剩下東西。就像小學時期上的公民道德課程，不過烏有就讀的中學是把這些明文寫進校規裡。當然應該姑且還是存在必須這麼規定的理由，只是烏有已經不記得了。總之就是有這條校規，而學生也乖乖地遵守。老師會坐在講台上跟學生一起吃營養午餐，同時也監督學生。烏有本來就沒有談天說地的閒情逸致，但其他學生都會利用下課時間或換教室的時候交頭接耳、打打鬧鬧，從事各種情報交換，或是相約放學後要去哪裡玩。唯有午餐時間，每個學生都必須孤獨地專心吃飯。想必大家都想有說有笑地邊聊

㊵出自《禮記．內則》篇，意指人長到七歲以後就不與異性同席而坐。代表男女有別。

天邊吃飯吧。但只要開口說話，馬上就會換來老師的嚴厲斥責。簡直像是在上一堂吃飯的課。因此學生私底下都稱午餐時間為「吃飯課開始了」。

本來應該是一段快樂的時間，卻必須窺探老師的臉色配飯。雖然還是跟現在的狀況天差地別，但如今氣氛緊繃、察言觀色的樣子確實與吃飯課相去不遠。這些人不只此時此刻，他們一直都受到嚴格的管理。這種狀況……

假如真是如此，那監視他們的是……這時冷不防與村澤四目相交。村澤右手拿著筷子、左手捧著碗，背後是白底開著淺棕色花朵的壁紙。他抬頭挺胸，規律地上下擺動雙手，將食物送入口中，一與烏有對上眼，立刻低眉斂眼地移開視線……看樣子好像是烏有在扮演老師的角色。還有桐璃。也就是說……

學生不敢在老師面前聊天。上課前、下課時間、還有放學後，比較親近的對話唯有在這些只屬於學生的時刻才會出現。村澤他們大概也一樣吧。他們只會在烏有與桐璃不在場的時候決定重要的事，此舉也強化了他們的羈絆。雖然不是不能理解，但就算能理解，也無法抹去被排擠的感受。當然，不要跟烏有他們扯上關係本是烏有求之不得的事。最理想的狀況就是只有他們受害，然後也由他們自己去解決。可一旦被撇得一乾二淨，不滿的感覺反而湧上心頭，真是諷刺啊。理智一點，冷靜一點——這是烏有自我要求的最後的金科玉律，但即使是培養了十年的精神力也無法壓抑這股莫名其妙的焦躁。儘管如此，烏有還是對於主動提起事件相關的話題感到萬般遲疑。

這或許是與桐璃很相似的那種不負責任的好奇心。不，不是這樣的……烏有否認，視線落在眼前盛在碟子裡的涼拌菠菜。只用一鍋熱水就能完成這道菜啊。桐璃的手藝或許意外地不錯。

既然大家都在裝糊塗，自己也只能假裝漠不關心。最好別再像剛才那樣與人視線交會了。話雖如此，但是想要觀察這群人的好奇心一旦潰堤就很難收拾，簡直像是在打壕溝戰。

問題是，他們為什麼會這麼害怕烏有，或是桐璃呢？如果只是彼此互相猜疑，應該會拚命講話、相互試探才對。激將法也是很有效的戰術。因為以人數來說，他們那邊有兩倍的優勢。選擇保持沉默是因為他們自己也有心虛的地方嗎？還是支配他們的是遠遠超出烏有想像的恐懼呢？

難道他們已經知道是誰把他們困在這裡了？知道誰是那個創造出雪中密室的人物。但他們困惑的樣子又不像是已經看穿真相。只是一種模糊的恐懼……

烏有想到兩個可能性。即便相信那個人就在他們之間，也還不能鎖定是誰。相反地，假設除了他們以外，還有另一個人潛伏在和音島上，他們不僅知道那個人是誰，而且還不敢貿然出手。

有如囚犯般吃完午餐後，沒有人離開餐桌，但也沒有人打破沉默。

這個僵局究竟會持續到什麼時候呢。烏有嚥下冰涼的焙茶，在一旁觀察這一切。沉默要比不停說話還更累人。因為耳朵會開始蒐集不必要的聲音。風的聲音、浪濤的聲音、走廊上的嘎吱聲、黑尾鷗的鳴叫聲。如果世界只由自然的聲音、生活的聲音所構築的話，反而更顯得可怕。眼睛可以閉上，但耳朵不行。他們遲早會受不了的。而且餐廳太大了，不是適合六個人談事情的場所。

而且烏有也想立刻逃離寂靜帶來的緊張感。尤其是餐廳牆上掛的那幅聖母瑪麗亞的油畫。瑪麗亞臉上掛著古風的微笑，懷中年幼的耶穌基督看向這裡，那種超越一切、宛如冷酷地看透所有事物的感應器般的眼神，令烏有心生恐懼。

忍不住瞥了坐在身旁的桐璃一眼，才稍微感到安心。

氣溫隨著太陽升起而上升，中庭的雪也開始融化。群山早一步恢復深邃的翠綠。融化的雪水滴答、滴答地不斷從屋簷滴落。雖然不到酷暑的炎熱，但似乎已恢復至春暖花開時節的午後。現在反而是最舒服的時刻。烏有已經放棄思考為什麼會下雪了。他不是氣象專家，既然和音島以外的地方也下了雪，任憑他想破頭也想不出正確答案。電視裡所謂的專家們面對如此異常的天候，大腦似乎也都停止運作了。

「接下來該怎麼做？」

結果最先投降的還是烏有本人。他很懷疑喚起大家的注意力會不會往自己想要的方向發展，但這些人顯然也等著有人來當這個起頭者。村澤立刻給出反應。

「怎麼做啊……沒錯，確實是該做點什麼啦。」

「根本無計可施吧。」結城彷彿與之呼應，沒好氣地回答。

「當然也不能就這麼杵著什麼都不做。」

神父一臉正色地看著烏有他們。

「勢必得想點辦法才行。」
「思考要怎麼逃離這座島嗎。」
「距離對岸至少有一百公里以上。要橫渡瀨戶內海是不可能的。直到十二日有人來接我們以前，大概沒辦法逃出去吧。」
「你好像無條件地相信一定會有人來接我們，但誰能保證帶我們來的傢伙跟凶手是不是一伙的。」
結城指出這個大家顯然都沒想到的盲點。不料村澤意外強勢地斷言：
「總而言之，也只能相信了。我和你、派翠克神父、還有如月老弟他們都一樣。身邊肯定有人知道我們來這裡了。萬一聯絡不上又遲遲未歸，肯定會有人來救我們。頂多晚上一、兩天吧。」
「有道理，公司那些人一定會來抓我回去，問我要玩到什麼時候。」
結城也心不甘、情不願地同意。
「說的也是。現在就各自想想要怎麼度過這五天吧。」
神父看了烏有在內的所有人一眼。就像在彌撒上講道。雖然個子不高、看起來沒什麼體力，但不屈的膽識都寫在臉上。看來這個人擁有比結城他們更強悍的意志力……然而，或許可能是因為神父才是幕後主使的關係。
神父用力握緊黑色皮革封面的聖經。

「我們必須一起克服眼前的難關。這麼一來必定能守得雲開見月明。」

「問題是凶手可能就在這裡面。真的有辦法相信彼此嗎？」

結城以充滿猜忌的眼神看向這邊。烏有大吃一驚，起初還以為他是在看自己，但他的視線穿過烏有、望向了桐璃。幸好桐璃沒有發現。可是……眼前的這個狀況是很危險的。在這種極限狀態下，光是有如和音復生就足以構成桐璃受到懷疑的理由了。這是烏有最擔心的情況。和音無疑是這起事件的核心。烏有情急之下想轉移話題，但是想不到適合的話可說。

「都一樣喔。不管凶手在不在我們裡面。只要大家待在一起，應該就不會受到攻擊才對。」

神父替他回答。有如靠墊般柔和的說話方式彷彿就連仇恨也能緩解。

「我才不要。誰要一整天和不曉得是不是殺人魔的傢伙大眼瞪小眼啊。」

「一定能得救的。」

「你是說耶穌基督會拯救我們嗎。」

結城嗤之以鼻地斜睨旁邊的神父一眼。

「這就要看主的旨意了。」

「哼，主是嘛。你這種改信者有資格談論神嗎？」

或許是為了排遣內心的不安，看來結城已經完全失控了。神父頓時露出陰暗的表情，但還是立刻控制好自己的情緒，以低沉的聲音回答：

「總而言之……我現在是侍奉上帝的人。主會赦免所有迷途知返的人。連同愧悔及過去犯下的罪愆。一如祂過去指引過許多人方向。」

大義凜然的抗辯，但烏有很好奇結城脫口而出的「改信者」是什麼意思。因為這會正當化烏有內心不著邊際的解釋。而且那個解釋絕不是什麼愉快的解釋。就像是隱約嗅到火山口的硫磺味撲鼻而來，感覺此地不宜久留。

饒是結城也被派翠克的氣勢壓住，低眉斂眼地撇開視線道歉：「抱歉啊。」烏有無從得知過去小柳與結城誰比較強勢，但現在顯然是神父以其特殊的地位占了上風。話說回來，結城現在之所以如此感情用事，該不會也是神父的安排吧？

「如果不想待在一起，就只能自己保護自己了。但你應該也能理解單獨行動的危險性吧？不過在面面相覷的情況下互相猜忌，確實也容易疑神疑鬼就是了。」

「這真的是個兩難的問題。考慮到還有五天，可能會先因為壓力而崩潰也說不定。既然如此……或許各自待在三樓的房間也是個辦法。有什麼風吹草動也是大聲喊叫就能馬上聽見的距離。」

「反正也不可能連晚上睡覺的時候都待在一起。」

靜靜聽了大家討論一段時間後，村澤開口。神父默默點頭同意。

「比起大白天，凶手利用夜深人靜的時候偷襲我們的可能性還比較高。既然決定了，就先暫時解散吧。」

村澤扮演起領導者的角色大聲宣布，做出結論。問題是誰也不曉得要做什麼，焦慮也由此萌生。這是只能靜待時間過去而顯現的壓力。而且想也知道，他們還握有烏有不知道的線索，所以問題大概更複雜吧。

「自亂陣腳是最危險的情況。必須冷靜點。」村澤輕輕搭著夫人的肩膀。「要控制好自己的情緒。凶手只有一個人，我們有六個人。」

接著他就像是救援隊或童軍團的隊長一樣，繼續做出更仔細的指示。晚餐由夫人和村澤準備，結城和神父負責洗碗。兩人一組，依序分配未來五天孤島求生的必要作業。他們顯然也希望有個人來下指令，所以都乖乖聽從了。就跟先前提過的中學生一樣。

儘管並非出於他們的本意，但時隔二十年，他們又在和音島上展開團體生活。該說是意料中的事嗎，烏有和桐璃又被排除在外，沒有分配到任何工作。烏有並未抗議。他已經沒有力氣跨過那條涇渭分明的境界線了。只想安靜地思考，釐清當前的狀況。老實說，他累壞了。這才是他的真心話。

在餐桌上的討論便以如此寂寞的方式劃下句點。

＊

臨走之際，村澤拍了拍烏有的肩膀，示意他留下來。但烏有不放心桐璃一個人，所以先送她回三樓的房間、千叮萬囑她不准走出房門一步後，就立刻返回一樓。村澤人不在餐廳，而是在客廳開了一瓶葡萄酒，人坐在絨布沙發上。

「有什麼事嗎？」

烏有充滿戒心地問道。為何單獨指名烏有留下？雖然不至於被人吃掉，但烏有實在想不到村澤叫住自己的理由。

村澤沉默不語。他身體微顫、表情僵硬地瞥了烏有一眼，然後低下頭，陷入長考。刻劃在臉上那與年紀相符的皺紋益發深刻。看得出來他正猶豫要怎麼開口。商量？還是詢問呢？從對方的情緒來看，兩者皆有可能。烏有失去了耐性，於是又問一遍，村澤才撐起彷彿有千金重的身體開口。

「你怎麼看？」

「你的意思是？」

「你認為除了我們以外還有其他人嗎？」

烏有不假思索地回答：「我不知道。」但內心想要說的，其實是凶手就在他們之中與另有其人的比例為六比三，剩下的一是不確定因素……但十分模糊。可是這話也不能告訴屬於他們其中之一的村澤。因為他也是被懷疑的對象之一。

「或許凶手真的就在我們裡面。」
大概是在自言自語，帶了幾分放棄掙扎的感覺。但很明顯是講給烏有聽的。
「為什麼找我？」
「嗯，你先坐吧。」
烏有依言在村澤對面坐下。沙發很軟，彷彿吸住了他的臀部，但眼下可不是能放鬆的狀態。
這時烏有想起了創華社的面試。
「要來一杯嗎。」
「好。」
村澤倒了滿滿的一杯酒。紅酒瓶上貼著 La Maschera 的標籤。有如汪洋血海的深紅色。烏有形式上抿了一口，又問了一遍。
「為什麼找我？不對，是為什麼會問我？」
「因為這裡只有你是局外人……唯一的一個局外人。」
「謝謝你這麼看得起我……可是，唯一一個是什麼意思？桐璃、不，舞奈呢？」
烏有想也不想地反問。村澤的嘴角浮現一抹說是皮笑肉不笑也不為過的笑容。
「舞奈小姐嗎。她嘛……你應該也發現了。我們非常在意她。」
「關於這個……可是，這件事與舞奈無關。她們只是剛好長得很像……那孩子才十七歲喔。」

「這我當然知道。但有些事光靠理智是說不清的。簡單來說，就是一種如鯁在喉的感覺。好比鞋子裡進砂，那就會成為你無法無視的一個存在。當然，我並不認為舞奈小姐是凶手。我完全沒有想到那邊去。只不過……」

村澤口若懸河地解釋完，就閉上了嘴巴。桐璃確實跟和音長得太相像了。這點對烏有他們而言只有百害而無一利。在這種恐懼戰勝理性的情況下，大概再不願意也會聯想到和音吧。要是前天晚上，她沒有穿上那套衣服的話……

對桐璃的好奇、猜疑、恐懼。自從發現屍體的那一刻起，所有人內心都充滿了對她的疑惑。烏有認識舞奈桐璃，所以知道桐璃絕不是凶手，根本無需懷疑。但他們認識桐璃才三天，能了解桐璃什麼呢。就像烏有不了解他們一樣，他們對桐璃也一無所知。

烏有屬於比較不相信別人的那種類型，積極地拒絕信任他人。這也是他人生中第一次面對死亡以後所留下的扭曲後遺症。因此他不認為這些人都能跟現在的村澤一樣用理性控制自己。甚至就連村澤，烏有也不確定他內心真正的想法。倘若受到什麼衝擊，難保他不會變得跟剛才的結城一樣暴怒。如果只是暴怒還好，萬一直接付諸行動的話……所以才危險。

「沒關係。你不相信也無妨……我要說的也不是這個。言歸正傳，我需要你這位局外人的協助。」

「協助？」

還以為與桐璃有關，心裡已經有所覺悟了。結果意料之外的請求削弱了烏有的氣勢。

「嗯嗯。」

村澤探出身子，重新坐好，筆直地看著烏有的雙眼。

「我認為凶手就在我們之中。正確地說，不是結城，就是神父。我想搞清楚到底是誰。我在大家面前說要安分地度過這五天，但我不想坐以待斃，我想揪出真兇。到底是誰殺死水鏡先生、是誰將我們囚禁在這裡……因此我需要幫手，需要你這位局外人來幫我。」

求助的雙眼充滿真摯的光芒。看得出來，村澤需要第三者的保證。像是要回應他的眼神，烏有反問：

「也就是說，你想學警察辦案嗎？」

「沒錯。當然我也沒天真到覺得能像警方調查那麼順利。可能什麼也查不出來，或許連點線索都找不到。但我的性格由不得我什麼也不做。我無法接受什麼都不做就束手就擒這種事……這是我個人的問題。」

「你是要我暗中協助嗎。」

「你是記者。對現場蒐證想必比我更有概念吧……當然，我不會勉強你。」

烏有是記者沒錯，但如果是社會記者就算了，自己只是情報類雜誌編制底下的一顆小螺絲釘。不過從某個角度來說，這是個順水人情，於是烏有壓下自虐的見解。

……至少不用再被排擠在外了。從頭到尾置身事外也是一種策略，但是他對事件的關心已經遠遠超過用區區的好奇心就能一筆帶過的程度。或許，這種情況打從那個在四樓看到和音肖像畫的早上就已經開始了。

「我是沒問題。」烏有提醒自己不要讓撲克臉鬆懈了。千萬不能讓對方發現自己其實躍躍欲試。

「可是，你能證明自己不是凶手嗎？」

這句話說得很不客氣，但這麼說反而比二話不說地答應協助他還更合理。烏有迅速在內心計算過利弊得失。而村澤果然表現出正中烏有下懷的反應。

「那倒是沒辦法。」村澤老實承認。「只能由你自己提高警覺，保護好自己的安全了。」

村澤也看得出來烏有對他的懷疑其實並不深。烏有看著他，微微一笑。

「我明白了。好吧。我會幫忙的。只不過……」

「怎麼了？」

「可以告訴我一件事嗎。為什麼大家會這麼害怕和音？」

「那是因為……」這應該是直接戳向核心的一擊，但村澤卻一派坦然，並沒有被嚇到的樣子。

「很抱歉，現在還不是揭曉答案的時機。或許你會感到很不滿，但是對我們而言，這是個非常私人的問題。從二十年前就是……但我保證遲早會告訴你的。連同和音的事一併讓你知道。」

烏有並不相信這種隨意開出的空白支票，但也沒有繼續追究。因為還不到與對方正面衝突的時候。真的會有告訴他的那一天嗎？烏有不抱期待。他有一股模糊的預感，往後大概也無法從村澤口中問出答案。要是真能從哪個人的口中得到答案，也應該是「改信者」派翠克神父。這也是種籠統的預感，沒有任何確切的證據。

5

首先要前往水鏡的書房。倒也不是要嚴謹地祕密行動，但還是要小心別被其他人發現。兩人躡手躡腳地經過樓梯、走廊的身影不禁讓人聯想到明智偵探和小林少年[41]。真是性格扭曲的小鬼啊，過於老成的小林少年如此自嘲。

穿過妝點著抽象畫、空無一人的歪斜走廊，來到了水鏡的書房前。村澤直接伸手轉開門把，顯然不在乎會留下指紋。門沒有鎖。在兩天前的傍晚初次造訪這個房間時，覺得門板又沉又重。然而在失去主人後，這扇門看起來竟顯得輕盈孱弱，就連開門的聲響都變小了。如同拉起鐵幕後，蘇維埃變成俄羅斯，成為了一個普通的國家……

室內沒有任何變化。書桌依舊強調著自己的存在，桌面仍是雜亂無章。書櫃裡的百科全書和巴爾札克全集也都還在。

「沒有被人翻找過的痕跡呢。」

烏有小聲嘟囔。與門一樣，屋裡醞釀出的氛圍與上次截然不同。就像活生生的獅子變成獅子標本。從水鏡的支配下被解放的這個房間，再也沒有任何的生氣，變得平凡無奇，淪為在唯物論的統御下失去靈魂的物體。沒想到守了二十年的牙城會一朝淪落至此，一陣空虛襲向了烏有。

「如月老弟。」

烏有正在看擺在門口的非洲雕刻，村澤朝他招手。貌似是在書桌後面找到了什麼東西。烏有連忙湊上去一看，原來是散發出銀色光輝的輪椅。直到昨天，水鏡移動時都是靠這台電動輪椅。他還記得椅墊的花紋、圓弧形把手的形狀與磨平程度。

「這是怎麼回事？」

烏有問道，村澤只是以聳肩代替回答。這麼說來，他們都忘了輪椅的存在。明明輪椅等同於水鏡身體的一部分。

「凶手是直接把水鏡先生搬到圓形舞台上嗎？」

村澤靜默不語，蹲下去檢查地毯。

㊶江戶川亂步筆下人氣作品中的偵探明智小五郎，與他的徒弟小林芳雄。

「是血。」

輪椅的輪胎旁邊殘留著些許血跡。雖然地毯也一樣都是紅色，但染血的地方已經變黑了。

「水鏡先生是在這個房間……」

「但是從出血量來看，應該不是在這個房間裡斬首。肯定是在圓形舞台上。」

「水鏡先生大概是在這裡被砸破頭，當時的血就滴到地上。無法判斷是不是當場死亡，只知道後來被搬到圓形舞台上，接著切斷了頭部。」

村澤抱著胳膊整理思緒。想必他無意模仿連續劇或小說，只是語氣自然而然地流露出名偵探的氣質。

「也有可能是凶手的血不是嗎？」

「有道理……然後呢？」

「沒有然後了，我只想到這裡。畢竟我也是第一次學偵探辦案。」

烏有撇開視線，沒有再往下推論。然而奇怪的是，村澤皺了一下眉頭，口中隨口低語著「嗯，無妨」。他默默拉開抽屜。木製抽屜的底部很深、重量很沉，塞滿了公司債券及股票等各式各樣的文件，一共堆了兩層。全都是缺乏財務及會計知識的烏有無法理解的文件。村澤迅速地把它們都瀏覽過一遍。

「好像什麼都沒有。我還以為凶手把水鏡先生的頭藏在這裡。」

「這話也太恐怖了。應該是在海底吧。」

村澤冷靜地提出合乎現實的見解。烏有也認為這是很合理的判斷。

「……水鏡先生平常過著什麼樣的生活？」

「我也不知道。昨天應該也曾說過，自從和音死了以後，他整個人就像是失去魂魄的空殼……」

村澤停下翻文件的動作，陷入沉思。

「不過，既然有在玩股票，或許已經恢復正常了。雖然還是很討厭拋頭露面就是了。」

和音的死大概不是這件事的原因吧。話說回來，他們之所以跟和音住在這裡，就是為了與世隔絕。烏有一年前也很嚮往這種遺世獨立的生活。倒不是對不食人間煙火的日子懷抱憧憬，而是嚮往結廬在深山幽谷、度過簡單的每一天。現在他已經放棄了這種想法，反正不管住在哪裡都無法卸下背上的十字架，乾脆在城市過著渺無聲息的生活。

「二十年來都沒有任何想追求的事情嗎？」

「跟從島上回歸現實的我們不一樣，水鏡先生從以前就很老成。一方面也是因為當時我們才二十多歲，而他已經三十多歲了。」

他們選擇回到外面的世界，而這個老人則獨自留在牢籠裡。一個在那之後只與外界保持單向的溝通、只靠電子設備與外界聯繫的男人。昨天也想過這件事，但今天思考起來的意義截然不同。

假使二十年來，他的存在只是作為一個管道、一個情報源來發揮作用，那麼他的死對於這個社會而言，會不會也只是一項數據？抱著說是二十年前的遺物也不為過的類比精神活下去的人，竟然為資訊化的社會留下一個如此極端的例子，只能說是再諷刺不過了。

「如果只是待在這座島上等死，那麼何時死掉其實也沒什麼差別呢。」

這句話說得很失禮，但村澤並未表示反對。

「可是至少也該等到忌日……他肯定很不甘心吧。」

三天後的八月十日就是和音的二十週年忌。烏有預感又會掀起一場風暴。

「沒有動機嗎。」

「動機？」

「某個人憎恨水鏡先生或和音小姐的理由。」

「可以說有，也可以說沒有。一起生活了一年，多少有些齟齬，但就是這種程度罷了。」

有說等於沒說。但如果只是憤怒，有辦法持續到現在嗎？如果不能在這二十年間都要持續蓄積憎恨，是做不到的吧。除非有什麼信念，而不只是情緒或利益關係。一如那把割破和音那幅畫的刀子。

「水鏡先生或許預料到什麼了。所以……」

「所以？」

「沒什麼。」村澤不動聲色地瞄了烏有一眼，支吾其詞地帶過。就在他轉過頭、看向北側的牆壁時，突然大喊一聲：「手槍不見了！」

「手槍？」

「以前就掛在牆上的手槍。我不知道型號，只知道是銀色的左輪手槍。因為只是拿來裝飾而已，我從以前到現在都以為只是裝飾用的古董。昨天我來的時候還好端端地掛在這面牆上。槍身呈十字交叉。」

「十字交叉……你的意思是說，有兩把手槍嗎？」

牆上掛著設計得十分精美的展示框，幾根深色的勾子從白底的板子探出來。右下角是感覺從大衛之星[42]變化而成的紋章。但是最重要的手槍卻不知去向。就像是模具一樣，唯有擺放手槍的部分不曾褪色，始終潔白如新。放在這裡的應該是一對槍身比較長的手槍。第一天來的時候，烏有應該也有看到那兩把槍，如今卻毫無印象。想必只是視為普通的裝飾品，所以沒有放在心上吧。

「兩把都被凶手帶走了嗎？」

「應該沒錯。」村澤一臉難以置信地點了個頭。

「那些手槍真的能用嗎？不是模型槍嗎？」

[42]由兩個正三角形構成的六芒星，是猶太教與猶太民族的象徵。

「嗯，大概不是。」

村澤的回答頗為篤定。

「我以前有看過它們開槍的場面。」

「水鏡先生開的槍嗎？」

「不。」村澤搖了搖頭。

「……是和音。」

和音……結果繞了半天又繞回原點。烏有放棄抵抗了。

書房隔壁的房間應該可以算是水鏡的辦公室，ㄈ字形的桌上有兩台電腦和印表機、傳真機。雖然不到無菌室的地步，但是這間辦公室裡就沒有其他的物品了，整理得乾乾淨淨，所以得不到比書房更多的發現。兩人只是隨意翻閱一下被列印出來、堆成一疊的損益報表。

他們離開房間，回到樓梯處。當村澤自顧自地正要下樓時，烏有問他：

「接下來要去哪裡？」

村澤一語不發地下樓。已經恢復活力的夏日豔陽從二樓的採光窗照射進來，隨著彩色玻璃改變波長、在樓梯的紅地毯上篩落陰影。話雖如此，館內的氣溫還是很低。既非夏天，也非冬天。現在到底算是什麼季節啊？

烏有不小心踩空一階。差點忘了這裡的樓梯很危險。他抓住扶手，仰望挑高的天花板。讓人誤以為是太陽的水晶吊燈散發出橙色的耀眼光芒。歪斜的大廳好像也有這種令人目眩神迷的連續線，呈螺旋狀往上攀升。

「去真鍋夫婦的偏屋看看吧。」

村澤也不等烏有回答，逕自走出玄關。因為雪已經融化了，小徑滿是泥濘。走路時不小心的話，可能又要摔個四腳朝天。或許是被滿地的泥濘喚醒了記憶，村澤突然問他關於雪密室的事情。

「你認為那是怎麼做到的？」

「我不知道。不知道方法，也不知道為什麼要呈現那樣的情境。只知道凶手的癖好很惡質。」

「惡質的癖好啊。」

烏有覺得自己被嘲笑了。

「你是指砍頭，還是製造出密室。」

「兩者皆是。兩者都是惡質的癖好。」

看到圓形舞台上的屍體時，恐懼的同時也產生極度的厭惡感。當時他對自己解釋，是因為想起十年前那場意外的關係，但後來慢慢地反應過來，意外與他殺完全是兩回事。感覺就連骨髓都被浸泡在惡意的福馬林裡。那個青年的死狀固然令他飽受衝擊。但這次完全是出自於人為的他殺，悲哀沒那麼強烈的同時，嫌惡感則呈反比、不斷地竄升。

「起初……」烏有補充。「我有想過可能是從大宅的窗戶扔向圓形舞台，但距離太遠了，不太可能辦到。」

「有道理……除此之外呢？如果想到什麼的話，希望你務必全部都告訴我。不管是方法還是原因，就算是再細微的線索也無所謂。」

「不，我還沒有任何具體的想法。目前還是處於腦中一片空白的狀態。只不過……」

在這之後要接續的應該是「和音」。要是能對和音有多一點了解，想必就能有更多的發現。烏有想要這麼說，但是根據過去挑戰過幾次的經驗，不用想也知道問了也是白問。

「不過什麼？」

「沒什麼。話說回來，村澤先生有什麼發現嗎？」

「沒有。很遺憾，我也一無所獲。」

村澤聳聳肩，並未提出自己的見解。他不可能沒有任何的想法，只是不想告訴烏有而已。只見他不住點頭、繼續往前走。一副想表示「不要對我有任何期待」的傲慢態度。不過在那張鐵面具的底下應該正在整理千頭萬緒的資料吧，說不定已經浮現幾個初步的想法了。

烏有不清楚村澤這個人是不是真的很睿智。既然都當上社長了，應該至少擁有相應的才能吧。只是這方面的解析應該跟智商或學歷沒什麼太大的關係，需要的是其他領域的才能。所以自己也有機會……烏有這麼安慰自己，試圖騙過自己的自卑感。

沒多久就抵達了偏屋。村澤看到偏屋整理得一乾二淨，幾乎沒有任何生活的痕跡，不由得大吃一驚。

「如月老弟。」村澤神色倉皇地回過頭來。

「沒錯……就是這樣。」

榻榻米房間有如剛蓋好的樣品屋，烏有一馬當先地脫了鞋踩上去。所有的東西都像是剛剛才擺上去的一樣。家具當然都不是新的，充滿了明顯的歲月痕跡，可是全都擦拭得一塵不染、擺放得分毫不差。可能是因為在歪七扭八的和音館裡待久了，明明只是各歸其位的擺放，看在他眼中卻顯得井然有序。該說是不留痕跡的漂亮退場嗎，這個空間帶給人的感覺，就像是葬禮穿的白衣一樣、蘊含著整理好身邊事物的意圖。

「逃走了嗎？」

「只有這個可能性吧。但是以逃跑來說，未免太從容了。至少感覺不到殺人事件的血腥味。」

「我也有同感。毋寧說這更像是自殺者的房間。」

村澤忙碌地在室內走來走去。他在水鏡的房間時也是這樣。這大概是他想事情或調查時的習慣吧。問題是這屋子裡沒有留下什麼東西，彷彿打從一開始就空無一物。

拉開壁櫥，裡頭有兩組折得整整齊齊的棉被。似乎昨天在同樣的時間、也就是下雨前才剛曝曬過，棉花鬆鬆軟軟的。

但不管前看後看，都是普通的和風房屋。這間簡單樸實的和風偏屋與矗立於上方的西式大宅。要說互為對照還真是如此，但這似乎也隱含了貧富與階級的價值判斷符號。可以說是往昔日本人的文化自卑情結象徵，但是做到這麼徹底，反而令人有點哭笑不得。不過對烏有來說，就算是兔子小屋㊸，也還是覺得住習慣的和風房屋比較自在。

「這裡是以前就有的嗎？」

「沒有。」村澤搖頭。

「以前只有小儲藏室。大概是真鍋夫婦開始在這裡工作以後才蓋的。」

村澤拉開紙門，也檢查了後面的房間。表情看起來不抱期待。

烏有也懷疑真鍋夫婦，但不覺得他們涉嫌重大。換成推理小說的場合，他們大概是最可疑的人選，但烏有總覺得不是這樣。

他反而覺得和音館那麼大，有那麼多房間，甚至還有地下室，水鏡為何還要讓真鍋夫婦住在偏屋呢？會特地蓋房子給他們住這點還顯得比較不可思議。更不可思議的是村澤顯然認為這是理所當然的一件事。

也不能真的把榻榻米掀起來看，所以當他們打算簡單檢查一下就準備收工時，突然發現有個和菓子的鐵盒卡在廚房流理台後面的空隙。打開一看，裡頭放了新聞剪報。那是個蕎麥餅乾的盒子，烏有也不明白自己為什麼想打開來看，大概是所謂的直覺或偶然吧。也可能是因為這盒子看起來像是掉到後面忘了拿回來，而且蓋子還用膠帶草率地纏起來，這才吸引了他的注意力。報紙已然老舊泛黃，看了一下日期，全都是二十年前的剪報。鉛字及字級都略有不同，所以是不同家報社的報紙，但期間大同小異。看了幾張，上頭的內容都是同一件事。

〈醫院院長假稱死產行買賣嬰兒之實〉

主嫌是一對三十多歲的夫婦，在鄉下開了一家產科診所。剪報上有張大頭照。雖然原本就是粒子很粗的小照片，而且年代久遠，印刷也褪色了，不過照片不知為何讓人聯想到真鍋夫婦、應該說是二十年前的真鍋夫婦。眼角及嘴巴一帶、輪廓都帶有他們的感覺——原來如此，原來是這麼回事啊。這就是那兩個人選擇在這裡過著不自由生活的理由啊。早就料到若不是做了什麼虧心事，才不會想要住在這種地方，因此比起驚訝，更多的反而是恍然大悟的情緒。不知道水鏡是如何與他們搭上線的，但是用勞力來交換避難所的契約，對雙方而言都是求之不得的交易吧。

但即使將過去留在水平線的另一邊，逃離了日本這個國家、社會，他們還是會每日每夜邊聽著海浪拍打著海岸的聲音、邊感到提心弔膽吧。烏有身為殺人凶手，這十年來也都是類似的心境。但自己的意志應該沒有真鍋夫婦那麼邪惡，所以也不能混為一談。

這時突然浮現了一個問題。真鍋不是在文尼察當過主廚嗎？難道那也是騙人的嗎？

㊸飼養兔子的小屋。在日本文化中被用來揶揄一般人居住的狹窄日式住宅。

但是他的廚藝是真工夫。不光是烏有這種木舌，就連結城他們也讚不絕口。他應該是真的做了二十年的菜吧。還是水鏡利用自己的財力讓他去學廚的？

「怎麼了？」

察覺村澤就要回來這裡了，烏有收起盒子裡的東西，隨便用膠帶纏起來，放回原本那個不顯眼的角落。

「沒什麼。只是感覺這裡好像有蚰蜒。」

他不打算告訴村澤。不光是村澤，烏有認為最好別告訴任何人。當然不是基於已經過了追訴期的人道精神方面的顧慮，只是不想再增加新的狀況與無謂的麻煩。一旦這件事浮上檯面，自己肯定也必須將這件事內化。想也知道，那個青年又會再次冒出來吧。

「好像什麼也沒有。」

村澤似乎也沒在最裡面的房間找到任何線索。

「你怎麼看？他們上哪兒去了？」

從剛才開始，自己就一直處於被詢問的一方。村澤怎麼這麼愛問問題啊。而且還是詢問一個毛頭小子的意見。烏有委實有點不耐煩，擠出虛應故事的笑容，搖了搖頭。

村澤離開偏屋，朝著船塢走去。但是就如同烏有早上看到的那樣，船塢沒有任何變化。只有昨天還在這裡的汽艇如今依舊不知去向這個疑問。

「他們果然搭那艘船逃走的嗎。」

「問題是為什麼要逃走?」

烏有反問,但現在他已經知道他們為什麼要逃走了。真鍋夫婦之所以「逃走」,恐怕是因為烏有和村澤這些外人的來訪。如果是修繕業者,因為只會待幾天的關係,或許還能蒙混過去。但是要待上一週以上的人……或許就會被他們看穿、被識破、甚至被通報。是水鏡命令他們逃亡的?還是他們自己的判斷呢?烏有認為是前者。甚至還懷疑水鏡已經在本土為他們安排好棲身之處了。整理得一塵不染的室內也證實了他的推理。現在就只剩下為什麼是今天早上這個疑問。

但是對不曉得有這些剪報存在的村澤而言,這大概是很重大的問題。更重要的是,儘管真鍋夫婦不是故意的,但是他們依然不負責任地為這個舞台完成了一半的裝置。

*

應該是這座島視野最好的地方,現在就好像是為了建造高爾夫球場而被開鑿到面目全非的山壁,被某人兇殘的行為搞得面目全非。震懾於和音生前的美貌,連一朵花都開不出來的墓地,原本微微隆起的土堆如今已消失得無影無蹤。這個剛好可以埋進一個人的洞,裡頭只留下用鏟子之類的工具挖得亂七八糟的土坑。

翻出來的土都堆在旁邊武藤的墓碑上。露出潮濕黑土的坑洞——確實與墓穴沒兩樣——與棄置於一旁的土堆都還有殘雪。看來是在這場季節錯誤的雪下完以前就挖好洞了。換言之，時間上還早於水鏡被斬首之前……

憑空想像的光景令烏有感到戰慄，接著朝洞裡窺探，深度約五十公分左右。但是挖好後貌似就沒有進一步的動作了，彷彿挖洞本身才是目的。洞穴內留下雜亂且凹凸不平的鏟子痕跡。就算目的只是為了挖洞，大概也需要付出相當大的勞力。至少也得花上一個小時。

與那群人的念想一起付之一炬的木樁插在烏有前方的角落。它不在原本的地方，而是挖好洞後才隨便插在那邊的。

「鈴鐺。」

烏有在洞裡看見某個閃閃發光的小東西。他下到洞裡，從融雪中撿起那個東西。那是個鍍金的老舊小鈴鐺。拎起它的繩子時發出了「叮鈴」的悶響……長得很像昨天烏有在這裡發現，後來被結城扔向大海（最後掉進向日葵花海）的鈴鐺。不對，不是像，而是根本一模一樣。從弄髒的程度來看，顯然不是把鈴鐺埋在洞裡，而是後來才放上去的。烏有爬出土坑，默默地將鈴鐺舉到村澤面前。

「這是……」

村澤也表現出與結城相同的反應。但接下來的舉動與結城不同，他並未從烏有手中搶過鈴鐺扔掉，而是膽怯地往後退了一步。

「和音真的復活了嗎……」

然後就說不下去了。這個反應從昨天開始就已經在每個人身上輪流看過一遍，但即使是泰山崩於前而色不改的烏有，還是一再對他們的反應感到驚訝。

這裡是和音的墓地，但和音並沒有埋在裡面。不過就是和音生前最喜愛、視野最好的地方罷了。和音的遺骨不可能撥開土壤，從地底甦醒過來。

可是這只是第三者的觀點吧。看到村澤喪失冷靜的模樣，烏有不得不改變想法。墓地被挖成這樣，作為和音復活的象徵確實具有足夠的威力。不是有沒有遺骨的問題，重點或許在於更深層的意義。而且這群人絕對知道那個「意義」是什麼。

然而……烏有凝視著被海浪聲及綠草所包圍、過去曾是墓碑所在地的虛無空洞。腦海中又浮現了新的疑問。雖然還只是隱隱約約的疑問。

……他們為何會這麼害怕和音復活呢？

叮鈴……被山上輕拂而來的風給吹動，鈴鐺發出了渾濁的音色。

6

這算是有所收穫嗎?雖說在學偵探查案,但是既無法採集指紋、也沒有本事進行現代化的科學搜查。就算想進行傳統方式的審訊,也不能明目張膽地把他們當成嫌犯,所以也只能想想而已。要是烏有擁有司法上的權限倒也罷了……但是他其實並不想要那種權力。他只想為自己貼上「事不關己」的標籤,而不是被動地烙上「偵探」的印記。事件由他們自己去解決就好了。烏有和桐璃原本應該是來悠哉地遊山玩水的。但事情大概沒這麼簡單。他開始感到愈想置身事外,反而愈靠近漩渦中心的「天理」了。

「回去吧。」村澤靜靜地催他回去。回到那棟扭曲的大宅。回到宛如蓄積二十年的憎惡於一身而扭曲的和音館。

和音復活了——烏有並未追問村澤這句話的意思。因為就算問了,他也不會回答吧。烏有已經看到結局了。

同時,也明白最關鍵的部分……他們與和音過去一定發生過什麼。

「哎呦哎呦。」

回到和音館,正打算在客廳稍事休息時,就發現客廳已經有人了。結城面露冷笑、斜睨著他們。身邊沒有杯子，看來沒在喝威士忌。

「這不是村澤先生和如月老弟嗎。你們聚在一起討論什麼？」

「是結城啊。」

村澤不屑似地說道。大概是為了共同行動不巧被撞見而做的掩飾吧，臉上的表情也僵住了。

「你要懷疑我們是你的事，但可別把那邊的如月老弟拖下水啊。」

結城笑的表情像是在表示一切他都了然於心。雖然臉上掛著笑容，但眼神充滿猜忌。

「不是你想的那樣。他是證人喔。」

「證人？……無所謂，我也有我的打算。你沒意見吧？」

這大概就是所謂的火花四濺吧。只見兩人大眼瞪小眼，動也不動一下。無言對峙的狀態持續了好一會兒。一段時間過去，結城率先打破沉默。

「算了。嗯，我已經有兩、三個頭緒了。話說回來，你不用陪在尚美身邊嗎？」

「尚美還在房裡休息。」

「你丟下她一個人啊……真是太不體貼了。」

結城輕蔑地嗤笑。就連烏有也知道他在挑釁。

「你去看看不就好了嗎。要是你這麼擔心的話。」

「你還真敢說啊。還是這是為了表現你的自信？這種話不應該跟我說，而是要去告訴她吧。

前提是你真的敢說的話。」
「身為伴侶，我自認很珍惜尚美……」
「身為伴侶嗎……你很清楚她要的是什麼吧。所以我才退出的。」
「我知道。尚美的苦是……但，有些事就是無法控制。例如人的心……你應該能理解。」
「說的好聽，我不想聽你說這些為自己開脫的藉口。」
結城粗暴地披上掛在椅背上的外套，三步併成兩步地從烏有旁邊走過，準備離開客廳。
「……結城，你有去看過和音的墓碑嗎？」
村澤對著他的背影問道。
「墓碑？墓碑怎麼了嗎？」
「去了就知道了。」
結城瞪著村澤，正想反唇相譏，卻也從村澤認真的神情看出事情非同小可。把原本伸出去的左手收回口袋。
「知道了啦。我去看看就是了。」
然後身影就消失在往大廳的方向。
村澤以視線目送他離開，之後重新面向烏有，試圖打圓場。
「抱歉讓你看到這種難看場面了。我和結城從以前就不對盤……言歸正傳，你還有其他想調查的地方嗎？」

烏有猶豫該不該實話實說。村澤會不會認為自己想趁機得寸進尺呢？他想去的並不是真宮和音的房間，因為打從一開始就知道對方不可能答應。而且村澤可能還不知道烏有已經知道那間隱密房間的存在了。

「我想去看看武藤先生的房間……」

烏有提心弔膽地開口。

「武藤？」

顯然沒想到他會提出這個要求，村澤一時語塞。

「……為什麼是武藤的房間？」

「因為我有點在意。」

「在意什麼？」

該怎麼說明呢。再怎麼用言詞堆砌，也無法順利地交代過去。雖然就像是吵醒睡著的小孩㊹，但烏有還是開門見山地直說了。

「武藤先生真的過世了嗎？」

㊹日本諺語，原文為「寝た子を起こす」。意指原本沒事，卻因為一些言行讓問題重現，或是惹出新的事端。

「這話什麼意思。」

村澤明顯慌了手腳。為了掩飾，還刻意加強了語氣。

「你到底想說什麼？武藤怎麼可能還活著……」

「我自己也不清楚。可是從各位的對話聽來，其實並沒有發現他的屍體吧。」

「因為他是從觀景台跳下去的。那裡的水流很湍急，海底也盡是礁石，幾乎不可能搜索。所以才沒能找到。」

「沒有人看到他掉下去的那一幕吧。跟和音小姐墜海時不一樣。」

「是沒錯……可是你為何會懷疑武藤沒死。」

「你不認為有這個可能性嗎。」

烏有意有所指地展開攻勢，還刻意留下讓對方能解釋的空間。或許是為了重整旗鼓，村澤沉默了半晌，最後才以懷柔的口吻說道：

「好吧。雖然你的想法很荒謬。」

村澤乾脆地同意。他肯定想到了什麼，否則絕不可能接受外行人說什麼早在二十年前就死掉的人，現在又活過來興風作浪的胡言亂語。換句話說，如果他不是早就知道武藤並沒有在二十年前的十二日死去，就是也對這件事抱有疑問。

只不過，因為他答應得太爽快，反而輪到烏有疑心生暗鬼了。他為什麼會這麼輕易就答應烏有的要求？是因為矛頭從和音轉到武藤身上、讓他鬆了一口氣嗎？如果是這樣的話，那可就正中烏有的下懷了。

「你認為武藤還活著，然後也是他殺害水鏡先生的嗎？」

「目前還無法確定到這個階段。」

烏有不知該狐假虎威，還是當一隻披著羊皮的狼。

「只不過……」烏有邊觀察對方的反應邊回答。「我覺得武藤先生這個人十分神祕。僅此而已。」

烏有決定裝成一隻貓。

＊

武藤的房間在村澤房間的斜對角。說是斜對角，只是以畫在直線平面圖上的大略位置來看，實際上相當於通過三角形兩邊的距離。

房門沒鎖。好像從那個時候就沒上鎖了。

「因為又不用擔心遭小偷。」

村澤理所當然地說明。然而和音的房間就鎖上了……大概是擔心小偷以外的東西吧。就在村澤握住門把時，裡頭傳出了聲響。喀噠喀噠……以老鼠或蟑螂來說，音量太大了。村澤用食指抵住嘴唇，「噓」了一聲。大概是因為雙眼用力、瞳孔聚焦的關係吧，神情變得嚴肅起來。他緩緩地把耳朵貼近門板。至於烏有的身體也當場僵在那裡，以免發出腳步聲。

對走廊上緊張的氣氛渾然不覺，房裡的人繼續鬼鬼祟祟地做他的事。村澤給烏有一個「我們上」的暗示後便用力將門打開。逆光從拉開窗簾的窗戶灑落一地，滿溢到走廊上。發出聲音的主人就站在陽光之中。逆光有如日環蝕般勾勒出對方的輪廓。一、兩秒後，身形才慢慢浮現出來。這個人似乎沒有要躲藏的意思，只是驚訝地看著他們。

「和音？」

烏有忍不住喊了出來，隨即慌亂地吞回脫口而出的話。好像只要動作比音速還快，就能當一切都沒發生過。至於村澤判斷狀況的速度比他更快。烏有還焦慮地呆站在門口時，就感受到繃得死緊的緊張朝霧正在逐漸散去。

緊接著，房裡傳來桐璃那與緊張無緣的悠哉聲音。

「烏有～哥，你怎麼來了？」

嚇了一跳的桐璃看著他們。

「門突然開了，嚇我一跳……啊，村澤先生，您好。」

村澤一臉惱怒地抱著胳膊，盯著桐璃不放。鏡片反射了陽光，所以無法看見他的眼神。

「我就知道，你們果然也很在意這裡。」

桐璃露出得意的微笑。雙手扠著腰，顯然對自己搶先烏有他們一步感到很驕傲。

「妳怎麼會在這裡。我不是才告訴過妳，不要一個人到處亂跑嗎。」

烏有關上敞開的門，踩著大步走向她。儼然保護者似地一拳壓在桐璃用水藍色緞帶綁起頭髮的頭頂。

「好痛啊！」

桐璃沒想到會挨打，氣鼓鼓地瞪著烏有。

「沒必要打人吧。明明是烏有~哥不好。誰叫你瞞著我模仿偵探辦案。你們跑去真鍋夫婦的偏屋時被我看到了。明明約好要一起調查卻把我丟在一邊，我只好自己行動了。結果現在莫名其妙挨揍，太狡猾了、不講理、反對暴力！」

桐璃機關槍似地滔滔不絕，烏有一心想著要怎麼向村澤解釋。從桐璃的氣勢看來，她可能會不管三七二十一就對村澤說出一切。雖然很屈辱，但也沒辦法了。為了保護桐璃，烏有有口無心地道歉：「知道了啦，是我不好。」

他不動聲色地瞥向旁邊，村澤正站在牆邊的書架前，似乎已經對桐璃失去興趣。或許是散亂的光線收攏，現在可以好好靜下來觀察室內了。這裡擺放著應該是以前使用過的家具。可能是因為這二十年來都沒再使用的關係，室內完全感受不到生活的氣息。

「所以舞奈小姐有什麼發現嗎？」

村澤應該對桐璃有所提防，但是為了不讓桐璃察覺到這點，詢問的態度十分自然。烏有很討厭大人特有的虛情假意，但同時也很佩服他的面具能戴得這麼緊。若是換成自己，肯定早就顯露在臉上或聲音裡了。

「沒有耶。」桐璃搖頭。

「什麼也沒有。我還以為一定能找到什麼呢。」

「沒有任何發現嗎？」烏有插進來問道。

「完全沒有。」

「完全沒有？所以妳也沒有任何想法嗎？」

「我當然有我的推理啊。所以才會來這個房間。」

與其說是推理，更接近直覺吧。不過，還是要稱讚她比自己還早找上這個房間。因為桐璃處於掌握的資訊遠少於烏有的立場，居然還能先一步選擇這裡。不過晚一點再來稱讚她。

烏有往室內看了一圈。在純白的牆壁與天花板的包圍下，窗邊擺了一張床和桌子。牆邊有一排書架，音響和電視都集中在同一個地方。並沒有任何讓人覺得格格不入的東西。扣掉房間的面積與特殊的歪斜感，與烏有自己的房間大同小異。亦即屋內的光景感覺像是學生生活的延長。

村澤懷念地拿起幾本擺在書架上的精裝本硬殼書。書的種類琳琅滿目，除了文學以外，還有哲學、美術、數學、物理學、航空力學、建築學、宗教、音樂、社會學、病理學、民俗學、戲劇論等等。其中也不乏英文或德文的原文書，因此種類或許更多也說不定。而且絕大部分的書名前面都冠上「近代」、「二十世紀初」等字眼。還有阿波利奈爾㊺、喬伊斯㊻、相對論、存在主義、立體主義、達達主義、新維也納樂派等主題的作品。看樣子非常博學多聞。六本希臘悲劇與喜劇全集是其中唯一的例外。不知是被打入冷宮，還是因為被視為貴重珍品，收在最下層的左邊角落。不可思議的是，除了理科的書以外，竟然找不到一本書名掛有「現代」二字的書。哪怕是足以代表二十年前當時的「現代」也沒有。

「這些書都是武藤先生搬來的嗎？」

「一半是，另一半是在島上的時候買的。我記得之前應該有提到過，我們每個禮拜會坐船去本土採買一次。」

「他有什麼目的嗎？」

「……嗯。可以說有，也可以說沒有。因為大部分的書我都看不懂。不過，學識淵博與滿嘴理論是那傢伙的賣點。」

曖昧的回答讓烏有有些訝異。而且他還花了一點時間才回答。

㊺紀堯姆·阿波利奈爾（Guillaume Apollinaire）。法國詩人、作家、評論家。被譽為超現實主義的先驅之一。

㊻詹姆士·喬伊斯（James Joyce）。愛爾蘭詩人、作家。被譽為二十世紀最重要的作家之一。

「賣點……啊。」

村澤接著檢查書桌的抽屜。抽屜裡只有已經泛黃的素色便條紙和邊緣微微翹起、變成褐色的稿紙。或許是桐璃已經翻過了，塞得亂七八糟。村澤將亂成一團的便條紙收整齊後又放回抽屜。

「我先回房了。如果有什麼發現一定要告訴我喔。」

不知是對這個房間已經失去興趣，還是無地自容，桐璃用手肘頂了頂烏有，丟下這句話後便頭也不回地離開。

「慢走。小姑娘。」

村澤向她的背影道別。和諧的氣氛到此為止。門一關上，村澤立刻面向烏有。

「所以呢，你來這個房間到底想找什麼？」

「我也不知道。」烏有坦然回答。「只是覺得應該來看一下。」

「那實際看過後的感想是？」

「至少能確定的是，這裡之前應該沒有住人。」

「這裡？」

村澤刻意誇張地大笑。

「你認為武藤二十年來都住在這裡嗎？真是天馬行空的想法啊。」

就像是犯了錯被全班同學嘲笑的學生，烏有一聲不響地等他笑完。與此同時也覺得村澤的發笑非常刻意。

「嗯，看也知道這裡很明顯沒有人住吧。」

「對……」

烏有有氣無力地回答。雖然一無所獲，但他本來就不抱期待，所以並不失望。反而比較擔心自己是不是太多事了……有點後悔堅持要來武藤的房間。

村澤拍拍烏有的肩膀。

「無妨，你也會有失誤的時候嘛。」

有點像是在哄小朋友的安慰。從他的語氣裡可以聽出放下心中大石的安心感。問題是，村澤為什麼原先會認為「烏有不會失誤」呢？烏有完全無法理解這句話的意圖。

感覺彼此的想法沒有交集，烏有便試著問他：

「我記得武藤先生有寫過小說？」

「啊，喔喔，對呀。」

村澤的神色又再次顯露警戒。

「這件事怎麼了嗎？」

「沒有，我只是有點好奇。聽說他對內容保密到家。」

說是這麼說，但也沒有抱太大希望。

「嗯，我記得他確實寫在筆記本上，但好像不在這個房間裡。大概是自殺前處理掉了吧。」

「請問是什麼樣的內容呢？」

烏有不敢提到「啟示錄」這三個字。

「那傢伙最愛搞神祕了，連我們也不給看，所以我也不知道。」

村澤說到這裡，一時閉起雙眼。

「……小柳可能會知道得比較多一點。因為他經常和武藤商量事情。」

派翠克神父嗎……武藤的人物側寫又變得模糊了。原本還以為他跟村澤比較相像，是那種精力充沛、學富五車的人物。但如果跟神父比較熟的話，就得修正對他的印象了。

＊

「你回來啦。好快啊。」

回到房間一推開門，原本將手肘撐在沙發扶手上的桐璃立刻正襟危坐，有如一尊麥森的瓷人偶㊼。

「真是不好意思啊。」

烏有假裝沒好氣地回答，而桐璃看著烏有，應了一聲「嗯」。烏有走上前，正準備要訓她一頓的時候，桐璃先發制人地開口了。
「你沒帶相機呢。」
烏有連忙在胸前一帶摸索，但什麼也沒摸到。
「你該不會忘了吧？」
有如瞄準旅人的疏忽發動攻擊的狼，桐璃不懷好意地明知故問。臉上還帶著促狹的笑意。
被她說中了。他完全忘了相機。平常以撰文為主，所以沒養成隨身攜帶相機的習慣，但說穿了這只是牽強的理由。這場搜查活動讓他忘了自己的職務，而是以個人的立場、被害人的立場、旁觀者的立場參與調查，而不是作為記者的身分。如果是記者的話，怎麼樣都該拍張照片的。
「真拿你沒辦法。」
給烏有下馬威、讓自己占上風無疑是桐璃的作戰策略。這次一拳擊中要害，讓烏有一句話也說不出來。
「我一直都跟村澤先生共同行動，哪有辦法拍照啊。」
烏有試圖反駁，但是就連自己也聽得出來，這個辯解太勉強了。
「話說回來，桐璃妳有記得拍照嗎？這位打工的攝影師小姐。」

㊼麥森瓷器（MEISSEN），發源於德國麥森、聞名全世界的瓷器品牌。以人物、動物為題材的瓷偶是該品牌旗下的代表性商品之一。

桐璃顯然就是在等他問這個問題，嫣然一笑，接著從肩背包拿出銀色的迷你相機。「鏘鏘！」這是一台佳能的NS相機。雖然是舊型的手動底片機，但是便宜，初學者也很容易操作。

「包在我身上。你瞧。」

桐璃得意洋洋地將相機舉到他面前。烏有想起桐璃去武藤房間的時候的確背著肩背包。雖不想承認，但也不得不承認，桐璃愛玩愛鬧之餘，或許比他還更冷靜、更從容也說不定。

「妳去爬山的時候不是還拿了我的相機去嗎？」

「因為這可是我自己的，弄壞就糟了。」

桐璃臉不紅、氣不喘地回答。將底片捲到底，小心翼翼地移到底片盒裡。

「這麼一來，名攝影師桐璃就誕生了。」

「名偵探兼名攝影師嗎。好忙啊妳。」

「哼。等回去把照片洗出來後，孤島的獵奇殺人事件就有衝擊性的照片了。這可是獨家新聞呢！」

她似乎已經想像到自己沐浴在鎂光燈下的模樣。

「光是拍到武藤房間的照片也沒用吧。會變成只是普通的到府訪問。」

烏有看著桐璃，想報一箭之仇，只見桐璃臉上浮現出令人不寒而慄的笑容。

「妳這丫頭，難不成……」烏有質問她。

「沒錯。我連圓形舞台和那具沒有頭的屍體都拍下來了。」桐璃隨手用手指輕輕彈了彈底片盒。「雖然有點可怕，但敬業精神還是打敗了恐懼。」

敬業精神啊……烏有現在欠缺的正是這股敬業精神與勇往直前的熱情。這兩樣推著桐璃往前走的東西偏偏就是烏有缺少的特質。即使都是基於好奇心，但也總比消極要好得多。

烏有放棄掙扎。

「知道了。接下來我不會瞞著妳調查。」

聽到這句話，桐璃心滿意足地點點頭。活像動畫裡的一休和尚與足利義滿將軍。烏有的角色就是永遠說不過一休的將軍。但烏有此時已經沒有力氣責怪桐璃自作主張了。

「所以妳有什麼收穫嗎？除了照片以外。」

烏有躺到床上。從早上，不，從昨天晚上起就繃緊了神經，好想休息一下。床墊那恰到好處的柔軟觸感包裹全身，令他不由得愛睏起來。

「在那個房間裡沒有任何發現。烏有～哥，你的樣子太邋遢了。」

「唯獨妳沒資格說我……話說回來，妳竟然這麼乾脆地離開啊。我還以為妳會再跟我們一起搜索一下。」

「因為……」桐璃忿忿不平地看著烏有。「還得考慮到你的立場吧。村澤先生也希望我離開吧。」

村澤自以為假裝得天衣無縫，其實都被看穿了。桐璃再怎麼粗線條，也感受到村澤對自己充滿戒心。別看她貌似漫不經心，其實她不像烏有那麼遲鈍。

「真聰明。」烏有毫不掩飾對她的肯定。

「你現在才發現嗎？別說我了，你又有什麼發現。既然冷戰已經結束了，你不覺得情報應該共享嗎？這是開放政策⑱。」

「開放政策啊。」

桐璃竟然會看報紙，還真令人驚訝啊。烏有同時也覺得很新鮮，掐頭去尾地交代這一個小時內發生的事。但唯獨跳過真鍋夫婦的過往。

「手槍被偷不就意味著接下來要發生槍戰嗎？」

「又不是在演西部片。阿帕契族和賈利．古柏也沒有要打過來。」

「那個叫什麼古柏的是誰？」

「以前的大明星。」

烏有在床上翻個身，改成俯臥的姿勢。放鬆關節後覺得好舒服。不過，提到槍戰就想到西部片確實有點過時也說不定。至少該舉史帝夫．麥昆或克林．伊斯威特為例才對，烏有這麼自我檢討。

「以下是我的猜測，水鏡先生會不會是頭部中彈，所以凶手才砍掉他的頭？這麼一來就很合理了。

「我不行了。」

烏有把臉埋在枕頭裡，以含糊不清的聲音回答。這不表示他不想聽桐璃推理，但是看在桐璃眼裡就是這樣。「你給我認真回答。」桐璃用盡全力搶走他的枕頭，還用枕頭砸了他的後腦勺好幾下。是烏有的錯覺嗎？感覺她下手很重。莫非是為了報復在武藤房裡的一箭之仇嗎。

「確實很合理。」烏有無意識之間模仿了小說裡偵探的口吻。「以前的推理小說曾有過因為刀子的形狀很特別、從傷口就能循線查出兇手是誰，才因此把頭砍掉的情節。但是以目前的情況來說，就算知道兇器是手槍也無所謂。因為手槍本來就是水鏡先生的東西。」

「……這樣啊。」

桐璃雖然任性，但並非不明事理。說不定還比烏有更聰明。這點從相機的事也看得出來，所以烏有經常會這麼想。

「那偷走手槍是為了繼續殺人嗎？」

桐璃以半是驚愕、半是好奇的語氣問道。烏有可不像她這麼輕鬆。若兇器是利刃或鈍器就還有機會自保；如果是手槍的話幾乎就無力抵抗了，只能坐以待斃。不知手槍現在到底在誰的手

㊽ Glasnost。蘇聯解體前最後一任領導人米哈伊爾·謝爾蓋耶維奇·戈巴契夫（Mikhail Sergeyevich Gorbachyov）的改革開放政策核心之一。

上，萬一對方要開槍殺人……沒有人能保證烏有和桐璃不會受到波及。但是告訴桐璃只會嚇到她，所以烏有猶豫該不該說。

「也可能只是拿來防身。吃午飯的時候大家都很害怕。尤其是村澤夫人和結城先生。」

「結城先生？可是那個人很可疑喔。」

「怎麼說？」

「我看到了。我要去武藤先生房間的時候，他正好從房裡出來。」

「……真的嗎。怎麼大家都想到一塊兒去了。」

烏有壓抑著內心的動搖回話。

「是嗎。但他的態度很鬼鬼祟祟耶。」

「潛入別人房間的時候哪個人不是鬼鬼祟祟的。」

烏有盡量在桐璃面前假裝平靜，但是已經在腦海中給結城打了一個叉，而且是個大大的叉。

7

烏有只睡了一個小時左右就醒過來。室內靜悄悄的，什麼事也沒有。要是截至目前發生的事都只是一場夢就好了，烏有抱著如孩童般天真的想法，坐起身來。時間大概已經過了四點吧。太陽都快下山了，在紅色的地毯上篩落了十字形的陰影。陽光與紅色纖維融為一體，光燦耀眼，看起來竟不可思議地協調。昨天明明還覺得很刺眼呢……烏有回想。明明是同樣的光線，看在昨天和今天的眼中卻完全不一樣，感覺截然不同。儘管不是什麼不可思議的事，但是一想到原因出在那起命案，便不由得羨慕起不為所動的大自然。

不經意地望向椅子那邊，桐璃正直勾勾地看著自己。她一直沒發出聲音，所以有好一會兒都沒察覺。桐璃身上穿著白色的洋裝，看來是換過衣服了。畢竟室溫已經回到夏天的溫度。

「妳一直待在這裡嗎？」

大概一直在觀察他的睡相吧。如此不設防令烏有感到無地自容。自己的睡相肯定很蠢。

「因為你睡得很熟。」

已經做好被恥笑「你的臉好好笑」的心理準備，沒想到竟換來正經八百的回答。桐璃嘎吱作響地轉動椅角，面向烏有。頭髮好像放下來了，飄逸地垂在肩上。

「所以我就沒叫醒你了。」

「被人盯著看實在不是一件愉快的事呢。」

「是中途睡著的烏有哥不好吧。」

他的記憶中斷在桐璃推理的過程中。依稀記得是斷在為什麼要把頭砍掉的地方。還有賈利・古柏什麼的。

「那還真是不好意思啊。」

或許是剛醒來，腦筋還沒開始運轉，烏有以睡眼惺忪的音調道歉。定睛一看，身著白衣的桐璃幾乎要融入白牆裡。活像是綠幕背景的合成影片，只看得見四肢和右手戴的銀色手環。這還是第一次看到她戴手環呢。不過她既然連海灘球都帶來了，就算有手環好像也沒什麼好驚訝的。

「不過這還真是不良的癖好呢。」

「就是說啊。」烏有笑得不當一回事。

「問你喔，和音小姐是個怎麼樣的人？」

烏有慢條斯理地坐起來，在腦海中反芻這句話的意思。過了好一會兒才明白她在問什麼，喃喃自語：「和音啊……」

但這也是烏有想問的問題。和音是什麼樣的人？武藤是什麼樣的人？水鏡是什麼樣的人？而他們……

「和音啊……」烏有又低語了一次。

「妳一直待在這裡就是為了問我這個問題嗎？」

「那倒不是，不過我確實想問。」

「我也不清楚耶。」

烏有聳聳肩。

「我從小就對偶像什麼的不感興趣，妳應該比我更懂那些人在想些什麼吧。妳不是成天嚷嚷著什麼香月哥、香月哥的嗎。」

「我才沒有。」桐璃不服氣地瞪著烏有。她大概是想知道和音在這種情況下的定位。與殺人脫不了關係的「和音」。桐璃大概也察覺到他們一口一聲，尤其是結城經常掛在嘴邊的「和音」這個名字的意義了。

「肯定具有非常迷人的個人魅力吧。還有神祕的氣質，就跟卑彌呼[49]一樣。」

「卑彌呼……嗎。既然如此，不就像是宗教那種感覺嗎。」

「宗教啊。」

烏有想一笑置之，但隨著這兩個字逐漸滲透到四肢百骸，表情反而僵在臉上。因為「宗教」這個詞彙太適合用來解開烏有的疑問了，適合到令人畏懼。

神父用神來形容和音。但那並不是一種「比喻」，對他們而言，和音就是神吧。他們根本就是信徒，而不是什麼狂熱者。蘊藏在他們言行舉止中的「某種東西」其實就是畏怖本身吧。然後這座島不就是他們的聖地嗎？

「怎麼了，烏有哥。」

---

[49] 在《魏志倭人傳》等中國古籍中也有留下記載的古代日本邪馬台國女王。相傳她以具有原始信仰與宗教意涵的鬼道統御國家。時至今日，關於她的出身與真面目依舊存在許多的傳承與論點。

「沒什麼。」

烏有決定暫時先按下不表。還沒有確定就不要隨便說出口。問題是該怎麼確定呢？他們會願意老實承認，然後全都告訴自己嗎？

「果然有什麼隱情吧？」

「住在一起一整年，肯定會發生許多矛盾吧。水鏡先生可能得罪了誰。只是很難相信竟然沒有馬上報仇，而是等了二十年才動手。不過……」

「不過？」

「為什麼會牽扯到和音呢。和音至今仍是那群人的中心。和音是如何直到現在都還和他們連結在一起的？這點令人百思不解。但他們確實很害怕。」

「果然還是得搞清楚和音是什麼人才行。可是……」

「嗯？」

「這跟她二十年前從觀景台掉進海裡有關嗎？」

「從觀景台……」

烏有就像個要喚醒靈感的藝術家，仰望天花板。有道理。他竟然沒有想到這點。還以為只是單純的意外。假設和音落海並不只是意外，而是裡頭有什麼內幕的話，或許就能解釋結城他們為何會那麼害怕了。也能解釋為什麼要把屍體搬到圓形舞台上。

「有道理。桐璃，妳真聰明啊。」

「是不是。」桐璃一臉得意。

感覺這十分鐘的對話都是桐璃在引導。拓寬烏有面前那條看似曖昧，但應該無誤的路。這一切都是桐璃的功勞，雖然她本人似乎還沒有意識到這點。

只是……仔細想想，這些應該都要由自己來思考才對。自己果然不適合當偵探啊。烏有再次體認到這點，頂多只能當當小林少年。

「看樣子，圓形舞台在這起事件中占有非常重要的位置呢。」

這個時候，烏有突然注意到一件事。

「妳去武藤的房間是因為想到這個嗎？」

「對。你不覺得怎麼想都很奇怪嗎？竟然把屍體放在那個圓形舞台上，就好像在對什麼復仇。」

「真了不起。」

烏有坦率地表示敬佩。看來桐璃反倒比他更能客觀地進行分析。

「但是就連本桐璃小姐也沒什麼自信呢。」

「我也沒有喔。」

「要跟大家問清楚嗎？」

烏有用嚴厲的眼神制止她。這樣只會刺激對方的神經。就像北風再怎麼呼嘯也無法讓旅人脫下大衣那樣。

「那，烏有哥去問？」

「妳覺得我問得出口嗎。」

「好像不行耶。烏有哥不喜歡跟人打交道吧。」

桐璃有些瞧不起人似地笑著。烏有確實只能當北風。不過，他也不覺得桐璃會是太陽。

「說穿了，我們只是不相干的外人，而且也不是警察。對方應該不會容許我們介入得太深。所以最好別再去找什麼犯人了。」

「瞧你說得一本正經，一副了不起的樣子。明明剛剛才去翻了真鍋夫婦的家。」

「那是村澤先生拜託我的。而且要是隨便插手，可能會遭受池魚之殃喔。」

萬一跟宗教有關，「桐璃＝和音」這個公式就愈來愈危險了。要是桐璃傻呼呼地到處抓著人問……等於是把羊丟進狼群裡。話雖如此，他也不想告訴桐璃這個公式。要是知道不光是衣服，就連長相都跟那幅被割破的畫很相像的話，她可能會嚇得不敢踏出房門一步。他可不想看到桐璃變成那樣。

「真沒勁。」

「這也沒辦法。畢竟我們只是來採訪同儕聚會的。怎麼會知道答應接受採訪的水鏡先生第一個就死掉了。」

「什麼第一個，別說得那麼可怕。烏有哥果然也認為這是連續殺人吧。」

「有嗎？」

不小心說出真心話了，烏有立刻恢復撲克臉。

「算啦。那我先回房去了。」

桐璃誇張地聳肩，丟下這句活像要回去自己家的話，就消失在房門口的另一頭。已經習慣她這種來去一陣風的行為了，所以烏有並不在意。只是覺得有點唐突。到底是那句話惹到她了？烏有想破頭也想不出來。

＊

撫平襯衫的皺摺後，烏有也走出房間。他爬上樓梯來到四樓，再繼續往更上面的屋頂前進。不是為了搜查，而是基於想眺望汪洋大海這般純粹的心情。如果看到寬廣的自然，或許就能排遣因為不斷往內收縮的隱隱作痛而無法平靜下來的煩惱。只要讓身體感受到夏天，就算只是暫時的，或許就能藉此淨化紛擾。

烏有沒有其他的依靠。當時，也就是十年前的那個夏天，他只能躲在母親背後膽怯地哭泣。

參加那場黑鴉鴉的葬禮的時候、承受那個青年妹妹視線的時候，他都一直抓著母親的衣襬。從此以後，烏有連朋友都不交了。直到幾年前，他都還相信自己可以一個人活下去。直到大學考試失利、自信及自尊都因此碎成粉末的那一刻為止。直到不再覺得努力的疲勞感其實很痛快的那一刻為止。

爬上扭曲的詭異樓梯，推開門，屋頂上已經有人了。那人握著低矮的扶手，望著大海。胸前的十字架在風的吹拂之下搖曳。

「神父。」

烏有出聲叫喚，派翠克神父回過頭，舉起一隻手打招呼：「呦。」感覺他好像並未受到不速之客的驚擾。

「你也來看海嗎？」

「是啊。」

烏有走到神父旁邊，同樣握住扶手，探出了身子。因為大宅不可思議的構造，屋頂（但最高的地方其實是從中央竄出的尖塔）並沒有多少平坦的部分。大宅是以立體的方塊構成，因此屋頂就像北非的要塞城市那樣有著高低起伏，再由幾個低矮的樓梯串連起來。神父站在東側，那裡是視野最開闊、可以悠閒眺望遠方的地方。

大海與天空交會在水平線。烏有無言地遠眺兩邊的藍色互相較勁、互相融合的界線。帶著圓弧、分開兩邊的水平線看來也像是烏有與非烏有的分界線。以前應該更加涇渭分明才對。但最近……就算只是暫時而已，讓兩個烏有出現一時交錯的太陽就是桐璃嗎？烏有想讓自己沐浴在海風之中，解開了襯衫的一顆鈕釦。

「我以前經常從這裡往外看。」

神父喃喃自語，聲音混在大水薙鳥的叫聲裡。

「看海嗎？」

「嗯嗯，跟過去沒什麼差別。」

與二十年前沒什麼差別。一如既往……來到這座島後，這句話每個人都講過好幾次，現在他竟然還能感受到新鮮感，真不可思議。是大海的關係嗎，還是受到天空的影響呢？烏有想了一下，隨即放棄思考。因為這麼一來無論如何都會追究那個部分、那個事實的根源。一旦開始思考，就會形成巨大的漩渦，無視外力與內力的均衡，硬生生地把烏有的注意力從宛如風景畫般協調的世界拽進現實的事件中心。這會害烏有從泡沫般的夢境中醒來，想起自己責無旁貸的義務。

「心情很平靜吧。」

「神父，有件事想跟你請教。」

可以想見，這樣肯定會破壞這種猶如從夢境殿堂眺望、像是箱庭般平靜安穩的空間。但這個問題又不能不問，就是剛才已經被桐璃挑起的疑惑。握住扶手的手在這時加重了勁道。

「和音到底是什麼樣的存在？大家為什麼要聚集在這裡？」

以烏有的作風來說，這個問題算是相當單刀直入了。神父一臉驚訝地看著烏有，隨即了然於心地點頭。

「你已經隱隱約約感覺到了吧。」

果然沒錯嗎。烏有更加確信了。

和音不只是「美」的象徵，還是神。一如電視新聞爭相報導的新興宗教信徒在深山或大樓一角舉行聚會，二十年前，他們聚集在這座島上，奉和音為神祇。並不是譬喻性質的「神」，而是真正的「神」。這座小島——和音島就是他們的聖地。這棟歪斜的建築物——和音館則是等同於聖彼得大教堂或吳哥窟那種以宗教色彩為基礎的聖殿。

烏有端正身子，慎重地詢問。既然內容敏感，就必須更小心翼翼。

「……可是，全世界或許只有我們這麼想、這麼認為……如同昨天也說過的，對我們而言，和音就是神。」

神父的眼神有如凝視著遙遠的過去，就像充滿清水的深井般靜謐。烏有也配合神父，靜靜地望向過去。黑尾鷗高亢的啼叫迴盪在海天一色間，彷彿正在回溯流逝的歲月。不一會兒，風停了下來，鳴叫聲戛然而止。

「當時我還是學生，正在追尋著某些事物。那個時候學生運動還很興盛，發生了七〇年的安保及沖繩鬥爭、反對越戰的抗爭等等，校舍裡貼著各式各樣的貼紙、林立著眼花撩亂的看板。還把桌椅堆起來蓋出城牆，占領校舍……」

神父娓娓道來，彷彿那是百年前的塵封過往。烏有只在電視上的紀錄片節目看過那些往事，無法在腦海中描繪正確的情景，但是能想像大致上的氛圍。

「只是，我無法接受他們的思想或方向性。雖然不覺得他們這麼做是錯的，但總覺得哪裡不對。從客觀的角度來看，美國確實過度干涉越南的內政，國家對教育管得太多也是事實。我並不認為他們以暴動的方式進行抗爭有什麼不對，只是跟我的調性不合。即便如此，我也不想參與以體育社團風格為主流、宛如右派的反動組織。我還曾經被親近的朋友——他也是城牆內的成員之一——指責我東拉西扯只是為了逃避現實。直到今天，我都不覺得自己是他說的那樣。如果是六〇年代就另當別論，但這時的學生運動只給我徒具形式的深刻印象。給人一股與社會脫節的封閉感……」

看在不知道那些過去的烏有眼中，他覺得神父的想法才是對的。但這或許是因為提到學生運動，就會想到內鬥及激進派的炸彈攻擊，負面印象過於強烈。烏有自己讀的大學裡，公布欄只有邀請大家加入社團的傳單，沒有留下半點學生運動的殘骸。

「說是這麼說，但我也不知道自己到底在追尋什麼。我沒有參與任何運動，只知道自己確實有所追求……這時，我遇見了武藤。」

「武藤先生嗎？」

「認識他以後，我發現了一件事。不，是他讓我發現到一件事。發現我追求的其實是『神』。」

……「神」啊。

「或許我本來就不適合當醫生。因為我之所以會學醫，說到底就只是為了繼承家業，那不過就是種被設定好的使命。」

他自嘲地淺淺一笑。

「可想而知，就讀醫學院的我某種程度上仍信奉科學萬能主義。相信人——人體與器官一樣都是由結構形成，具有其功能。否則醫生就無法對人體進行處理了。那麼單純去演繹的話，社會也全都是建立在唯物論上。只不過……畢竟我走的不是科學家之路，而是醫者之道，始終沒能跳脫生命是虛無縹緲且充滿神祕感，無論如何都無法完全用科學解釋的想法。」

「所以才走向神祕主義嗎？」

「怎麼可能。對我而言，『和音』並不是那種存在喔。」

神父鄭重地否認。

「命題極為簡單。無非是應該如何克服活得沒有意義、如何找到絕對的存在。神被科學抹煞，這個世界不需要神與科學這兩種相異的體系……至少在日本是如此。然而，由科學創造出來的替代神——馬克斯主義之類的意識形態在七〇年代的安保鬥爭中顯然喪失了絕對性。如果用絕對性這三個字來形容並不妥當的話，也可以換成依存性、信賴性。」

這只是大部分新興宗教用來招攬信徒的說詞……烏有是這麼想的。但神父平心靜氣地搖搖頭。

「不是那樣的。那樣只不過是換湯不換藥。就像中世紀的時候，不論是誰當上領土，即使在施政方面成為名君，但依舊是專制君主，並沒有改變。」

除非改變構造本身……是這個意思嗎？

「要如何在沒有『神』的時代復興『神』……現在回想起來或許會覺得愚不可及，可是我當時真的很煩惱。」

烏有在內心深處默默地表示同意。想也知道，他追求的並不是「神」。只是五年、十年後再回來看他現在想的這些，大概也會覺得愚不可及吧。只是即使知道事過境遷後便會覺得自己只是在自尋煩惱，就算已經有此預感，而且明知現在的自己既不成熟又天真，還是無法不自尋煩惱。

話是這麼說，真有所謂絕對的存在嗎？要是真的存在這種東西，烏有也會想要。

「本世紀是個不幸的時代。因為『神』被過於發達的科學給抹煞了。」

神父以不厭其煩的傳教態度搭配肢體語言，娓娓道來。

「科學原本就是一種神學。是一種透過內省向眾人證明『神』的手法。不只天選之人，希望所有人都能感受到『神』的存在。笛卡兒座標也是為了從理性的角度證明『神』——這個場合應為基督教的『神』——的存在、為了主張『神』賦予人的『我思故我在』具有其正當性的手段。古人試圖從科學的思考證明『神』的睿智，一心追求的結果，反而讓『神』的本身變得毫無意義。將所有屬於『神』的一切都換成科學用語，讓『神』只剩下在言語上、信仰上傳誦的意義。最後還搬出不確定性原理來給予致命一擊。這比拉普拉斯的惡魔[50]還更惡劣。因為這麼一來連世界的絕對性都將被破壞。讓人認為這個世界是在偶然的機率下擴散的世界……」

以擲骰子為例，假設骰子擲出六個數字的機率都是一樣的，其實一切都取決於擲骰子時的初期條件，像是抓住骰子的力道、哪一面朝上、使力的角度、空氣阻力、地面的硬度及摩擦係數等等。從機率的角度來看，這是一個絕對的世界。因為只要在完全相同的條件下擲骰子，不管擲幾次，應該都會擲出相同的數字才對。一般都認為擲骰子的機率為六分之一，但這只不過是因為無法完全掌握初期條件。

以此類推，世上根本沒有所謂的偶然，一切早就決定好了。凡事皆有原因，也都會產生必然的結果。人類自然無法例外。在人的思考是由大腦這種細胞組織去運作的大前提下，大腦和思考勢必會受到形成蛋白質等物質的原子影響而進行運作。所有的現象都是由原子中的電子激發、釋放的熱能產生作用的結果，因此無論我們的性格為何，我們之所以生氣、歡笑、哭泣，說穿了都是電子的激發及原子核的分裂、結合所致。倘若一切的物質早就決定好了預設值，那麼我們的誕生與猝不及防的死亡也都是必然的結果。

舉個淺顯的例子，不管是在路上掉了錢包、被菜刀切到手、感冒、還是烏有至今仍苟活於人世，全都不是偶然，而是久遠以前就由原子及基本粒子的排列組合決定好了。而且這個想法也能推演到未來，利用現在的條件決定好絕對的未來。唯有「拉普拉斯的惡魔」能夠知曉一切。可想而知，就連「神」也沒有介入的空間。但是在概念上，我們將拉普拉斯的惡魔視為所謂的「神」，認為神應該能知道一切、預見未來。

但是這種恆久不變的絕對性被海森堡[51]的不確定性原理推翻了。

簡單地說，所謂的不確定性原理是無法同時決定速度與位置的理論。在日常生活中覺得玄之又玄的現象，一旦提高到原子的層級，無論如何都免不了潛在的誤差。因此一旦限定位置，速度就會變得「曖昧」；一旦規定速度（例如速度0＝靜止不動）就無法精準地確定位置。換言之，一切都只能說是在當下的情況最有可能發生的現象。再繼續推演下去則會得出世間萬物皆建立於機緣巧合下的這種結果。

這也意味著過去無法規範人類未來的行動，另一方面，人類則必須付出只能猜測未來機率（就算是「神」也不例外）的代價。這個世界再也沒有所謂絕對的存在。一般人心中的「神」必須是凌駕於萬物之上的「絕對」存在才行，因此不確定性原理等於否定了「神」的存在。神父想

---

⑳法國數學家、物理學家、天文學家皮耶－西蒙．拉普拉斯（Pierre-Simon Laplace）提出的理論。意指若有人能完全掌握、解析在某一時刻所有原子的力學及物理狀態，就能知道宇宙的一切運作，包括過去與未來。

[51]維爾納．海森堡（Werner Heisenberg）。德國物理學家，量子力學的創始人之一。

表達的大概是這個意思吧。

「要怎麼把現在已經變得不科學的『神』變得科學呢？該怎麼在不否定科學的情況下創造出能克服科學的『神』，以及『神』的體系呢？」

科學上的「神」……烏有的腦海中不禁浮現出有如電腦怪物的東西。就像HAL-9000[52]那樣。

「有很多非科學的、超科學的、反科學上的『神』。但這些『神』解釋不了任何問題。真正的『神』應該能消除一切的矛盾才對……換句話說，該怎麼用科學的手續創造、規定『神』，就像遠古的創世那樣。聽起來可能很誇張，但既然『神』不願給我們天啟，我們就只能主動追求。」

「所以找到了嗎？」

肯定找到了吧。否則和音就不會存在了。神父似乎是要重組當時的思緒，輕輕地閉上雙眼，將手擱在額頭上說道：

「我們只有一個追求。那就是如何在這個由科學構成相對均等的世界上找到所謂的『絕對』。」

「你們在和音身上找到了絕對嗎？」

「是的。我們認定和音就是『神』。正確地說是『神』的象徵……從她身上，我們可以得到自己的『神』。」

神父以宛如正在哄嬰兒的聖母瑪麗亞那樣的慈愛眼神凝視烏有。眼裡盈滿了諄諄善誘、讓人身心安頓的光輝。

*

「話說回來，你知道立體主義嗎？」

這次換神父沒頭沒腦地問他。

「……那是一種出現於二十世紀初期的繪畫風格。」

「知道。」烏有回答。以畢卡索及布拉克[53]為代表，感覺像是把碎片蒐集起來再重新構成的畫，例如《亞維農的少女》。

「類似和音筆下的作品吧。掛在二樓那兩幅。」

「對，這麼說來，我們昨天也聊過呢。」

派翠克神父頻頻點頭，似是想起來了。「……那些畫是依照分析立體主義的方法畫的。」

神父又將手指輕輕地按在額頭上。

「分析立體主義是把傳統的三次元套到二次元的畫法。換句話說，是拒絕十九世紀前的遠近

---

[52] 英國科幻作家亞瑟．克拉克（Arthur C. Clarke）筆下作品《2001太空漫遊》（2001: A Space Odyssey）與其續作中的角色。

[53] 喬治．布拉克（Georges Braque）。法國畫家，與畢卡索同為立體主義的創始人。

法那種在畫布上重新構築三次元世界的方式，將經由時間軸交錯塑造出新物體的掌握過程，基於依時間順序產生不同視點的斷片來重新構築、呈現的畫法。」

不知是從哪邊而來的引述，還是已經講過無數次了，神父滔滔不絕地說了一大段。

「聽得懂嗎？」

烏有搖頭。突然聽到一堆艱深的詞彙，聽得懂才奇怪呢。雖說聽過立體主義，但知道的僅僅只是一些形式上的東西，沒有任何建立於理論上的知識。姑且先不提剛才的物理講座，但是關於繪畫的理論，高中只教過單點透視、雙點透視的遠近法之類的內容，而且考試也不會考，所以烏有從未認真聽講，頂多只懂一些皮毛。

「這樣啊……舉個例子，你見到我的時候，應該也會在腦海裡預想我的背後是什麼樣子。雖然從你現在的位置看不到，可是當你改變位置，移動到我身後，也看到我的背部之後，我這個人的形象就完整了。」

接著，神父整個人向後轉，露出嬌小的背影。

「從某個角度擷取那一瞬間的風景……這是以傳統的遠近法來表現的繪畫。一般的風景畫或人物畫皆受到遠近法的支配，來構成立體的畫面。」

烏有也知道遠近法就是把遠處的物體畫得小一點或把立方體的大樓畫成菱形之類的畫法。

「但即使能想像我的背後，根據這種行之有年的傳統遠近法也畫不出來。」

神父再度將正面轉過來。

「立體主義因此應運而生。如何將我們掌握、認知事物的過程，以及從以上過程得到的認知呈現在二次元的畫布上……當然，靠傳統的手法無法描繪出正確的結果，頂多只能畫出一個面向。」

「如果是立體主義就能辦到嗎？」

鳥有鑑賞畫作時從未想過遠近法之類的艱澀原理，這或許是很有趣的觀點。但他可不認為那幅有如彩繪玻璃碎片的作品有描繪出哪個人的背後。

「沒錯。因為立體主義正是遵循認知科學的實踐過程，亦即近代科學的勝利所帶來的藝術。」

這句話很重要嗎？看神父說得一副意味深長的樣子。

「科學帶來的藝術？」

「沒錯。藝術為了超越二十世紀這個時代的框架，必須加入同時代的科學。這是因為如果不能克服科學這把萬能的尺、如果無視科學而倒退，藝術就會失去之所以作為藝術的根本上意義……當然，我不認為畢卡索或布拉克打從一開始就是以這個目的在作畫，大概是背負著時代使命的天才特有的直覺吧。但這無疑是對背離科學、一味耽溺於浪漫主義的十九世紀繪畫的反省。」

「你說要加入科學……具體而言是什麼意思？」

鳥有只能模糊地理解，但還是配合對方的話題來提問。

「捨棄歐幾里得幾何學的遠近法與限縮相對論所帶來的認知。與實際存在的思想相互作用，當時唯一能確定的便是『物體』的連續性與相對性。」

神父顯然是刻意用上「當時」這個字眼。因為現在經由超弦理論[54]已經證明時間與空間很可能是不連貫的……當然是以狹義的觀念來說。

「『物體』只能存在於與他物，或者是跟過去、現在、未來的自己之間的相關。以前的畫家利用遠近法描繪的作品與照片無異，只能擷取某一瞬間。並沒有時間這個第四個概念，仍停留在三次元。但實際上時間與『存在』息息相關。大家對物體的認識是透過與光速有關的時間以及其流動，差異就存在於時間與逐漸開展的空間彼此的關連性之中。」

派翠克神父說到這裡停頓了半晌，伸出舌頭潤了潤唇瓣，繼續進行難懂的講座。

「無論是風景畫、肖像畫、還是靜物畫，以前的畫都沒有描繪出物的本身。這是因為沒有加入時間的觀念。一旦漠視時間的觀念，就描繪不出所謂的真實。真實存在於空間與時間的相互關係之中，當物隨著時間的經過以及視角的移動具備了屬性，方能成為『物體』。」

神父難道真以為烏有能跟得上講座嗎？就算寫下來給他看，他肯定也只會看得一頭霧水……但烏有並不認為神父會愚昧到沒發現自己跟不上。神父該不會是想藉由口若懸河的說明，讓烏有更難理解吧。

「如果是三次元的雕刻，觀眾鑑賞時會移動視角，所以問題相對比較少，但如果想利用二次元的畫布來展現，就必須讓對象物同時出現在同一個平面上。本來根據不確定性原理，是不可能同時決定時間、動作還有位置的……傳統的遠近法在默認不可能的同時又想巧妙地進行隱藏，不過只是一種欺瞞的手段。過去的畫家即使試著從印象派的角度切入，也多半是盲從簡單的方法。但我們現在需要的是適用於二十世紀的新遠近法，以作為表現真實的工具。」

「你認為那就是立體主義嗎？」

「當然以純粹的、科學的角度來表達，確實還存在其他機械化的方法也說不定。像是製作得非常精細的立體CG動畫。但光是這樣還不夠。既然是繪畫，在具備科學性的同時，也不能少了藝術性。不光是情報，還必須具備能承擔起鑑賞的知性創造才行。」

這點烏有也能理解。因為真要說到最正確的風景畫、或最能達成目的的肖像畫，其實並不是繪畫的形式，而是照片。從某個角度來說，攝影技術的發達不也迫使繪畫必須轉換方向嗎。比起呈現物體的外觀，對繪畫來說更重要的是作為手段，表現出潛藏在內部深處的本質。

「畢卡索他們選擇的方法是描繪過程，而非結果。配合認知的過程漸次開展每個瞬間的碎片，整合讓世界產生變化的各種關係。當然，每個人的認知都極為主觀。然而隨著過程、視角的移動，同時顯示好幾個面以後，立體主義者們便得以創造出新的遠近法。立體主義繪畫細緻裁斷

---

⑭認為將物質不斷分割，最後會得到非常小的「基本粒子」，它們都是由極小的「弦」構成。亦即世間萬物皆是「弦」的集合體。

的碎片是一個個移動的視角，畫布則彙集各種不同的視角，顯示出物體經過整合的真實模樣。這就是所謂的『展開』。

畢卡索在側臉上描繪出理應位於背面的半張臉或另一隻眼睛就是一個例子。同時將兩個角度呈現於同一平面是很樸素的手法，只需要用兩條時間軸就能構成一幅畫。分析立體主義全盛期的作品則更加複雜。伴隨視角往周圍『展開』的過程中逐漸趨緩的解放，賦予相鄰的碎片微乎其微的差異，讓人陷入彷彿帶來了外延的深度與包圍的錯覺，上述錯覺會讓人隨時意識到關係的『擾動』性，持續相互調整中心物與周圍的空間，建立起一個世界＝這個世界。」

——自白認識對象物的過程。這就是所謂的「展開」嗎？而所謂的「擾動」大概是「展開」必然會造成被要求展開的各斷面參差交錯所帶來的副作用，而非「展開」的主要作用。以行駛中的火車為例，假設直線前進的運動為「展開」，那麼隨之而來的左右搖晃即為「擾動」。烏有以貧瘠的物理知識勉強理解了這句話的意思。可想而知，也沒有人能保證烏有理解的意思與神父說的意思一致……

只不過與火車的例子不同的地方在於，對火車來說沒有用的左右搖晃這種「擾動」，換成立體主義的場合卻是掌握關鍵、甚至還可能是創造世界時至關重要的因素。

「……我好像有點懂了。但，為什麼要提到立體主義？」

派翠克神父愉快地瞇細了圓圓的眼睛。

「你沒發現嗎？和音館本身就是由分析立體主義所構成的呀。」

烏有聞言低頭看向自己的腳邊，再環顧四周，然後是更外圍的四周。透過神父口中所謂的「展開」的視角。

「這棟建築物就是『展開』的成果。你來的時候應該也充滿疑問吧，和音館奇妙的形狀是在立體、平面、立體重新架構的過程中經過扭曲後的結果喔。為了顯現真實。」

「真實嗎……」

什麼是真實？一邊說和音這個「神」＝「真實之源」確實存在、一邊又說科學的真實也確實存在。而且還是同一時間從同一個人的嘴裡說出這兩種理應互不相容的真實。烏有不由得懷疑神父是不是在尋他開心。

這時，烏有腳下突然失去穩定性，原本穩固的地盤頓時消失。大水薙鳥鳴啼，天空也開始搖晃。地震——上島之後已經發生過好幾次地震了。整座和音館劇烈搖晃，烏有本人也跟著劇烈晃動。待在屋頂上也讓震動的感覺更加強烈，要是沒有抓住扶手的話，可能早就翻過欄杆、摔向地面了。烏有趕緊蹲下，倚靠著欄杆，靜靜等待地震過去。

他揚起頭，看到神父也蹲在地上，正以處變不驚的表情看著自己。臉上浮現隱隱的笑意……烏有撇開視線，望向大海。好像整座島都在搖晃，又像是以島為中心發生的地震，海上的波紋畫著同心圓往外擴散。由汪洋大海發力形成的同心圓持續向外擴散，直至消失於水平線的盡頭。

地震搖了十秒左右即告一段落，海面也恢復平靜。

「或許是和音在警告我，不准再繼續說下去了。」

問題在於他是在說？還是在騙？烏有還來不及思考，神父就自顧自地站起來，背過身去，準備要下樓。烏有還不敢放開扶手，丈二金剛摸不著頭腦地望著他那黑色的長袍。這時他突然想到一件事，就對著神父說道：

「……最後想再請教一個問題。既然如此，你為什麼要皈依基督呢？」

心想他大概不會回答，但神父停下腳步，回過頭來，帶著笑容告訴烏有：

「因為我過去做錯了。」

這個答案實在太簡單，似乎沒有任何隱情。簡潔到連奧古斯丁的懺悔[55]都難以望其項背的地步。反倒讓烏有感到更糊塗了。

8

——鋼琴聲。

忍不住回過頭去。旋律從走廊那裡傳來。因為門開著，所以連客廳也聽得見。吃完晚飯後，烏有獨自在客廳休息。一方面是想看今天早上那場降雪的續報、另一方面也是因為待在房裡會胡思亂想，所以想分散注意力。看了電視，心情稍微放鬆了一點。不知該說幸還是不幸，烏有現在有多到用不完的時間。相反地，思緒倒是一下子就卡住。

事到如今也不用再懷疑這件事有扯上什麼新興宗教的陰謀。既然神父都否認了，想必沒錯。問題是不知道接下來還能再從什麼角度切入，也不知道與和音有什麼關係。如果不曉得接下來會發生什麼事，想應對也無從應對。結果烏有只能繼續處於被動的位置。這個問題很敏感，所以也不能隨便亂問。神父說是那樣說，但現在應該還是有人是和音的信徒，例如結城。至少引起這場犯罪的人應該還是信奉和音的。

烏有懷疑神父。與其說是懷疑，不如說是覺得他怪怪的。至今還是不懂他出的謎題是什麼意思。吃飯的時候，烏有也一直在思考這件事。為什麼會突然提到立體主義呢？只是心血來潮嗎？實在掌握不到他的用意。

如果任憑自己繼續胡思亂想下去，不知不覺就會潛入自己的內心世界。十年前目睹的屍體就會跳出來看著自己，以滿是鮮血的臉指控自己是殺人凶手。明明是在思考水鏡的案件，一旦鬆懈，就會一直想著以前的事。回過神來，他戰戰兢兢地望向自己的手，再次感受到當時的心靈創傷有

㊺天主教聖人聖奧古斯丁（Aurelius Augustinus）著有《懺悔錄》（Confessiones）共十三卷。為古代拉丁文學的經典名著，於宗教、思想等層面對後世的文化帶來深遠的影響。

多麼深。這次的命案讓一切都浮上了水面。

……自己做的事對外真的有意義嗎？大考失利導致十年來的努力付諸流水，如今連目的都失去了，有如蟬蛻。他並不是受到和音教的影響，但還是一再地反思自己是不是成了行屍走肉。他渴望一個出口來宣洩滿肚子的牢騷、渴望一個能夠從走投無路的未來逃脫的孔洞。

就在烏有雙眼無神地在昏暗的客廳裡看電視時，聽見了鋼琴的旋律。並不是很悅耳的旋律，但也不是搖滾樂或重金屬那種震耳欲聾的快節奏。當然也並非爵士樂或流行樂。感覺荒腔走板，每個音符都不相關。節奏也忽快忽慢的，簡直像是貓從琴鍵上踩過那樣。但旋律並不散漫，感覺隱約受到知性的駕馭，給人一股冷冰冰的感覺。

「我記得……」

和音曾經在圓形舞台上演唱魏本的藝術歌曲。這也是那種曲子嗎？以古典音樂而言，旋律太硬了，但如果是魏本或荀貝格的音樂，倒也不是不可能。不知是不是在很遠的地方彈，傳到耳邊的音色很微弱。烏有靠在沙發上側耳傾聽，不一會兒，琴聲就消失了。沒有任何氣勢磅礡的高潮，也不是漸弱，而是突兀地戛然而止。就像正在練琴的人彈到一半不想彈，就這麼跑掉了。

是誰在彈琴？演奏結束好一會兒，烏有才開始思考這個問題。他大受感動，沉浸在餘韻裡。即使是沒有旋律的旋律，一路聽下來仍鼓舞了荒廢的心靈。更重要的是，現在居然還有人有那個閒情逸致彈鋼琴。這棟房子很大，別說是鋼琴，就算有間音樂室也不稀奇。在這種情況下，能以平常心來彈鋼琴反而顯得很不正常。至少彈的人沒把異常放在心上……也就是說，那個人很可能就是異常的原因。

烏有忽然想到歌曲的結構。之前都沒有意識到，但和音唱歌時應該有伴奏。不可能搞到交響樂那麼大的編制，所以大概是以鋼琴伴奏。換句話說，二十年前的和音島上有個彈鋼琴的人。

因為沒有必要著急，烏有繼續坐在沙發上。明天再問問村澤就好了。夜已深，最好不要再探索未知的房間。雖然應該不會受到攻擊，但大概會被懷疑吧。而且直覺告訴他，就算現在找到音樂室，那個人應該也已經離開了。

放棄後，他打算回去房間，於是走進大廳。神父說這棟房子的歪斜是由立體主義構成。從一樓的大廳中央往上看，確實覺得這也不無可能。螺旋狀迴旋上升的樓梯以直達圓頂天花板的氣勢、持續不斷地往上攀升。彷彿要戳進天上的中心。神父說這是新的遠近法，但是有意識地觀察樓梯及其附屬建物時，看起來又都是一樣的大小，距離感也都相同。換句話說，從一樓這個位置環顧大廳時，到四樓樓梯那邊看起來也跟連接一樓與二樓的樓梯是相同的形狀。當然，如果要製造這樣的視覺效果，實際的形狀也必須歪斜才行。尤其是天花板及四樓等距離較遠的地方。烏有爬樓梯時感到的不穩、不對勁就是來自這裡。因為形狀看起來是對的，所以至今都不曾注意到。

烏有對這種有如錯視圖的技巧略感佩服。之所以只是「略感」佩服，是因為烏有本人扭曲的性格阻礙了他對自己目前陷入的狀況率真地抱持感動。

但仔細端詳，可以感受到大廳中央也產生微微的歪斜。大概是因為這個地方不是固定在原本畫布上的視角。這棟大宅肯定有某處是可以藉由立體主義的新遠近法整合的地方。烏有很想知道那個場所在哪裡。是四樓那個隱密的和音房間嗎？

……雖然沒把握，但烏有認為自己猜得沒錯。

這時，樓梯傳來緩緩下樓的腳步聲。因為隔著地毯，所以腳步聲並不大，但確實正在慢慢靠近。腳步聲的主人在右側的牆壁上篩落了大大的陰影。

是村澤夫人——烏有下意識躲進走廊角落。夫人踮著腳尖，踩著虛浮的腳步下樓，穿過大廳，走向中庭。是喪服的概念嗎？她身上穿著與肖像畫中的和音如出一轍的黑衣。側臉十分茫然，不禁讓人擔心起她的精神狀態，也猶豫是不是能放著她不管。感覺村澤夫人心中正燃燒著虛無的熊熊烈焰。

晚餐時，夫人的精神狀態也稱不上穩定。臉上掛著怯生生的表情，吃著自己做的千草燒[56]。這也有點像是犯罪者身上經常會出現的那種被逼入絕境的狀態。當然，他也不會只因為這樣就懷疑夫人。

因為烏有覺得能創造出現在這種情況的人物是擁有強韌的精神、能掌握一切的人。餐桌上，夫人幾乎只跟結城聊天，完全不跟丈夫村澤說話。村澤也不敢主動開口，獨自沉浸在自己的思緒裡用餐。看樣子他滿腦子都是這起命案的事，已經顧不上自己的妻子了。

烏有躲在落地窗的窗簾後面偷偷地觀察夫人。多虧月明星稀，即使有段距離，也能清楚看見夫人的一舉一動。只見尚美搖搖晃晃地慢慢走到圓形舞台邊，倏地停下腳步，站在白砂上動也不動，似乎是在遲疑要不要爬上舞台。既未左顧右盼，也不像是在等人，只是目不轉睛地盯著原本水鏡屍體所在的地方。月光照亮了尚美困惑的表情。

不一會兒，尚美繼續往前走，爬上了舞台。在屋頂的掩護下，黑衣與黑暗融為一體，從客廳這邊已經看不清楚了。烏有心急如焚，屏氣凝神地注視幽暗的圓形舞台。或許是眼睛習慣了黑暗，輪廓也漸漸地浮現出來。儘管昏暗不明，還是能隱約地看見尚美正在跳舞。無從分辨是日本舞蹈還是西洋舞蹈。只見她專心致志地在圓形舞台的中央翩然起舞。在夜涼如水的環境中高舉雙手、彎曲身體、旋轉、跳躍、踮起腳尖、大大地伸展身體……烏有猛然想起和音以前也曾經在那個舞台上跳過舞。夫人難道是在模仿她嗎？但這又是為了什麼？

到後來，視線已經追不上了，夫人的身影消失在黑暗中，有如被黑暗抹去。等到夫人再次出現，人已經不在舞台、而是去到後面的觀景台那邊。因為沒有屋頂的遮蔽，所以直接沐浴在月光下。不知是否跳累了，夫人微微喘息。或許是想看海吧，她的手擱在欄杆上。是為了要往下看嗎，只見夫人踮起腳尖，身體有一大部分探出了欄杆，腳跟已經離開大理石地板。

---

⑯一種日式烘蛋，在打散的蛋液裡加入各種切碎的食材下去煎的料理。彷彿加入千種食材，故稱千草。

……該不會要跳下去吧？

在不安的驅使下，烏有直覺反應就想打開落地窗衝出去。就算這個女人與烏有一點關係都沒有，他也不能眼睜睜地看她跳海。然而正要打開落地窗時，有人從背後用力抓住他的肩膀、把他給拉了回去。因為用力過猛，烏有的背還直接撞上對方的胸口。是凶手嗎？烏有嚇得全身僵硬。回頭一看，結果是村澤。

「村澤先生？」

「不要緊的。」

村澤以嚴肅的表情回答。但他的嚴肅並不是針對烏有，而是自己的妻子。

「可是，太危險了……」

他像是為了不被妻子察覺那樣壓低音量說話，但也因此欠缺魄力，不過村澤還是以堅定的眼神凝視著烏有，不由分說地再重複一遍：「不要緊。」

「……你一直在看著嗎？」

「嗯。」村澤點頭。所以說，他也知道烏有在偷看夫人跳舞了。烏有突然覺得自己的行為很要不得。所幸村澤並未追究。

「由她去吧。」村澤低眉斂眼，緩緩搖頭。從他的表情可以看出，看到尚美難以理解的舉動或尚美難以理解的舉動被別人看到，都令他苦不堪言。

「……這是怎麼回事。」
「她只是情緒上來了。」
「可是她突然跳起舞來，現在又……」
「這也沒辦法。是和音。是和音讓她這麼做的。」
「和音……怎麼說？」
當他們在此各執一詞時，夫人可能隨時都會縱身往大海一躍。因為尚美的上半身已經完全彎了下去，腦袋的位置還比腰部更低。烏有的視線自然而然地望向觀景台。
「別擔心。尚美不會自己跳下去。」
那一瞬間，烏有懷疑村澤是否正期待自己的妻子墜海。期待這個一顆心逐漸背離自己的妻子就這樣……或許是從烏有的表情看出他的疑慮，村澤嘆了一口氣。
「好吧。我去阻止她。這總行了吧。」
烏有沒回答。打算以不否定來表示肯定的意思。
「……真拿她沒辦法。」
走進中庭時，村澤絮絮叨叨地喟嘆不已。在銀白色的月光下，他的臉因苦惱而扭曲。
「……誰叫我們殺了和音……在那個圓形舞台上。」
這是俯首認罪嗎？還是一種悔恨的比喻？又或者是月光令他一時陷入了瘋狂？烏有不敢問。

倘若他說的是實話，表示他們殺了「神」。村澤的主詞不是「我」，而是「我們」。「我們」是指誰跟誰呢？村澤、尚美、還有……

烏有感覺全身的寒毛都豎了起來。萬一他們殺死和音這個「神」，那水鏡把他們找來，難道是為了揭發他們的罪狀嗎？

然後……烏有光是想像就覺得毛骨悚然。「猶大」不見得會因為後悔而自殺。

「我先離開了。」

烏有對著圓形舞台那邊的尚美與村澤輕聲低語，逃也似地離開客廳。

*

在三樓的走廊上與結城不期而遇時，烏有忍不住詛咒自己的不走運。他只想快點回房，然後仔細地重新整理剛才目睹的那一幕。

「你還在搜查啊。」

結城語帶譏嘲地靠了過來。撲鼻而來的是酒臭味，這個人今天一整天都在喝酒吧。不過他既沒有紅著一張臉，口齒也很清晰，所以如果不是渾身散發著酒氣，看起來就跟沒喝一樣。看來他的酒量應該很好吧。

「沒有。我在樓下看電視。」

烏有說完就後悔了。萬一結城去客廳，就會與村澤夫婦碰個正著。這可不是烏有喜聞樂見的狀況。村澤大概會以為烏有向結城打小報告，而結城則是可能誤會烏有又跟村澤沆瀣一氣，而且這次連夫人都加入戰局。烏有的立場愈來愈不利了。

「結城先生。你剛才有聽見鋼琴聲嗎？」

為了爭取時間，烏有連忙接著問道。

「沒有……有人在彈鋼琴嗎？」

「有啊，大約二十分鐘前。不過聲音很小。」

「我沒聽見。最近耳朵好像不太靈光。」

結城笑著說。他看起來比烏有健康多了，體格也很壯碩，所以這句話聽起來很像玩笑話。但他看起來也不像是在說謊。要是關上門的話，或許真的就聽不見了。為了絆住他，烏有繼續找話題說下去。

「這麼說來，我聽說和音小姐以前曾在那座圓形舞台上唱歌。」

「嗯，對呀。」

結城的聲線明顯變得緊繃。

「怎麼了嗎？」

「當時是誰彈鋼琴幫她伴奏的？」

「伴奏。哦，是武藤啊。」

結城不以為意地回答。看來這並不是需要警戒的問題。

「是武藤先生啊。」

烏有的音量略微降低了一些，看在結城眼中或許是一種失望的表現。只見他意外地睜大雙眼。

「咦，你白天還在說武藤可能沒死，現在已經捨棄那個想法了嗎？」

「倒也不是。只是好奇……如果大家都在聽和音唱歌，那麼是誰為她伴奏。」

烏有無法好好說明內心不著邊際的疑惑，因此語氣變得有些不太自然。結城似乎用了自己的方式幫他解釋。

「原來如此。所以你以為剛才是和音在彈鋼琴嗎。」

「倒也不是。」

「嗯，算了。總之和音確實也會彈琴。和音多才多藝呢……不過，你最好拋開這種想法……因為和音二十年前就死了。」

與其說是忠告，不如說是為了說服自己。冷冰冰的語氣帶了點威脅的意味，強迫烏有接受自己的意見。如果是一小時前的烏有，或許會乖乖聽話，以免引火上身。但烏有剛從村澤口中聽見意外的自白。倘若結城也是殺害和音的凶手……烏有可不能坐視不理。哪怕要繞個大圈子，也想問出些什麼。

「還有其他人會彈鋼琴嗎？」

「沒有了。大概沒有。如果是這二十年來學會彈琴就另當別論了。聽說水鏡先生小時候也學過琴，但是因為半身不遂的關係，已經不可能再踩踏板了。尚美也……大概不會吧。至少我從來沒看過她彈琴。」

結城仰望天花板。走廊的天花板是以黃色的刺繡在布面描繪出圖案。描繪在中央的女性背部由西往東漸次延伸。是一幅示意少女逐漸長大成人的作品。看似訴說著「和音」的歷史。有點像是裝飾於教堂的耶穌宗教畫的連作。這麼說來，結城難道會是畫在角落的信眾之一嗎。

結城突然換上真摯的表情。

「話說我有件事想問問。正打算去房間找你呢。」

有事想問？烏有收回疑惑的眼神，以免打草驚蛇，慎重地回應：「什麼事？」

結城往四周看了好幾次，才壓低聲音說：

「可以老實告訴我嗎……你和舞奈小姐認識多久了？」

「我和桐璃嗎？……為什麼這麼問，桐璃她怎麼了嗎？」

「不。沒有任何問題。我只是想問一下。」

見烏有皺起眉頭、目光凌厲，結城支吾其詞地拱起背。

「……一年左右吧。」

「一年啊……」結城稍微想了一下。

「那個，舞奈小姐現在十七歲吧。」

「對……可以告訴我嗎，你到底想知道什麼？」

「沒什麼……所以，她的父母呢？」

「還健在。桐璃是非常普通的高中生。你到底想問什麼……結城先生。」

「我不是說沒什麼嗎。而且你不是和村澤站在同一邊嗎。」

可是烏有才不會如此善罷甘休。

「如果你懷疑桐璃，那我只能說你完全搞錯對象了。」

「我沒有懷疑她。」

結城冷淡地回答。看來他確實對桐璃心存疑慮。但目前還無法判斷他對桐璃懷疑到什麼程度。懷疑她是殺人及種種騷動的執行者，還是始作俑者；是主要原因，還是目的；又或者是以「神」為名……從前所未有的嚴肅語氣可以聽出，他正在思考桐璃與和音之間的關係。要說必然也是必然的結果，但如果中間夾雜著錯誤且危險的認知，為了解釋出個所以然來，可能會不管三七二十一地將桐璃捲入事件的漩渦，而且是最動盪不安的漩渦中心。

「你一定誤會了什麼。」
結城對烏有說的話置若罔聞，平靜地轉移話題。
「對了，你有看到尚美嗎？」
「沒有。」
「那村澤呢？我也有點事想問他。」
「也沒有，我沒看到他們。沒有在房間裡嗎？」
烏有撒了謊。

＊

推開桐璃的房門，她正盤腿坐在床上聽隨身聽。發現烏有來了，便摘下右耳的耳機。烏有原想問她有沒有聽見琴聲，隨即打消念頭。既然她在聽隨身聽，肯定聽不見琴聲吧。貌似才剛洗過澡，桐璃穿著T恤，漆黑如瀑的長髮濕漉漉地披散在肩口。就連耳機的黑色線材也沾了幾滴水。臉頰紅通通的。
「怎麼啦？」
或許是還在聽著隨身聽，桐璃的音量有點大。烏有伸出食指抵住嘴唇。桐璃看了放在桌上的時鐘一眼，便扭扭捏捏地坐好。熱褲底下露出膚白似雪、又細又長的腿。

「嚇死人了，突然就這樣闖進來。」

「抱歉。」自覺失禮，烏有不禁無言以對。

「妳在聽什麼啊？」

「X[57]。上次不是拷貝了一份給你嗎？」

烏有應該只聽過一次，就收進收屜裡了。

「我只帶了三捲錄音帶來，所以只能反覆聽同樣的歌。像是《Jealousy》都已經聽到第五遍了。你要聽嗎？」

桐璃遞出右邊的耳機，但烏有婉拒了。他沒有心情聽音樂。

「要是房裡也有電視就好了。」

「別要求那麼多。又不是飯店。妳不是還帶了幾本雜誌來嗎？」

「那些雜誌我昨天就已經全部看完了。」

桌上隨意擱著三本封面走紅色系、顏色鮮豔的的時尚雜誌。

「而且太安靜了，反而沒心情看雜誌。」

「那不如來思考密室之謎吧。妳不想玩偵探遊戲了嗎？」

烏有不動聲色地試著誘導。

「怎麼可能！」桐璃一骨碌地抬起頭來。濕髮從兩邊肩膀滑落。「我一直都在思考喔。你明天該不會也打算瞞著我去當偵探吧。」

「倘若村澤先生再約我，這次我一定會記得帶上妳。」

「那個人討厭我。話說回來，烏有～哥你一個人的時候什麼都不做嗎？」

「我不想引人注意。」

這是實話。烏有無論如何都不想引人注意。不是本身的性格如此，而是烏有深知他們大概不樂見自己做出引人注意的舉動。對這群人而言，烏有是異類（當然桐璃也是），「多管閒事」的行為只會招致反感。連續劇或小說裡的偵探和刑警總是被嫌犯當成眼中釘。要是明知這樣還敢多管閒事，無非是因為背後牽扯到名聲或國家權力。但是此時此刻的烏有既沒有解開謎團的義務，也沒有責任或特權。

「我們晃來晃去對他們來說十分礙眼。如果是推理小說的場合，一個人獨自到處打探消息的傢伙一定會被殺掉的。」

「你說你不看推理小說，可是說得還挺內行的嘛。」

「只要看過兩、三本，基本上就有概念了。所以桐璃妳也要小心。」

㊼X JAPAN。聞名世界的日本天團級視覺系搖滾樂團。早期曾以「X」為團名活動，一九九二年更名為X JAPAN。粉絲也會以「X」來稱呼他們。

但桐璃只是不滿地噘著嘴。一點也沒有要接受忠告的意思。早就料到她肯定不會乖乖聽話，所以烏有既沒有感到煩躁，也不覺得失望。

「……欸，桐璃。」

「啊？」

「妳知道立體主義嗎？」

桐璃一臉茫然地搖頭。

「那是什麼。一種新的魔術方塊嗎？」

「不是啦。」

意料之外的反應令烏有安心不少。不知是因為琴聲還是結城說過的話，烏有也快要分不清楚和音與桐璃了。

「那是一種繪畫風格。在歷史上非常有名。」

「我沒聽過。真的很有名嗎？女高中生一定要知道嗎？」

桐璃試圖正當化自己的無知。烏有在內心呢喃著「不用，或許不知道還比較好」。

「啊，你瞧不起我對吧！」敏銳的桐璃大聲抗議。「明明烏有～哥也不清楚，只是比我虛長幾歲，卻動不動就看不起我。」

桐璃橫眉豎眼地發了好大一頓脾氣後，人好像累了，就這麼安靜下來。還以為她終於消氣了，但桐璃這次卻畫風丕變地說：

「這棟宅子裡有殺人魔呢。」

桐璃喃喃自語。這或許是冷靜過頭的反作用力吧。

「妳害怕嗎？」

「怎麼可能。我不是這個意思。」

「別擔心……我一定會保護妳。」

「你在說什麼啊，還一定咧。就說我不是這個意思了。」

桐璃哈哈大笑，露出潔白的牙齒。自己可是認真的呢……烏有失落至極。

「你在鬧什麼彆扭啊。」

桐璃似乎以為自己在鬧彆扭。烏有勉強打起精神來。

「笨蛋！誰鬧彆扭了。」

烏有刻意加強語氣，但聽在自己耳中只覺得軟弱無力。或許內心真的在鬧彆扭，只是自己沒發現罷了。無可奈何之下，烏有起身打算離開。

「你不是有事才來找我嗎？」

「沒有，沒事。」

「你好奇怪喔……」桐璃伸長細細的脖子，直勾勾地盯著烏有的臉。彷彿要汲取他現在這張面具後面流露的情緒。

「你是不是有什麼事瞞著我？被我猜中了？快從實招來——這樣你比較輕鬆喔。」

「真的沒什麼。」

「少騙人了。你肯定是想到什麼才來找我吧。」

「沒有。」

烏有不甘示弱地回答。他不讓桐璃有機會發問，逕自走人。再待下去的話，可能會把事情全都寫在臉上。他可不想被桐璃看穿一切。

他關上門，發出不小的聲響。

接著只聽見一聲細微的「晚安」。

「晚安。」

烏有在口中輕聲說道。

回到自己的房間，稍微研擬了一下對策，就開始為熬夜做準備。毛毯和咖啡，少許的食物。

他當然也對結城的話耿耿於懷，但原因並不是只有這一點而已。尚美莫名其妙的舉動、村澤的自白、神父打的啞謎，這一切都令他惶惶不安。要是他們直接找上桐璃的話……實在無法相信這只是假設，更無法樂觀地泰然處之。但如果為了保護桐璃、一廂情願地闖入她房間，只會更讓桐璃陷入不安吧。

只好退而求其次，從自己的房間監視桐璃的房間。只要把房門稍微推開一條縫窺探，就能一清二楚地看見斜對面的桐璃房門。門鎖什麼的根本不值得信任，天曉得有沒有人打了備份鑰匙。如果是正常的構造，房門都是相對的，反而不利於監視。這是烏有第一次對和音館扭曲的造型萌生感謝。

烏有自己也覺得這或許有點過度保護了。如果是杞人憂天就算了，但已經死了一個人，就算再發生什麼也不奇怪。烏有鞭笞著疲憊不堪的身體與精神，這麼告訴自己。

即使要排除萬難，烏有也有保護桐璃的義務。作為保護者，她的父親將她託付給了自己。更重要的是，這也是為了烏有自身。烏有必須保護桐璃。桐璃必須由「我」來保護……這是為了告別過去那個鑽牛角尖的自己。烏有在這裡找到了能夠埋葬十年來空白的嶄新目標。為了開啟能夠擁有全新意義的人生、為了讓接下來的人生也更有意義……剛才的對話讓烏有確定了這一點。與和音在那群人心中的意義可能不太一樣，但換成烏有的場合，那個對象就是桐璃了。

唯獨在這一點上，桐璃就是和音。

TITLE

夏與冬的奏鳴曲（上卷）

STAFF

出版	瑞昇文化事業股份有限公司
作者	麻耶雄嵩
譯者	緋華璃
封面設計	朱哲宏
創辦人 / 董事長	駱東墻
CEO / 行銷	陳冠偉
總編輯	郭湘齡
責任編輯	徐承義
文字編輯	張聿雯
美術編輯	謝彥如
國際版權	駱念德　張聿雯
排版	謝彥如
製版	明宏彩色照相製版有限公司
印刷	桂林彩色印刷股份有限公司 紘億彩色印刷有限公司
法律顧問	立勤國際法律事務所　黃沛聲律師
戶名	瑞昇文化事業股份有限公司
劃撥帳號	19598343
地址	新北市中和區景平路464巷2弄1-4號
電話	(02)2945-3191
傳真	(02)2945-3190
網址	www.rising-books.com.tw
Mail	deepblue@rising-books.com.tw
初版日期	2024年2月

國內著作權保障，請勿翻印／如有破損或裝訂錯誤請寄回更換
≪NATSU TO FUYU NO SONATA SHINSOU KAITEIBAN≫
© Yutaka Maya 2021
All rights reserved.
Original Japanese edition published by KODANSHA LTD.
Complex Chinese publishing rights arranged with KODANSHA LTD.
through Keio Cultural Enterprise Co., Ltd.
本書由日本講談社正式授權，版權所有，未經日本講談社書面同意，
不得以任何方式作全面或局部翻印、仿製或轉載。